www.bbulmedia.com

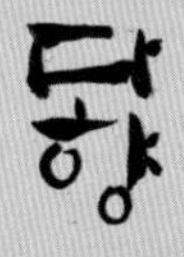

www.bbulmedia.com

오피스연애

NewS
LOVE
20%
오피스연애
OFFICE
LOVE
서은호 장편 소설
DAHYANG
ROMANCE
STORY

Contents

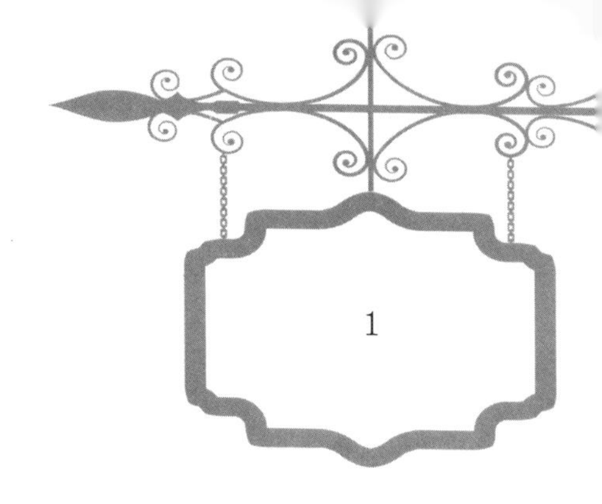

1

나지막한 한숨 소리에 마음이 덜컥거렸다. 익숙하다 생각했던 제 연인의 얼굴이 이토록 낯설 수가 없었다.

그래, 요즘 이상하다는 건 알고 있었다. 늘 일이 많다며 먼저 퇴근하라 그런 일도 잦았고, 주말에도 늘 바쁘다는 핑계로 전화도 잘 받지 않았다. 어쩌다 한 번 마주 앉아 밥을 먹을 때에도 무언가에 쫓기는 사람처럼 밥만 먹거나, 제 대답에 귀찮은 듯 한 마디씩 대꾸해 주는 게 다였다.

하지만 그저 단순한 권태기라 믿었다. 어쩌면 이 남자와의 이별이 다가왔음을 믿고 싶지 않았는지 모른다.

회사에 입사한 지 벌써 5년, 그중 반이 넘는 3년의 시간을 이 남자와 함께했다. 사내연애라 소문나서 좋을 것 없다는 남자의 말에 티 한 번 제대로 못 내 본 연애였지만, 이 남자와 같이 있을 땐 늘 가슴이 떨렸다.

같은 팀 대리와 사원으로 만나, 2년의 긴 짝사랑 끝에 제 마음을 받아 준 남자기에 그 마음은 더욱 각별하고, 특별했다. 아침마다 한 시간씩 일찍 눈을 떠 이 남자에게 예쁘게 보이고 싶어 화장을 하고, 옷을 고르던 그 시간들이 제겐 제일 행복한 시간이었다.

그래서 그가 보내는 신호를 무시했는지도 모른다.

"점심 먹자고 날 불러낸 거라고?"

한숨을 멈춘 태준이 질렸다는 눈빛으로 저를 바라보는 게 느껴져, 아진의 몸이 움찔거렸다.

"일은 빠릿빠릿하게 잘 하면서 이런 일엔 왜 이렇게 눈치가 없어?"

늦겨울의 매서운 추위 때문인지 옥상에는 아무도 없었다. 주변에 아무도 없는 걸 확인한 태준은 날카로운 목소리로 소리쳤다.

"김아진."

그가 부르는 제 이름이 낯설었다. 다정하고, 따뜻한 목소리가 아닌 날 선 그의 목소리가 그녀를 더 춥게 만들고 있었다.

"이런 말 하기 싫어서 그렇게 피해 다녔던 건데, 알아서 눈치 채고 좀 떨어져 나가 주면 얼마나 좋아?"

제가 5년 동안 알던 사람 같지가 않았다. 짜증이 가득 담긴 눈으로 자신을 내려다보는 태준의 모습에 심장이 울렁거렸다.

"어차피 빙빙 돌려 봤자 못 알아들을 테니까 제대로 말해 줄게."

그는 그저 이 상황이 귀찮은 듯했다. 날 선 목소리만큼이나 날 선 눈빛으로 아진을 바라본 그는 천천히 입을 열었다.

"그만 끝내자, 우리. 아니, 사실은 진작 끝났어. 네가 못 알아채서 그런 거지."

머릿속이 멍해졌다. 너무 놀라 눈물조차 나오지 않았다. 무슨 말이라도 해야 할 텐데. 언변은 좋지 못해도 그래도 할 말은 다 하고 살았는데. 이 순간 아무 말도 떠오르지 않았다.

"알았으면 이제 연락 같은 거 하지 마. 이런 것도 싸 오지 말고."

새벽부터 일어나 준비했던 도시락이 바닥으로 내던져졌다. 멀리 옥상 구석으로 굴러가는 도시락을 멍하게 보고 있는데, 태준이 멀어져 갔다.

홀로 옥상에 남겨진 아진은 한참 동안 그곳에 서 있었다. 시리도록 차가운 바람조차 제대로 느끼지 못한 채.

그때 구석으로 굴러간 도시락을 집어 드는 손 하나가 보였다. 깜짝 놀라 고개를 돌리자, 구석에서 이마를 긁적이며 나오는 주호의 모습이 아진의 눈에 들어왔다.

이주호, 아진과 같은 기획홍보 2팀 팀장이었다. 석 달 전, 미국본사에서 실력을 인정받아, 한국으로 발령 받아 들어온 주호는 단숨에 사람들의 시선을 사로잡았다.

34살이라는 나이가 무색해 보일 정도로 동안인 데다가, 웬만한 여직원들보다 더 아름다운 외모는 사람들의 마음을 사로잡기

충분했다. 거기다 유쾌한 언변에 활발한 성격으로 남녀노소 할 것 없이 많은 사람들이 그에게 빠져들었다.

하지만 아진은 왠지 모르게 그가 불편했다. 조용한 자신과는 정반대인 밝고 유쾌한 성격 때문이기도 하지만, 그것 말고도 그가 불편한 가장 큰 이유는…….

"일부러 엿들으려고 한 건 아닌데."

코를 찡그리며 다가온 그가 씩 웃었다. 그런데 웃고 있는 입과 다르게 그의 검은 눈은 웃고 있지 않았다.

그래, 저 눈이 문제였다. 실실 웃고 있으면서도 모든 걸 다 꿰뚫어 보고 있는 듯한 저 검은 눈을 마주 대하고 있을 때면 왠지 모르게 불편해졌다.

"여기가 내 아지트거든요. 이거 보이죠?"

옥상 구석을 가리키는 긴 손가락을 따라가 보자, '이주호' 하고 적힌 자그마한 출력지가 붙어 있는 게 보였다. 회사 옥상 벽에 저런 걸 도대체 왜 붙여 둔 걸까? 어이가 없어, 헛웃음이 터져 나왔다.

"지금 웃을 때가 아니라, 울 타이밍 아닌가?"

도시락을 흔들며 묻는 그의 말에 방금 전 태준과 자신이 이별했다는 사실이 떠올랐다. 아직 현실로 와 닿지 않는 이별을 다시 떠오르게 한 주호를 아진은 슬그머니 흘겨보았다.

"아니. 원하면 내 아지트 빌려주려고요. 여기가 사각지대라 옥상에 사람들이 와도 잘 모르거든. 내가 특별히 빌려준다."

마치 제 땅이라도 빌려주는 것처럼 인심을 쓰는 그의 말이 짜증 났지만, 지금 제게 가장 적격인 장소기에 말없이 안쪽에 자리 잡았다.

이대로 어디론가 사라지고 싶었다. 같은 팀 대리였던 태준은 3년간 연애를 하면서 과장이 되었고, 사원이었던 아진 역시 대리가 되었다. 거기다 같은 프로젝트까지 하고 있었는데…….

"근데 이 도시락은 어쩌죠?"

또다시 주호의 목소리가 들려왔다. 아직도 여기 있었던 걸까? 짜증 섞인 얼굴로 옆을 돌아보자 여직원들이 좋아하는 예쁜 미소를 짓는 그가 보였다.

"그냥 두셔도 돼요. 버릴 거예요."

"뭐, 그러죠."

제 옆에 슬그머니 도시락을 놓고 멀어지는 주호에게서 시선을 떼며 아진은 다시 고개를 숙였다.

뭐라도 한 마디 해 줄걸. 아무 말도 못 하고 멍하게 서서 이별을 당한 자신에게 짜증이 났다. 그럼에도 불구하고 지금 이 순간 떠오르는 건…….

'아진아.'

다정하게 자신을 부르던 태준의 목소리와 부드럽게 자신을 끌어안던 그의 손길이었다. 그가 미워 죽겠는 이 순간에도 왜 그런 따뜻했던 장면만 떠오르는 걸까? 어느새 눈가엔 눈물이 차오르기 시작했다.

"그래요. 슬프면 울어야지."

막 흘러나오던 눈물이 쏙 들어갔다. 갑자기 귓가에 들리는 주호의 목소리에 아진은 주먹을 꽉 쥐며 옆을 돌아봤다. 그러자 천연덕스러운 얼굴로 제가 싸 온 도시락을 열고 있는 그가 보였다.

"생각해 보니까 내가 점심을 안 먹었더라고. 그래서 어차피 버릴 거면 내 입에 버리려고 하는데, 괜찮죠?"

이미 제 대답 따위 중요하지 않은 것 같았다. 엉망으로 헝클어진 도시락을 열고 있는 그를 아진은 황당한 눈으로 바라보았다.

"팀장님, 드시는 건 상관없으신데 딴 데 가서 드시면 안 됩니까?"

목소리가 뾰족해지는 건 어쩔 수가 없었다.

"그게 불안해서."

씩 웃으며 하는 그의 말에 아진이 느릿하게 눈을 깜박였다.

"혹시 김 대리가 이상한 생각할까 봐. 실연당한 사람은 높은 곳 올라와 있으면 안 돼요. 괜히 비관해서……."

"이 팀장님!"

"아니. 그래도 혹시 모르니까."

또다시 씨익 하고 번지는 미소가 얄미웠다.

"죽긴 왜 죽어요? 제가 이 회사에 얼마나 힘들게 들어왔는데. 그리고 제가 뭘 잘못했다고 죽어요? 죽으려면 잘못한 사람이 죽어야지. 제가 미쳤어요? 그런 인간 때문에 비관해서 죽게?"

"말 잘하네."

흥분한 아진을 보며 주호가 웃음을 삼켰다. 아뿔사, 너무 흥분하고 말았다. 자신과 몇 살 차이 안 나지만 그래도 자기 팀 팀장한테.

"아까 그렇게 말하지 그랬어요? 최태준 과장한테."

그래서 지금 후회 중이었다. 그에게 아무 말도 하지 못한 채 이별을 통보 받은 자신이 한심해서.

"어쨌든 최 과장 안됐네요."

안되긴 뭐가 안됐다는 말일까. 차인 건 자신인데.

"이 맛있는 도시락을 다시는 못 먹는다니. 좀 불쌍한데요?"

싱긋 웃으며 하는 주호의 말이 어이가 없어 웃음이 터져 나왔다.

이상한 재주가 있는 사람이었다. 분명 방금 전까지 땅을 파고 들어갈 정도로 슬펐는데, 이 사람하고 있으니 슬퍼할 겨를이 없었다. 왜 여직원들이 주호를 그토록 좋아하는지 조금은 알 것 같았다.

점심시간이 끝나고 자리에 돌아오자, 제 곁으로 쭈뼛거리며 다가오는 조영훈 사원이 보였다.

"왜 그래요? 무슨 일 있어요?"

"아니. 최 과장님이 곧 말씀드린다고 하긴 했는데요. 대리님이랑 같이 진행하는 프로젝트 저보고 들어오라고 하셔서."

이렇게 행동이 빠른 사람인 줄은 몰랐다. 게임 회사와 합작 프로젝트를 위해 자신이 얼마나 오랜 시간 공을 들여 자료 조사를 했는지 누구보다 잘 아는 사람이. 이별을 통보하자마자 그 프로젝트에서 자신을 빼다니.

“김아진 대리. 잠시 내 방으로 들어와요.”

팀장실 문이 열리며 주호가 아진을 불렀다.

“일단 알았어요, 가 봐요.”

영훈은 재빨리 고개를 숙이고 아진으로부터 멀어졌다. 휴, 하고 숨을 크게 내쉰 아진은 천천히 팀장실 앞으로 걸어가 문을 열었다. 그러자 주호와 마주 보고 있는 태준의 모습이 아진의 눈에 들어왔다.

“왔어요? 여기 앉아요.”

태준의 옆을 가리키는 주호의 손짓에 아진은 어쩔 수 없이 그의 옆에 가서 앉았다.

“최 과장이 T게임 프로젝트에서 김 대리를 뺐으면 하는데, 알고 있었나요?”

생글거리는 얼굴로 자신을 향해 묻는 주호의 말에 아진은 주먹을 꽉 쥐며 태준을 바라보았다.

“뭐, 그래서 나는 그러라고 했는데. 괜찮죠?”

모든 상황을 다 알고 있는 주호가 혹시나 제 편이 되어 주지 않을까 기대했는데, 여전히 싱긋 웃는 눈으로 자신을 향해 묻는 그의 말에 몸에서 힘이 쭉 빠져나갔다.

“사실 원래 내가 먼저 부탁하려고 했어요. 김 대리 그 프로젝트에서 빼 달라고.”

이어지는 주호의 말에 아진과 태준이 동시에 그를 바라보았다.

“우리 김 대리를 담기엔 그릇이 너무 작아, 그 프로젝트는. 이번에 K TV와 합작 프로젝트 진행되는 거 알고 있죠?”

주호의 물음에 아진은 느릿하게 고개를 끄덕였다.

올해 회사에서 가장 주력하고 있는 프로젝트였다. 그 프로젝트로 벌어들일 수입이 어마어마하다는 사실을 직원들도 모두 잘 알고 있었다. 그래서 그 프로젝트에 끼고 싶어 하는 직원들이 한둘이 아니었다.

주호가 그 프로젝트를 맡는다는 소문은 듣긴 했지만, 그의 입에서 그 프로젝트가 흘러나올 줄은 몰랐다.

“나랑 같이 그 프로젝트를 맡아 줬으면 좋겠는데, 김 대리가.”

여전히 미소를 유지하고 있는 주호의 얼굴과 다르게 태준의 얼굴은 눈에 뜨이게 굳어 갔다.

왠지 모르게 통쾌한 느낌이 들었다. 최태준이 그 프로젝트를 맡고 싶어 했다는 걸 잘 알고 있었기에.

“잘 부탁드립니다.”

일어서서 고개를 숙이는 아진을 향해 주호가 손을 내밀었다.

“잘 부탁할 사람은 나죠. 김 대리 일 잘하는 거야 내가 제일 잘 알지.”

귀에 대고 속삭이는 척을 하고 있었지만, 태준에게 들릴 정도로 큰 목소리였다. 표정이 굳을 대로 굳은 태준은 천천히 소파에서 몸을 일으켰다.

"이만 나가 보겠습니다."

"아, 아직까지 있었나요? 그래요. 그만 나가 봐요."

완벽하게 투명인간 취급당한 태준은 뻣뻣해진 몸짓으로 팀장실을 벗어났다. 그 뒷모습을 보고 있자니, 통쾌하기도 하고, 씁쓸하기도 한 복잡한 감정이 몰려왔다.

"실연을 이기는 덴 일만 한 게 없죠. 자, 받아요."

한눈에 보기에도 꽤 방대한 양의 자료를 아진에게 내민 주호는 또다시 싱긋 웃었다.

"아주 믿음직해. 데이트할 남자 없으니, 늦게까지 일 시켜도 뭐라고 할 사람 없고."

톡톡.

손끝으로 자료를 건드린 주호의 입엔 더욱 상큼한 미소가 번졌다.

"오늘부터 야근합시다. 나가 봐요."

실연에 아파할 틈도 없었다. 정신없이 몰려드는 일에. 덕분에 잡생각이 안 드는 건 좋았다.

물론 자신이 실연당한 걸 알고 놀리는 듯한 주호의 태도가 썩 마음에 드는 건 아니었지만.

그래도 고마운 사람임엔 틀림없었다.

✻

야근을 하던 직원들도 하나둘씩 퇴근을 하고, 사무실엔 아진과 주호 두 사람만이 남았다. 팀장실에서 그와 함께 자료를 살펴보던 아진은 귓가에 들리는 나지막한 숨소리에 슬며시 고개를 들었다.

자료에 집중하느라 몰랐는데, 어느새 주호는 의자에 기대 잠이 들어 있었다. 가벼운 목 스트레칭을 하며 시계를 들여다보자 벌써 밤 11시를 넘기고 있었다.

"피곤할 만도 하네."

나직하게 혼잣말을 중얼거리던 아진은 느릿하게 눈을 깜박이며 주호를 바라보았다. 왜 여직원들이 주호를 보고 꽃 미모다, 뭐다 난리를 치는지 알 수가 있었다. 눈썹 아래로 내려온 단정한 앞머리, 손바닥으로 가려질 것 같은 조막만 한 얼굴, 거기다 피부는 하얗고, 나이에 어울리지 않는 탄력까지 느껴졌다.

꼭 감은 두 눈에 그늘이 드리워질 정도로 긴 속눈썹, 거기에 쭉 뻗은 콧날, 올망졸망한 콧방울에 붉은 입술까지 아름답지 않은 곳이 없었다.

남자답게 조각처럼 잘생긴 얼굴은 아니었지만, 요즘 여자들이 선호하는 꽃미남 타이틀에 딱 어울리는 외모를 가진 남자였다.

"다 봤습니까?"

그에게서 시선을 떼지 못하고 있는데, 주호가 눈을 감은 채 붉은 입술만 달싹이며 물었다. 그러고는 천천히 감았던 눈을 뜨며 고요한 검은 눈으로 그녀를 응시하는 그였다.

“네.”

순간 놀라긴 했지만, 아진은 그의 시선을 피하지 않은 채 덤덤하게 대답했다.

“그래서 감상은?”

씩 웃으며 묻는 그의 말을 들으며 아진은 들고 있던 서류로 시선을 옮겼다.

“예쁘시네요.”

라고, 역시 덤덤하게 답하면서.

“크, 내가 제일 싫어하는 말인데. 너무 덤덤한 얼굴로 말하는 거 아닙니까?”

“솔직한 제 감상입니다.”

“뭐, 못생겼단 말보단 나으니까요.”

기지개를 쭉 펴며 일어난 주호가 천천히 아진의 앞으로 다가왔다.

“깜박 졸았어요.”

“피곤하시면 먼저 들어가세요.”

“혼자 들어갈 수는 없지. 한 팀인데.”

씩 웃던 주호가 자리로 돌아가 가방을 챙기기 시작했다.

“그만 퇴근하죠? 아주 긴 레이스가 될 텐데. 첫날부터 너무 힘 빼지 말아요.”

주호의 말에도 일리가 있다 생각하며 아진도 서류를 정리하며 몸을 일으켰다. 짐을 챙겨 나란히 사무실을 빠져나온 두 사람은 엘리베이터 앞에 섰다.

"술 한잔할래요? 사실 오늘 술 무지 땡기는 날 아닌가? 실연당했는데."

자신이 실연당한 사실을 저렇게 발랄한 목소리로 지적해 줄 필요는 없었다. 그가 말하지 않아도, 자료에서 눈을 떼는 순간 실연의 아픔이 몰려오고 있었으니까.

"괜찮습니다. 오늘 같은 날 다른 사람이랑 술 마시면 위험하니까요."

아진의 대답에 주호가 흥미롭다는 듯 눈을 반짝였다.

"그러고 보니 한 번도 흐트러진 모습을 못 본 것 같네요. 술에 취한 모습도 본 적이 없고."

사실이었다. 혹시나 술에 취해 사람들에게 저와 태준의 사이를 발설할까 늘 조심했던 그녀였다. 스스로 주량이 세지 않다는 걸 잘 알고 있었으니까.

"감정을 크게 내비치는 것도 거의 보기 힘들고. 아, 물론 아까 옥상에서 잠깐 보긴 했지만."

감정이 격해져 그에게 화를 냈던 제 모습이 떠올라 순간 아진의 얼굴이 붉게 달아올랐다.

"어쨌든 참 단정한 사람이에요. 김아진 씨."

"재미없다 말하셔도 돼요."

늘 사람들에게 듣던 말이었다. 참 재미없는 사람이라는 말. 어쩜 태준 역시 그런 자신이 지겨워져서 떠난 건지도 모른다.

"아닌데? 난 그래서 재미있는데. 궁금하기도 하고요. 김아진 씨 흐트러진 모습은 어떨까 싶어서."

"안 보시는 게 피차 좋을 것 같네요."

때마침 도착한 엘리베이터에 올라탔다. 아진은 로비가 있는 1층을, 주호는 주차장이 있는 지하 3층을 눌렀다. 하지만 주호가 다시 손을 뻗어 1층 취소 버튼을 눌렀다.

"늦게까지 부려 먹었으니 데려다줄게요."

"괜찮습니다. 회사에서 집까지 얼마 안 멀어요."

사실 그와 함께하는 술자리는 거절했지만, 술 생각이 간절한 밤이긴 했다. 맨 정신엔 잠이 오지 않을 것 같았다. 어쨌든 오늘은 오랜 연인과 이별한 날이었으니까.

"그래요, 그럼."

다시 주호는 1층 버튼을 눌러 주었다. 잠시 후, 엘리베이터는 1층에 도착했고, 아진은 가볍게 목례를 건네고 엘리베이터에서 내렸다. 상큼하게 미소 지으며 손을 흔드는 주호의 모습이 엘리베이터 문이 닫히며 사라졌다.

혼자가 된 아진은 무거운 한숨을 내쉬며 빠른 걸음으로 로비를 빠져나갔다. 이젠 일이 끝나도 연락할 사람이 없었다. 습관처럼 핸드폰을 찾았다가, 아진은 마음을 다 잡으며 핸드폰을 다시 가방 안으로 밀어 넣었다.

3년간의 긴 연애에 추억도 많았다. 그 추억들이 이토록 자신을 시리게 만들 줄은 몰랐다.

회사에서 걸어서 20여 분 거리인 자신의 오피스텔까지 천천히 걸음을 옮기던 아진은 집 근처 포장마차에서 걸음을 멈추었다. 태준과 제일 추억이 많은 곳이었다. 두 사람의 연애도 여기서 시작되었다.

'술 한잔하고 갈래?'

사수였던 태준은 회사 밖에선 늘 친근하게 반말로 말을 걸었다. 그리 무덥지 않은 초여름 날, 늦게까지 야근을 하던 자신을 바래다주며 그가 이 포장마차 앞에 멈춰 서서 물었다.

'네, 좋아요.'

이미 태준을 좋아하고 있었던 아진은 환하게 웃는 얼굴로 고개를 끄덕였다. 그와 잠시라도 더 같이 있게 된 게 좋아서.

'술 잘 못 마시지?'

'네. 그래도 반병 정도는 마실 수 있어요.'

'그래. 취하지 않을 정도로 마셔. 내가 오늘 할 말이 있거든.'

살짝 붉어진 얼굴로 뜸을 들이는 그 모습에 이상하게 심장이 두근거렸다. 자신을 보는 따뜻한 눈빛에 이미 그가 할 말을 예상해 버리고 말았다.

'사실 진짜 많이 노력했어.'

연거푸 소주잔을 비우던 태준이 초조한 얼굴로 입을 열었다.

'사내연애만큼은 절대 하지 말자. 이게 내 철칙이었거든.'

이마를 긁적이던 태준이 나지막하게 한숨을 내쉬었다.

'그런데 아진 씨를 보면 그게 잘 안 돼. 내 노력이 자꾸 무너져. 어렵게 입사한 회사고, 우리 집 형편이 별로 안 좋아 일에 더욱 집중해야 하는데. 자꾸 나도 연애라는 게 하고 싶어져. 김아진 씨를 보고 있으면.'

'대리님?'

'연애할까, 우리?'

대답 대신 눈물이 차올랐다. 그런 아진의 얼굴로 뜨거운 태준의 손이 와 닿았다. 부드러운 손길로 눈물을 닦아 주는 걸 느끼며 아진은 천천히 고개를 끄덕였다.

'좋아해요, 많이.'

자존심을 세우고 싶지 않을 만큼 그가 좋았다. 솔직한 제 고백에 태준의 입가엔 부드러운 미소가 번졌다.

'이제부터 내가 더 많이 좋아하도록 노력할게.'

제 머리를 쓸어 넘기는 손길이 한없이 다정했다.

머릿속을 파고드는 옛 추억에 아진의 다리가 휘청거렸다. 차가운 바람 때문인지 더욱 쓸쓸하고 외로웠다. 도저히 술 한잔 안 할 수가 없어, 아진은 포장마차 안으로 들어갔다.

"왔어? 오늘도 혼자네."

포장마차 아주머니가 아진을 반기며 물었다. 늘 함께 오던 태준이 요새 잘 보이지 않자 내심 궁금한 눈치였다.

"우동 한 그릇이랑, 소주 한 병 주세요."

제일 구석 자리에 자리 잡은 아진이 씁쓸한 얼굴로 고개를 푹 숙였다. 추운 날씨 탓인지 포장마차 안엔 제법 손님이 있었지만, 혼자만의 세계에 갇힌 그녀의 눈엔 사람들이 잘 들어오지 않고 있었다.

"날씨 추우니까 뜨거운 국물부터 마셔."

아주머니가 우동과 소주를 내어 주며 말했다. 쓴웃음을 지으며 고개를 끄덕인 아진이 쓸쓸한 얼굴로 홀짝이며 소주를 마셨다.

마음이 씁쓸해서 그런가, 이상하게 술이 달게 느껴졌다. 취할 정도로 마시지 말자는 다짐도 단 술 앞에서 무너지고 말았다.

세상이 점점 빙글빙글 돌기 시작했다. 그러면서 단단하게 지키고 있던 마음도 어느새 허물어지고 있었다.

"흐흑."

오늘 하루 힘겹게 억눌렀던 눈물이 터져 나왔다. 술을 마실수록 다정했던 태준의 모습이 선명하게 떠올랐다.

'매일 회사 안 가는 날이었으면 좋겠다. 이렇게 하루 종일 너와 마주 앉아 네 얼굴만 보게.'

제 볼을 쓰다듬으며 건네던 따뜻한 말도,

'마음 같아선 당장 너와 결혼하고 싶어. 하지만 알지? 우리 집 형편상 그럴 수 없다는 거. 기다리게 해서 미안해. 그런데 조금만 기다려 줘. 내가 더 노력할게.'

제 손을 꽉 붙잡으며 건네던 간절한 말도,

'네가 있어 살아, 난. 세상 사는 게 이렇게 즐겁다는 걸 널 통해서 배웠어. 그래서 고마워.'

제 입술에 수줍게 입술을 포개며 건네던 다정한 말도 너무나 선명하게 떠올랐다.

눈물을 흘리는 걸 멈추고 싶었지만, 멈춰지지가 않았다. 한 번 무너져 내린 마음을 다시 추스르기가 어려웠다.

"김아진 씨."

그때 저를 부르는 걱정스러운 목소리가 귓가에 들려왔다. 술에 취해 흐릿해져 가는 정신을 붙잡으며, 고개를 들자 목소리만큼이나 걱정스러운 얼굴로 자신을 내려다보고 있는 주호의 모습이 보였다.

그의 등장에 놀라 정신을 차리고 싶었지만, 제대로 정신이 차려지지가 않았다. 주량을 훌쩍 뛰어넘은 탓인지 이미 그녀의 의식은 희미해져 가고 있었다.

"흐트러진 모습 참 궁금했는데……."

귓가에 그의 목소리가 들려왔다.

"막상 보니까 기분 별로네요. 다른 사람 때문에 흐트러지는 김 대리 모습."

그가 하는 말이 잘 들리지 않았다. 하지만 늘 웃고 있는 모습이 아닌, 굳은 그의 얼굴은 선명하게 뇌리에 남았다. 지독하게 씁쓸한 그의 검은 눈동자와 함께.

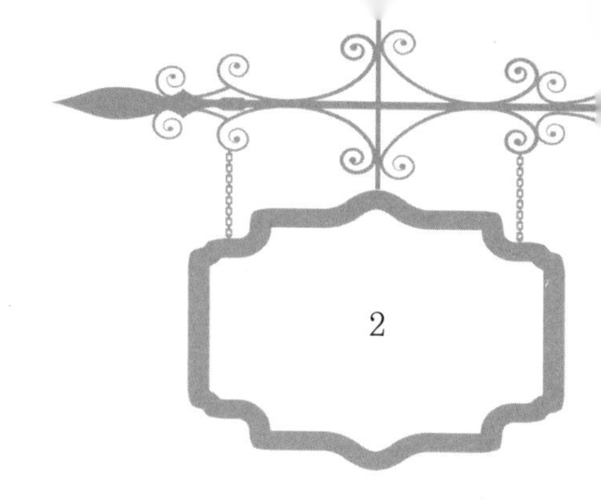

누군가 자신의 몸을 흔드는 느낌에 아진은 눈을 번쩍 떴다. 어제 분명 포장마차에서 주호를 본 것 같은데, 그다음 기억이 없었다. 당황한 눈으로 방 안을 둘러보는데, 다행히 익숙한 제 방 풍경이 눈에 들었다.

"이제 정신이 좀 들어?"

혀끝을 쯧쯧 차며 제게 말을 거는 동생 정욱의 목소리가 귓가에 들렸다. 원래는 대학 기숙사에서 따로 지냈었는데, 군대를 제대하고 복학하기 전까지 아진의 집에서 함께 지내고 있는 그였다.

"어? 어제 네가 나 데려온 거야?"

"그래. 도대체 얼마나 마신 거야? 아주 정신을 못 차리더만."

주호를 분명 봤던 것 같은데. 술에 취해 헛것을 본 걸까?

"그리고 그 남잔 누구야?"

정욱의 물음에 아진은 눈을 느릿하게 깜박였다.

"누가 있었어?"

"바람이라도 났어? 태준 형도 알아?"

평소 태준을 잘 따르던 정욱이었기에 인상을 잔뜩 찌푸리며 아진을 다그쳤다.

"누가 있었는데?"

"누나네 팀장이라더만. 생긴 건 기생오라비처럼 생겨서. 마음에 안 들어."

군대에 있으면서 키운 우람한 팔근육을 꿈틀거리며 하는 정욱의 말에 아진은 고개를 내저었다. 누가 누굴 뭐라고 하는 건지.

정욱 역시 남자답게 생긴 쪽보단 귀엽게 생긴 쪽에 가까웠다. 그런데 몸은 온통 근육질로 변해 오히려 그게 더 징그러웠다.

하지만 지금 중요한 건 이게 아니었다. 어제 술에 취한 자신의 모습을 주호가 보다니. 아진은 무거운 한숨을 내쉬었다.

혹시 무슨 실수라도 한 건 아닐까? 제가 무슨 말을 했는지 하나도 기억이 나지 않았다. 그가 자신에게 한 말 역시 마찬가지였다. 그럼에도 불구하고 이상하게 주호의 검은 눈만큼은 선명하게 기억이 났다.

"그 남자랑 진짜 별사이 아니지?"

주호를 견제하는 듯 눈을 날카롭게 뜨며 묻는 정욱을 향해 아진은 천천히 고개를 내저었다.

"아무 사이 아니야."

"진짜지? 그런데 어제 누나를 보는 그 남자 눈빛이 좀 이상하던데. 아무래도 태준 형한테 한마디 해 두긴 해야겠다. 그 남자 조심……."

입고 있던 트레이닝복 바지에서 핸드폰을 꺼내는 정욱의 팔을 아진이 재빨리 붙잡았다.

"이것 봐. 그 남자랑 뭔 일 있지? 진짜 바람피워?"

태준과 아진이 헤어졌다는 걸 모르는 정욱은 다그치듯 물었다. 정욱에겐 도저히 숨길 수가 없었다. 가만히 뒀다간 정말 태준에게 연락을 할 것 같기에.

"헤어졌어."

"뭐? 누구랑? 어제 그 남자랑? 바람을 피우긴 피운 거야?"

헛다리를 짚으며 흥분하는 정욱을 보며 아진은 더욱 짙은 한숨을 내쉬었다.

"그게 아니라. 오빠랑 나 끝났어."

"무슨 소리 하는 거야? 그 남자 때문에……."

"팀장님이랑은 정말 아무 사이 아니야. 그전에 오빠가 나한테 끝내자고 했어."

정욱은 한동안 아무 말이 없었다. 하지만 이내 얼굴을 붉히며 또다시 핸드폰을 꺼내 드는 그였다.

"물어봐야겠어. 도대체 이유가 뭐냐고. 태준 형이 그럴 사람이 아닌데……."

"하지 마. 그게 날 더 비참하게 만드는 거야. 나도 이제 받아들이려고. 우리가 진작 끝났다는 사실을."

차분하지만 단호한 아진의 목소리에 정욱은 끝내 핸드폰을 내려놓았다.

3년이란 시간이 주는 무게가 버겁게 느껴졌다. 이렇게 최태준이란 사람이 제 삶에 깊게 관여하고 있었구나. 자신만큼이나 아파 보이는 정욱의 얼굴에 아진은 마음이 아팠다.

❈

지각은 아니었지만, 평상시보다 조금 늦게 출근을 한 아진은 사무실 앞에 서서 두리번거리며 안을 살폈다. 어차피 곧 마주쳐야 할 주호였지만, 어제 그런 추태를 보였다니 어떤 얼굴로 그를 봐야 좋을지 망설여졌다.

"뭐해요? 뭐 재미있는 거 있어요?"

주호의 모습을 찾아 팀장실 쪽을 열심히 살피던 아진은 뒤에서 들리는 장난기 가득한 목소리에 화들짝 놀라며 뒤를 돌아보았다. 평정을 잘 잃지 않는 그녀였지만, 이런 순간마저 평정을 유지하는 게 쉽지 않았다.

"뭔데요? 같이 봅시다."

입가에 번지는 상큼한 미소가 얄미웠다. 다 알고 있으면서 일부러 이러는 게 분명 하기에.

"아닙니다. 아, 그리고 어제는 죄송했어요. 본의 아니게 민폐를 끼쳤습니다."

"내가 있었던 건 기억납니까?"

씩 웃으며 묻는 주호의 말에 아진은 차분한 얼굴로 고개를 저었다.

"팀장님 얼굴은 기억이 나는데……."

"됐어요. 그게 제일 중요한 거지, 뭐. 들어갑시다."

"네."

가끔 이 남자의 말은 이해하기 힘들었다. 얼굴은 항상 웃고 있는데 속으론 무슨 생각을 하는지 도통 감이 오지 않았다. 주호와 함께 자신의 자리에 도착한 아진은 책상 위에 올려져 있는 컨디션 음료에 난감한 표정을 지었다.

어제 자신이 술 마신 사실을 주호밖에 모르니 분명 그가 가져다 놓은 것이리라. 별거 아닌 거 같지만, 이런 배려가 왠지 모르게 불편하게 느껴졌다.

저를 보며 생긋 웃는 주호를 보며 아진은 천천히 입을 열었다.

"저기, 팀장님……."

그때 두 사람 곁을 지나가던 민채은 사원이 생긋 웃는 얼굴로 주호를 바라보았다.

"팀장님, 컨디션 음료 잘 마실게요. 덕분에 힘내서 오늘 일 잘할 것 같아요."

"그래요. 그러라고 돌린 겁니다. 다들 마시고 힘내요."

주먹을 불끈 쥐어 파이팅 자세를 취하는 주호를 보며 아진은 이마를 긁적였다. 괜히 오해할 뻔했다.

"K TV 측에서 온 새 자료 줄 테니 따라와요."

싱긋 웃으며 말하는 주호를 따라 아진은 팀장실 안으로 들어갔다.

"내가 차별은 안 하지. 혹시 오해했어요?"

자료를 챙기며 묻는 주호의 말에 아진이 살짝 얼굴을 붉혔다. 자신을 놀리는 기색이 가득한 그의 얼굴을 마주 보는 게 불편했다. 이상하게 이 남자 앞에선 평정을 유지하는 게 쉽지가 않았다.

"아닙니다."

"에이, 했는데, 뭐."

계속 상대해 봤자 주호의 페이스에 더 말려들어 갈 것 같았다.

"그만 나가 보겠습니다."

주호로부터 자료를 받아 든 아진은 애써 차분한 얼굴로 걸어 나왔다. 역시 첫 느낌처럼 저 남자를 상대하는 건 어려웠다. 단순해 보였지만, 보이는 게 전부가 아닌, 그래서 더욱 대하기 어려운 사람이었다.

점심시간 구내식당엔 이상한 소문이 돌고 있었다. 같은 팀은 아니었지만 입사 동기라서 절친하게 지내는 미영과 식사를 하던 아진은 사람들의 수군거림에 표정이 굳었다.

"최태준 과장 곧 로열패밀리 된다는 소문이 있더라."

"정말?"

"응. 회장님 비서가 그러던데. 회장님 손녀랑 둘이 만나는 눈치래."

"어머, 웬일이야. 둘이 어떻게 알고?"

"회장님 손녀가 고등학교 후배라던데? 듣자 하니 곧 같은 팀에 배속될 거란 이야기도 있어. 미국에서 얼마 전에 들어왔다던데."

"최 과장한테 잘 보여야 하는 거 아니야?"

"그러게 말이야."

귀를 파고드는 태준의 이야기에 앞에 앉은 미영이 오히려 더 흥분하는 눈치였다. 회사에서 유일하게 두 사람이 연애했다는 걸 아는 미영이기에 그 흥분이 더 클 수밖에 없었다.

"헛소문이지?"

조심스레 속삭이듯 묻는 미영을 향해 아진은 씁쓸한 미소를 지었다.

"사실일지도."

왜 태준이 제게 결별을 고했는지, 좀 더 확실하게 알 수 있었다. 도대체 언제 그 여자를 만난 걸까? 하긴 최근 한 달간 주말엔 거의 얼굴을 보여 주지 않던 그였다.

"말도 안 돼. 두 사람 설마 헤어졌어?"

믿기지 않는다는 듯 미영이 눈을 크게 뜨며 물었다.

"……응."

"언제?"

자신이 결별을 통보 받은 건 어제였지만, 사실 태준의 말처럼 진작 헤어진 거와 다름없었다.

"진작."

태준의 말을 빌려 이별을 설명하는 아진을 미영이 흔들리는 눈빛으로 바라보았다.

"너 괜찮아?"

걱정스러운 미영의 표정에 아진은 씁쓸한 미소를 지었다. 아진이 태준을 얼마만큼 좋아했는지 그녀 다음으로 잘 아는 사람이 바로 미영이었다. 그러기에 걱정은 더 클 수밖에 없었다.

"안 괜찮으면?"

"아진아."

"괜찮아. 남들도 다 하는 이별인 걸."

어제 한바탕 울어서 그런지 속은 오히려 편안해져 있었다. 아직도 사람들 입을 통해 들려오는 그의 이름에 심장이 서걱거리긴 했지만, 미칠 듯이 아프지는 않았다. 아니, 아프지 않다고 믿고 싶었다.

"나쁜 새끼."

제 일처럼 흥분하는 미영의 중얼거림에 아진은 고개를 숙일 뿐 아무 말도 하지 않고 있었다. 더 이상 태준의 일을 화제에 올리기도 싫었기에.

미영과 점심을 먹고 헤어진 후, 아진은 곧장 옥상에 올라갔다. 점심시간이 끝나기까지 남은 20여 분의 시간을 이곳에서 차분히 보내고 싶었다.

혹시나 주호가 있나, 주변을 살피던 아진은 아무도 없는 옥상을 둘러보며 어제 주호가 양보했던 제일 안쪽 사각지대로 가 몸을 숨겼다.

왜 주호가 이 자리를 좋아하는지 알 것 같았다. 이곳에서 내려다보는 도시 풍경이 답답한 마음을 조금이나마 풀어 주는 듯했다. 크게 숨을 들이마시며 아래를 내려다보던 아진은 제게 내밀어지는 커피에 서둘러 고개를 돌렸다.

"여기가 꽤 마음에 들었나 봐요."

역시나 예상대로 그곳엔 주호가 서 있었다. 자신이 올 거라는 건 어찌 알았는지 손엔 커피 두 잔을 들고 서 있었다.

"알고 사 온 건 아니고. 혹시나 하는 생각에 올라와 봤는데."

커피를 멍하게 보고 있는 아진을 보며 주호는 짓궂은 미소를 지었다.

"아, 혹시 오해하려나? 내가 김 대리만 특별 대우한다고?"

"아닙니다. 잘 마실게요."

아침에 그 일을 가지고 놀리는 게 분명했다. 커피를 안 받아 봤자, 더 시끄러워질 것 같기에 아진은 조용히 커피를 받아 들었다.

"오해해도 돼요."

피식 웃음을 삼키며 주호가 나지막한 목소리로 중얼거렸다. 이 남자가 또 무슨 말을 하려는 걸까?

"오해 아니니까."

허공에서 주호의 검은 눈과 마주쳤다. 웃고 있는 입과 다르게 여전히 눈은 웃고 있지 않았다. 그저 고요한 눈으로 자신을 흔들고 있을 뿐이었다.

"같은 프로젝트 진행하는 팀원 특별 대우하는 건 당연한 거 아닌가?"

굳어 있는 아진을 보며 주호가 피식 웃으며 말했다. 역시 이 남자는 자신을 놀리는 게 재미있나 보다.

아진은 긴장을 풀며 그가 건네준 커피로 시선을 돌렸다. 조금은 편안한 마음으로 커피를 마시는데, 그가 자신을 내려다보며 싱긋 웃는 게 보였다.

"이렇게 말해 주니 마음은 편하죠? 좋아하는 여자 마음 불편하게 만들 수는 없지."

기다란 손가락으로 난간을 가볍게 툭툭 건드리던 그는 습관처럼 콧잔등을 살짝 찡그렸다.

"커피 마시고 와요. 이제 일해야지."

그러고는 또다시 굳어 버린 아진을 둔 채, 옥상에서 내려가는 그였다.

정말 끝까지 방심할 수 없는 남자였다. 그리고 분명 방금 저 말도 농담일지도 모른다. 아니, 어쩌면 농담이라고 믿고 싶은 건지도 모르겠다. 그의 진심이 지금은 너무 버겁게 느껴졌기에.

✻

다행히 주호가 더는 그런 농담을 내뱉지 않았다. 두 사람은 어제와 마찬가지로 늦게까지 팀장실에서 야근을 하며, 근처 커피숍에서 사 온 샌드위치와 커피로 저녁을 대신했다.

"팀장님, 11월 20일 패널 설문지가 빠져 있는데요?"

"그래요? 오늘은 너무 늦었으니 내일 연락해서 보내 달라 할게요."

"네."

주호에게 보고를 마친 아진은 다시 자리로 돌아와 꼼꼼하게 자료를 살폈다. 워낙 회사에서 중요시 여기는 일이라, 단 하나의 실수도 있어서는 안 되었다. 국내에서 제일 이름 높은 외국계 계열 회사였지만, 요즘 IT 쪽 경쟁이 워낙 치열하다 보니 하루아침에 판도가 어떻게 뒤바뀔지는 누구도 알 수가 없었다.

그래서 살펴볼 자료가 많은 건 당연한 일이었다. 합작으로 진행하는 프로젝트이다 보니, 단독으로 진행할 때보다 더 많은 테스트를 거치고 있었다. 테스트를 한 패널들의 의견들을 하나하나 정리해 나가고 있는 그때, 테이블 위에 올려 둔 아진의 핸드폰이 지잉, 하고 울어 댔다.

"받아요."

보고 있던 서류에서 눈을 떼지 않은 채, 주호가 아진을 향해 말했다.

"네."

액정에 뜨는 정욱의 이름을 확인하며 아진은 전화를 받았다.

"응, 정욱아."

전화를 받은 아진이 조심스레 팀장실 문을 열고 밖으로 나갔다.

[어제도 늦더니, 오늘도 늦어?]

"응. 조금 더 해야 할 것 같은데."

[누나. 실연의 상처를 일로 달래 보겠다는 건 알겠는데. 좀 적당히 해. 그러다 탈 나.]

꼭 누구와 같은 말은 하는 녀석이었다.

"알았어. 무리하는 거 아니야."

[그래도 이제 좀 퇴근하지? 미영 누나도 기다리는데.]

"미영이 왔어?"

[응. 이 누나 오늘 여기서 자고 갈 기세다. 누나 위로한다더니 자기가 먼저 취했어. 하여튼 못 말려.]

퉁명스러운 말투와 달리 정욱의 목소리엔 웃음기가 배어 있었다.

예전부터 종종 생각했던 거지만, 정욱이 혹시 미영에게 마음을 두고 있는 게 아닐까? 여기까지 생각하던 아진이 재빨리 고개를 내저었다. 나이 차이가 여섯 살이나 나는데 그럴 리가 없겠지.

"더 못 마시게 해. 조금만 더 하고 정리하고 갈게."

전화를 끊은 아진이 다시 팀장실로 들어가려고 하는데 제 가방까지 챙겨 나오는 주호의 모습이 보였다.

"동생이에요?"

아진에게 가방을 건네주며 주호가 씩 웃는 얼굴로 물었다.

"네. 그런데 가방은 왜?"

"적당히 해야지. 김 대리 동생한테 전화까지 왔는데. 어제 보니까 몸이 꽤 좋던데요? 괜히 나 미움받으면 어떡해요? 싸움도 잘 못하는데."

주호가 건네는 농담에 아진은 피식 웃었다. 왠지 모르게 둘이 붙는 모습이 상상이 되어서.

"내가 당하는 거 생각했죠?"

주호의 물음에 아진이 재빨리 고개를 저었다.

"아닙니다."

"거짓말 잘 못하는 성격인 건 알아요? 표정에 다 티 납니다."

꽤 포커페이스라 자부하고 살았는데, 그것도 아닌가 보다. 나란히 걸음을 옮겨 엘리베이터에 도착한 두 사람은 때마침 도착한 엘리베이터에 올라탔다. 먼저 지하 2층 버튼을 누른 주호는 물끄러미 아진을 바라보았다.

"데려다준다 해도 싫다 하겠죠?"

"네."

"역시 그럴 줄 알았어."

이마를 긁적이던 주호가 1층 버튼을 눌렀다. 엘리베이터 문이 닫히고 천천히 아래로 내려가기 시작했다.

"팀장님. 뭐 하나 여쭤 봐도 될까요?"

아진이 꺼내는 말에 주호가 씩 웃으며 그녀를 바라보았다.

"두 개, 아니 열 개 물어봐도 돼요."

장난기 어린 주호의 대답을 사뿐히 무시한 채 아진은 정면만 응시했다.

"어제 그 포장마차엔 어떻게 오셨어요?"

"대답하기 싫은데."

"됐습니다, 그럼."

무덤덤하게 답한 아진은 때마침 1층에 도착한 엘리베이터에서 내렸다. 그런 그녀를 재빨리 뒤쫓아 내린 주호가 아진의 앞을 막아섰다.

"아, 무슨 여자가 이렇게 집착이 없어요?"

"그렇게 많이 궁금한 건 아니라서요."

"자존심 상하네. 난 김 대리한테 궁금한 것투성이인데. 뭐, 어쨌든 대답은 하죠. 대신 나도 김 대리한테 뭐 하나 물어봐도 돼요?"

하나 정도야 답해 줄 수 있었다. 아진은 깊게 고민하지 않고,

천천히 고개를 끄덕였다.

"불안해서 따라갔어요."

민망한 기분이 들었다. 감정을 숨긴다고 숨겼는데, 제 감정의 동요를 이 남자에게 그대로 들켜 버린 것 같아 부끄러웠다. 직접적으로 이별을 통보 받은 당일이라 그런지 감정 조절이 잘 되지 않았나 보다.

"따라가 놓고 후회했지만."

주호의 검은 눈이 평상시보다 더 짙어 보였다.

"얼마나 만났어요, 그 사람?"

짙어진 씁쓸한 눈이 아진을 따라붙었다. 장난기 하나 없는 눈을 마주하고 있기가 왠지 불편해졌다.

"그게 질문인가요?"

"네, 맞아요."

"3년 만났어요."

3년이란 단어에 주호의 표정이 잠깐 흔들렸다. 그러더니 후, 하고 입으로 바람을 불며 본인의 앞머리를 날리는 그였다.

"3년이라……. 기네요."

"길었죠. 쓸데없이."

"그러게요. 쓸데없이."

이 순간만큼은 마음이 통했다. 그게 웃겨 아진은 자신도 모르게 나지막하게 웃음을 터트렸다.

"좋네요. 다시 그렇게 웃는 거 보니까."

주호의 칭찬에 민망해져 이내 웃음을 거두긴 했지만.

"조심해서 가요. 회사에서 가깝긴 해도 여자 혼자 밤길 걷는 거 위험하니까."

"네. 걱정 안 하셔도 돼요."

아진은 주호에게 가볍게 고개를 숙이며 인사를 건네고, 회사를 빠져나왔다. 집까지 걸어가는 이 시간이 아진에겐 제일 소중한 시간이기도 했다. 차분하게 생각도 정리할 수 있고, 부족한 운동량도 채울 수 있는 1석 2조의 만족이 있는 시간이었다.

어느덧 집 앞에 도착한 아진은 오피스텔 밖에 서 있는 정욱과 미영의 모습에 생긋 미소를 지었다. 아마도 자신이 걱정돼 나온 모양인 듯했다.

"어유. 징그러. 예전엔 귀여웠는데. 왜 이렇게 징그러워졌냐? 이 근육 좀 다시 죽이면 안 돼?"

우람한 정욱의 팔근육을 쿡쿡 찌르며 술에 취해 약간 목소리 톤이 높아진 미영이 잔소리를 늘어놓았다. 그 모습을 보며 아진은 또다시 웃음을 삼켰다. 미영의 의견에 전적으로 동의하고 있었으니까.

"아, 이 누나가. 다른 사람이 다 뭐라 해도 누나가 이러면 안 되는 거 아냐? 예전에 그 누구야, 근육질 연예인 좋다고 난리칠 땐 언제고."

"내가 언제?"

"하, 그런 적 없다고? 맨날 그 자식 사진을 핸드폰 바탕 화면으로 해 놓고서는."

투덕거리는 두 사람을 지켜보던 아진은 천천히 두 사람을 향해 다가갔다.

"그러다 동네 사람들 다 깨우겠다."

아진의 말에 두 사람은 동시에 그녀를 바라보았다.

"아진아!"

"누나!

평상시 그들답지 않게 애교가 잔뜩 탑재된 목소리에 아진은 마음이 따뜻해지는 걸 느꼈다. 이 애교가 태준과 이별에 힘들어 할 자신을 위한 배려라는 걸 알고 있었기에.

"힘들었지? 이 팀장님 너무한 거 아니니? 아무리 중요한 프로젝트에 넣어 주었다고 해도 그렇지. 어떻게 매일 이렇게 늦게까지 부려 먹어?"

"그러니까. 어제 그 남자지? 누나 일시키는 남자가? 하여튼 마음에 안 들어."

"야, 그래도 생긴 건 얼마나 멋진지 아니?"

주호가 멋지다는 미영의 발언에 정욱의 얼굴이 굳었다.

"멋져? 그게 멋져? 누나 눈 어떻게 된 거 아니야? 차라리 근육질 연예인이나 계속 좋아해. 무슨 그런 남자보고 멋지대?"

"우리 회사에 이 팀장님 좋아하는 여자가 한둘이 아니거든."

"말도 안 돼."

쓸쓸할 틈도 없었다. 시끄러운 이 두 사람 덕분에. 아니, 생각해 보면 한 사람 더 있었다. 주호 역시 이들 못지않게 시끄러운 사람이었으니까.

❈

자신을 위로하는 술자리인지 둘이 취하려고 마시는 건지 분간이 잘 되지 않았다. 많이 마신다 싶더니 어느새 나란히 소파 위 아래를 차지하고 뻗은 두 사람이었다. 어제 과음의 여파로 술을 거의 마시지 않은 아진이 결국 뒷정리를 떠안게 되었다.

두 사람에게 이불을 덮어 주고, 거의 뒷정리를 끝마치고 돌아서는데 식탁 위에 올려 두었던 핸드폰이 지이잉, 하고 울어 댔다. 벌써 밤 12시가 다 되어 가는 이 늦은 시간에 누구지? 고개를 갸웃거리며 액정을 확인하는데 '이 팀장님' 이라는 이름이 반짝였다.

"네, 팀장님."

혹시 일에 무슨 착오라도 있었던 걸까? 고무장갑을 벗으며 아진은 서둘러 전화를 받았다.

[잘 들어갔어요?]

"네. 그런데 무슨 일 있으세요?"

[일? 아, 제가 오늘 밤에 봐야 할 중요한 서류 하나가 김 대리한테 간 거 같긴 한데.]

"그래요? 금방 찾아보겠습니다."

성급히 가방이 있는 제 방 쪽으로 걸음을 옮기던 아진은 주호의 웃음소리에 걸음을 멈추었다. 혹시 장난이었던 걸까?

[이 늦은 시간에 일 때문에 전화할 리가 없잖아요. 내가 그렇게 악덕 상사인가? 회사에서 늦게까지 부려 먹고 집에 들어간 부하 직원 또 일시키게.]

“그럼 무슨 일로 전화하셨는데요?”

목소리가 퉁명스럽게 나오는 건 어쩔 수가 없었다.

[난 지금 시간이랑 싸우는 중이거든요. 그래서 이렇게 목소리로라도 내 시간을 늘려 보려고.]

의미를 이해하기 힘든 말이었지만, 그래도 그 말을 아예 이해할 수 없는 건 아니었다. 적어도 그가 제게 관심을 표하고 있다는 건 확실하게 이해되었다.

그러기에 여기서 멈추게 해야만 했다. 지금 남자와의 연애 자체에 관심이 없었지만, 회사 사람은 더더욱 사절이었다. 다시는 공적인 관계인 사람과 사적으로 엮이고 싶지 않았다.

“이 팀장님.”

[부담스러워요?]

자신이 하고 싶은 말을 주호가 먼저 물어왔다.

“네. 솔직히 아주 많이요.”

제 귀에 들리는 목소리가 딱딱하기 그지없었다. 이렇게 말했으면 눈치 빠른 사람이니 알아서 멈춰 주겠지.

[다행이에요.]

하지만 전혀 예상하지 못한 답이 그의 입에서 흘러나왔다.

[부담스럽다는 건 어느 정도 날 의식하고 있다는 말이니까. 아무 관심 없다는 말보다 희망적이네요.]

정말 어디로 튈지 감이 안 잡히는 사람이었다. 웃음기 묻어 나오는 그의 목소리에 아진의 머릿속은 더욱 복잡해져 가고 있었다.

시끄러운 두 사람의 고함 소리에 아진은 잠에서 깼다. 눈을 비비며 거실로 나가자 여전히 서로를 바라보며 소리를 내지르고 있는 미영과 정욱의 모습이 보였다.

"너, 너 이 자식 미쳤어? 도대체 뭐 한 거야?"

입술을 손으로 쓱쓱 비비며 큰 소리로 외치는 미영을 보니 분명 뭔가 큰일이 나긴 난 것 같았다. 어제 방에 들어가서 자자고 그렇게 깨워도 두 사람 다 꿈쩍을 안 하더니.

"일부러 그런 거 아니야! 꿈인 줄 알았다고!"

정욱 역시 흥분한 목소리로 외쳤다.

"꿈? 꾸우움? 도대체 어떤 꿈을 꾸기에 자는 사람 입술에 입을 맞춰? 이게 군대 갔다 오더니 아주 이상해졌네, 이상해졌어!"

"아, 그게 아니라……. 꿈이 너무 현실적이어서."

정욱이 큰 잘못을 한 것 같았다. 아진은 나지막하게 한숨을 내쉬며 두 사람 곁으로 다가갔다.

"미영아, 괜찮아?"

걱정스러운 아진의 물음에 미영이 한숨을 푹 내쉬었다.

"안 괜찮으면 어쩔 거야. 저 녀석 잠결에 그랬다는데. 김정욱. 너 나니까 이 정도에서 넘어가 주는 거다. 다른 여자들이었으면 너 발목 잡혀. 알겠어?"

생각보다 쿨하게 넘어가는 미영을 보며 안도하고 있는데, 이상하게 정욱의 표정은 좋지 않았다. 미안하다, 사과를 해도 모자를 판에 잔뜩 굳은 얼굴로 돌아서는 정욱의 모습에 아진 역시 당황했다.

"김정욱. 너 어디 가?"

현관문 앞으로 걸어가는 정욱을 보며 아진이 다급한 목소리로 물었다. 하지만 정욱은 아무런 대답도 안 하고 그대로 현관문을 열고 사라졌다.

"내가 대신 사과할게. 미안해."

이게 다 동생 잘못 키운 누나의 잘못이다. 고개를 푹 숙이며 사과의 말을 건네는 아진의 등을 미영이 가볍게 두드렸다.

"됐어. 실수라잖아, 실수. 그리고 여섯 살이나 어린 꼬맹이가 한 건데, 뭐."

덤덤한 미영의 말투와 다르게 그녀의 볼은 살짝 붉게 달아올라 있었다.

"출근 준비나 하자. 가기 전에 해장도 좀 해야겠어."

속이 쓰라릴 만했다. 어제 두 사람이 해치운 술병들을 힐끗 보며 아진은 느릿하게 고개를 끄덕였다.

✲

아진은 복잡한 얼굴로 팀장실 앞에 섰다. 주호가 제게 관심을 표하는 게 너무 불편해, 확실하게 정리를 하고 싶었다. 앞으로 계속 같이 일을 해야 할 텐데, 이런 복잡한 감정으로 일을 하고 싶지 않았다.

손을 들어 똑똑, 노크를 하자 '들어와요.' 라는 주호의 목소리가 들려왔다. 헛기침을 낮게 뱉은 아진은 천천히 문을 열고 팀장실 안으로 들어갔다.

하지만 뭐가 그렇게 바쁜지 주호는 서류에서 눈을 떼지 않고 있었다. 평상시같이 특유의 생글거리는 미소도 보여 주지 않고 있어서 더더욱 말을 걸기가 힘들었다.

"할 말 있어요?"

여전히 서류에 집중한 채 묻는 주호의 말에 아진은 어색한 표정을 지었다.

"아닙니다. 나중에 할게요."

바쁜 사람 붙잡고 할 말은 아니라고 판단하고 아진은 뒤돌아섰다. 그때 주호의 목소리가 그녀의 발목을 붙잡았다.

"거절할 자격 없어요."

발을 멈추고 굳은 얼굴로 뒤돌아보자, 자신을 뚫어지게 쳐다보는 그의 검은 눈과 마주쳤다. 여전히 그의 의중을 파악하기 힘든, 감정을 읽기 힘든 눈이었다.

"무슨 말씀이시죠?"

"김아진 씨 좋아하는 건 내 감정이니까, 거절해도 소용없습니다. 내 감정의 주인은 나니까."

싱긋 웃으며 자리에서 몸을 일으킨 주호가 천천히 앞으로 걸어 나와 책상에 몸을 기댔다.

"언제가 될지 모르겠지만, 내가 연애하자 그럼 그때나 거절해요. 그땐 김 대리에게 거절할 자격이 생기는 거니까."

이 남자의 언변은 자신이 감당할 수 있는 그런 게 아니었다. 더 길게 말을 섞어 봤자 그에게 휩쓸릴 것 같아 아진은 차분한 얼굴로 고개를 끄덕였다.

"그러죠. 이만 나가 보겠습니다."

"그래요."

주호도 가볍게 고개를 끄덕이며 다시 자리로 돌아갔다.

"그래도 잊지는 말아요."

막 문손잡이를 붙잡는데 뒤에서 주호의 목소리가 들려왔다.

"내가 김 대리한테 마음 쓰고 있다는 거. 그게 위로가 되든 부담이 되든, 당신 마음 한 자락에 내가 있었으면 좋겠어요. 아, 이건 그냥 혼잣말. 나가 봐요."

사람 정신없게 만드는 재주가 있는 남자였다. 길게 상대할수록 휘말리게 되는 이상한 남자. 아무래도 이 남자에게 적응하려면 꽤 긴 시간이 필요할 것 같았다.

자신에게 감정을 털어놓은 이후, 한동안 주호는 잠잠했다. 저돌적으로 밀고 들어오면 어쩌나 걱정했건만, 다행히도 며칠간은 일에만 집중하는 그였다. 그 덕분에 아진 역시 그가 자신을 좋아한다는 것을 잊은 채 일에 집중할 수 있었다.

여느 때처럼 미영과 구내식당에서 식사를 하고 사무실로 돌아오는데, 늘 시끄러운 소식을 몰고 다니는 정 대리 책상 앞에 사람들이 몰려 있는 게 보였다.

"역시 사내 투표 1위는 이 팀장님이네."

"이미 예상한 거 아니야?"

사람들의 속닥거림에 아진의 시선도 컴퓨터 모니터로 향했다. 얼마 전, 신입들을 상대로 강연했던 주호의 사진이 모니터를 통해 보였다. 환하게 웃고 있는 그의 사진은 보고 있는 사람들의 기분을 좋게 만들기에 충분했다.

그래도 저 사진에서 눈은 웃고 있네. 웃으면서 눈이 웃지 않는 건 자신을 볼 때뿐인 걸까? 그래서 그 눈을 볼 때면 어딘가 모르게 불편했다. 제 속을 모두 꿰뚫어 보고 있는 것 같아서.

"그런데 이 팀장님 엄청 철옹성이라는 소문이 있더라."

"그래?"

"응. 이 팀장이랑 같이 미국에서 일한 친구한테 들었는데, 따라다니던 여자가 한둘이 아니었대."

"어디 안 그러겠냐? 여기서도 그러잖아."

사람들 말이 맞았다. 주호를 좋아한다, 대놓고 말하고 다니는 여직원들도 꽤 많았다.

"그런데도 스캔들 한 번이 없었다더라. 웃으면서 거절하니 침도 못 뱉고."

"맞아. 난 우리 이 팀장님 웃는 것만 봐도 심장이 떨린다니까. 그런데 따로 만나는 여자가 있는 거 아닐까? 그 외모에 그 능력에 솔로라는 게 말이……."

"솔로 맞습니다."

갑자기 뒤에서 들리는 익숙한 목소리에 한참 수다를 떨던 사람들이 동시에 굳었다. 수다에 동참하지 않고 있던 아진 역시 당황한 얼굴로 뒤를 돌아보았다. 그러자 씩 웃는 얼굴로 직원들을 바라보는 주호의 모습이 보였다.

"아, 물론 좋아하는 여자는 있지만."

주호의 검은 눈이 슬쩍 아진에게 닿았다 멀어졌다.

"일명 짝사랑이라고 하죠."

주호의 말에 모두 믿기지 않는다는 얼굴로 그를 올려다보았다.

"궁금한 거 모두 풀렸죠? 그럼 일들 하죠. 이제 점심시간 끝났는데."

그제야 모두 벽에 걸린 시계를 바라보았다. 수다에 집중하느라

시간 가는지도 몰랐던 사람들은 각자 자리로 후다닥 흩어졌다.

아진이 나지막하게 한숨을 내쉬며 주호를 바라보자 그는 어깨를 가볍게 들어 올렸다 내리며 싱긋 웃었다. 요 며칠 잠잠하다 싶더니, 사람 자극하는 방법도 가지가지였다.

그 시간 이후로 어딜 가든 주호의 짝사랑 이야기를 들어야 했다.

“들었어? 이 팀장이 짝사랑하는 여자가 있대.”

“우리 회사 직원이래?”

“몰라. 그래도 그렇지 않겠어? 사람들 앞에서 그렇게 얘기한 거 보면.”

“어머, 어머. 누굴까?”

휴게실에서도,

“이 팀장이 회사에 짝사랑하는 여자 있다며?”

“그것 때문에 우리 팀 여직원들도 난리다. 회사의 아이돌이 따로 없다니까.”

“부럽다. 뭐, 남자가 봐도 잘생긴 건 인정. 거기다 능력도 있잖아.”

식당에서도,

“아진아, 들었어?”

하다못해 미영을 만나서도 주호에 관한 이야기를 들어야 했다.

“이 팀장님 얘기면 이제 그만 됐어.”

하루 종일 주호의 관한 이야기를 들었더니, 머리가 아파 올 지경이었다.

"들었구나? 도대체 누굴까? 이 팀장이 좋아하는 여자."

"글쎄."

"엄청 예쁠 거야. 그렇지?"

미영의 물음에 아진은 어색한 미소를 지었다. 청순한 이미지다, 단아하다 그런 이야기는 많이 들었지만, 눈에 뜨일 정도로 예쁘게 생긴 얼굴은 아니었다. 그러기에 이런 이야기들이 부담스러울 수밖에 없었다.

"관심 없어."

"하긴 지금 네가 뭐가 관심 있겠니?"

얼마 전에 아진이 실연당했다는 걸 떠올렸는지 미영이 무거운 한숨을 내쉬었다. 같이 더 있다간 왠지 자신도 심각해질 것 같아, 아진은 먼저 몸을 일으켰다.

"이제 일하러 가야겠다."

"그래. 무리하지 말고. 아, 그런데 정욱이 무슨 일 있니?"

미영의 물음에 아진은 느릿하게 눈을 깜박였다. 무슨 일이라……. 요즘 공부를 너무 열심히 한다는 거 빼놓고는 특별한 일은 없었다.

"아니."

"그래? 알았어. 아, 그 자식 그런데 왜 이렇게 연락을 잘 안 해? 평상시엔 하루에 몇 번씩 연락해서 귀찮게 하던 녀석이."

그런 정욱이 귀찮다 노래를 부르더니 막상 연락이 없으니 신경이 쓰이나 보다. 순간 둘 사이에 이상한 기류를 느꼈지만, 아진은 천천히 고개를 내저었다. 제일 친한 친구와 동생이긴 했지만, 자신이 참견할 일은 아니라고 판단했기에.

미영과 헤어져 다시 사무실로 돌아온 아진은 그 앞에서 태준과 마주쳤다. 계속 한 사무실에서 얼굴을 보고 지냈지만, 이렇게 직접적으로 마주친 적은 헤어진 이후 처음이었다.

"김 대리."

그를 무시하고 그냥 지나치려 하는데, 오히려 아진을 불러 세우는 태준이었다.

"잘 지냅니까?"

그의 입에서 흘러나오는 질문이 기가 막혔다. 아진은 대답할 가치를 못 느끼며 다시 걸음을 옮겼다.

"난…… 잘 지냅니다. 그래야 하니까."

묻지도 않은 답을 하는 태준의 말에 속이 울렁거렸다. 그때 두 사람의 앞에 주호가 나타났다.

"안 그래도 찾았는데."

굳은 얼굴의 아진을 보며 주호가 따뜻한 미소를 지었다.

"같이 봐야 할 자료가 있어요. 가죠."

"네, 팀장님."

아진은 서둘러 주호를 따라 팀장실 안으로 들어갔다. 책상 앞으로 간 주호는 의자에 앉아 홀로 서류를 검토하기 시작했다.

"같이 볼 자료는 없어요. 그냥 잠시 마음을 안정할 시간이 필요할 것 같아서요."

서류를 보며 말하는 주호의 콧잔등이 살짝 찌푸려지는 게 보였다.

"최 과장이 좀 부럽긴 하네요. 김 대리에게 그런 동요를 불러일으킬 수 있다는 게."

그답지 않은 씁쓸한 목소리에 아진은 손을 들어 이마를 긁적였다. 그렇게 동요했었나? 태준이 제게 말을 걸지 몰라 놀랐던 건 사실이었다.

"오늘 내 얘기 많이 들었죠?"

서류에서 눈을 뗀 주호가 씩 웃으며 화제를 돌렸다.

"네. 귀에 딱지가 앉을 정도로요."

"의도한 대로 됐네요. 한 번씩 이렇게 자극해 주려고. 내가 김 대리 좋아한다는 거 잊지 않게."

그러지 말라고 말해 봤자 소용없다는 걸 이미 알고 있기에 아진은 덤덤한 눈으로 그를 볼 뿐 아무런 대답도 하지 않았다.

"그런데 안 궁금해요?"

고개를 갸웃거린 주호가 또다시 아진을 향해 물었다.

"뭐가요?"

"내가 언제부터 김아진 씨를 마음에 담았는지."

씩 웃는 주호의 얼굴에 알려 주고 싶다, 라고 쓰여 있었다. 하지만 아진은 그 신호를 무시한 채 천천히 고개를 내저었다.

"안 궁금합니다."

"와, 너무하다. 궁금할 법도 한데."

다시 한 번 주호의 콧잔등이 찡그려졌다. 저런 버릇이 있다는 걸 알고 있을까?

"왜 안 궁금해요?"

포기하지 않고 다시 묻는 주호를 아진은 차분한 눈빛으로 바라보았다.

"지금도 부담스러운데 그것까지 알면 더 부담스러울까 봐요. 이 팀장님은 내가 더 부담스러워지길 바라시겠지만요."

정곡을 찔렀는지, 잠시 멍해졌던 주호가 이내 유쾌한 웃음을 터트렸다.

"와, 나 벌써 다 파악당했네. 그걸 알면서도 안 궁금하다……. 진짜 냉정한 사람인 거 알아요?"

주호의 말에 반박할 생각 없었다. 지금은 냉정을 유지하는 게 답이었으니까.

"그래서……."

싱긋 웃으며 주호가 그녀를 바라봤다.

"더 매력 있지만."

역시 이 남자는 만만치 않았다. 그래도 이런 그에게 점점 적응을 하고 있는 건지, 주호의 말이 별로 놀랍지는 않았다. 이상하게 조금씩 그에게 익숙해지고 있는 기분이었다.

✻

토요일이었지만, K TV 쪽에서 진행하는 좌담회에 참여하기 위해 회사에 출근해야 했다. 설문지만 받아 보는 것보다, 직접 나가서 패널들의 이야기를 듣는 게 좋지 않겠냐는 주호의 제안에 아진이 찬성했다.

'주말에 데이트할 사람이 없으니 이런 건 좋네요. 마음껏 불러낼 수 있고.'

웃는 얼굴로 저 말만 덧붙이지 않았다면, 더 좋았을 텐데.

생글거리는 얄미운 주호의 얼굴을 떠올리며 아진은 화장대 앞에 앉았다. 그때 정욱이 방에서 나오는 소리가 들렸다. 몸을 일으킨 아진이 문을 열고 나가자, 가방을 메고 현관 앞에 서 있는 정욱이 보였다.

"도서관 가?"

"응."

앉아서 운동화 끈을 매며 묵묵히 대답하는 정욱을 아진이 걱정스러운 눈으로 바라보았다.

"너무 무리하는 거 아니야? 어제도 늦게 들어오더니."

"정신 사나울 땐 공부가 최고야."

요즘 들어 정욱답지 않게 부쩍 애늙은이 같은 소리를 늘어놓았다. 누가 보면 25살이 아니라, 35살인 줄 알겠다. 평상시엔 지나치게 까불어 나이보다 더 어리게 보이더니. 사춘기가 다시 오는 걸까?

"무슨 일 있어?"

"무슨 일은……. 공부를 꼭 무슨 일 있어야 해? 나도 복학하면 4학년이야. 취업 잘하려면 공부 열심히 해야지."

취업을 앞두고 마음이 복잡해서 이러는 거면 차라리 다행인데, 어두운 정욱의 얼굴을 보니 꼭 그게 이유의 전부는 아닌 것 같았다.

"미영이도 걱정하더라. 너 요즘 연락 없다고."

막 몸을 일으키던 정욱이 잠시 멈칫했다. 하지만 이내 아무 말 없이 문을 열고 나가는 그였다.

그런 정욱의 뒷모습을 보며 아진은 나지막하게 한숨을 내쉬었다. 분명 뭔 일이 있긴 있는 모양이다.

걱정을 하며 다시 방으로 들어오는데, 화장대 위에 올려 둔 핸드폰이 지잉, 하며 울어 댔다. 액정에 뜨는 '이 팀장님' 이라는 이름에 아진은 손을 뻗어 전화를 받았다.

"네, 팀장님."

[주소 불러요.]

수화기를 통해 들려오는 뜬금없는 주호의 말에 화장대 의자에 앉던 아진의 눈이 커졌다.

"네?"

[어차피 회사에서 챙길 것도 없잖아요. 바로 김 대리 집에서 출발하게요.]

"아, 아닙니다. 이미 알고 계시겠지만 회사에서 별로 안 멀……."

[추워요. 그것도 엄청. 차에 잠깐 타는 동안 손이 꽁꽁 얼었어.]

뉴스에서 올 겨울 들어 최고의 한파라 말하던 걸 듣긴 했다.

[좌담회 간다고 옷도 편히 못 입었을 거 아니에요. 그러다 감기 걸려요.]

화장대 거울을 통해 제가 입고 있는 옷이 보였다. 하얀 블라우스와 회색 정장 치마, 거기다 오늘 입으려고 꺼내 놓은 코트를 보니, 추워 보이긴 했다. 하지만 뭐, 그렇게 추위를 많이 타는 체질도 아니라서 별로 상관이 없긴 했다.

"괜찮습니다. 그냥 회사로 갈게요."

[날 경계하는 태도는 아주 매력적이긴 한데, 이건 팀장으로서 명령입니다. 팀원 감기 걸리면 팀장이 힘들어요. 거기다가 내가 감기 옮기라도 해 봐요. 누굴 고생시키려고 그래요?]

웃음기 가득한 주호의 목소리가 수화기를 타고 넘어왔다. 이렇게까지 말하는데 거절하기가 힘들었다. 어쨌든 공적인 일로 데리러 온다는 거니까.

"주소 보내 드릴게요."

[네. 그런데 사실은 안 보내도 돼요.]

"네?"

이건 또 무슨 뚱딴지같은 소리일까? 이젠 익숙해졌다 생각했는데, 역시 이 남자에게 완전히 익숙해지는 건 무리가 있나 보다.

[관심 있는 여자 주소 정도는 알고 있어야죠. 아, 설마 벌써 잊지 않았죠? 내가 김아진 씨한테 관심 있다는 거.]

짝사랑하는 여자 있다고 공개적으로 발언한 이후, 한동안 잠잠하다 했더니 또 시작이다.

[그래도 무작정 가는 거 아닙니다. 김 대리가 주소 보내 준다고 했으니, 허락받은 거나 다름없죠. 내가 이래 봬도 예의 바른 남자예요.]

네, 엄청.

"알겠습니다. 운전 조심하세요."

들뜬 주호의 목소리에 아진이 당부의 말을 덧붙였다. 그러자 듣는 사람 기분까지 좋게 만드는 나지막한 웃음소리가 수화기를 통해 들려왔다.

[김 대리가 내 걱정해 주는데 당연히 그래야죠. 신호도 딱딱 지키고, 규정 속도도 절대 안 넘을게요. 오늘은 내비 아가씨 말 잘 들어야겠네.]

"일단 전화부터 끊으셔야죠. 운전하시려면요."

[이게 아쉽네. 운전하면서는 통화 못 하는 게. 알았어요. 끊어요.]

"네."

전화를 끊은 아진은 거울을 통해 비치는 제 모습에 순간 놀랐다. 자신도 모르게 입가에 미소를 짓고 있었기에.

“흠.”

민망함에 헛기침을 낮게 내뱉은 아진은 서둘러 준비를 시작했다. 화장을 마치고 코트를 챙겨 입는데, 때마침 그녀의 핸드폰이 울렸다.

[준비 다 했어요? 도착했는데. 아직 못 했으면 천천히 해도 돼요.]

역시 예상대로 주호의 전화였다.

“아니에요. 지금 바로 내려갈게요.”

전화를 끊은 아진은 가방을 챙겨 들고 집을 나섰다. 엘리베이터를 타고 1층으로 내려가자, 출입문 앞에 세워진 하얀 세단과 그 차에 기대서 있는 주호의 모습이 보였다.

저보고는 춥다더니, 왜 나와서 기다리고 있는 건지. 주호의 걱정에 아진의 걸음은 자연스레 빨라졌다.

“왔어요?”

주호는 손을 들어 가볍게 흔들며 아진을 반겼다.

“왜 나와 계세요? 날씨도 추운데.”

“원래 남자가 이러고 서 있어야 멋지죠. 드라마에서 보니까 다 그러던데?”

어디로 튈지 모르는 주호의 농담에 아진은 고개를 가볍게 저었다.

“타세요. 이러다 늦겠어요.”

아진의 재촉에 주호는 조수석 문을 열어 주었다. 그러자 의자에 가지런히 놓여 있는 무릎 담요가 제일 먼저 눈에 들어왔다.

한없이 가벼운 사람처럼 보이지만, 은근히 배려심이 뛰어난 남자였다. 안 그래도 치마가 좀 짧아, 신경이 쓰였는데.

차에 탄 아진은 다리에 무릎 담요를 덮으며 운전석에 타는 주호를 바라보았다.

"고맙습니다, 담요."

"그건 날 위한 거기도 합니다. 그래야 안전 운전할 수 있을 것 같아서."

싱긋 웃던 주호가 의자 옆에 컵홀더를 가리켰다.

"커피도 있어요. 추우니까 마셔요. 참고로 특별 대우 맞습니다."

끝까지 짓궂은 남자였다. 하지만 그러기에 더 부담이 없었다. 자신을 향한 그의 감정을 알지만, 진지하고 심각하게 치고 들어오는 게 아니라서 차라리 상대하기가 편했다.

본인의 감정을 자신에게 강요하지 않았기에, 그를 공적인 관계로 대할 수 있었다. 팀장 이주호로서.

좌담회는 꽤 많은 도움이 되었다. 현재 스마트 TV 기능을 쓰고 있는 사람들의 불편한 점을 직접 들으며 아진은 노트에 빠르게 정리해 나갔다.

"스마트 쉐어 기능은 너무 어려워요. 스마트폰에 꽤 익숙한 사람인데도, 그 기능을 쓰기가 쉽지 않더라고요."

"네. 설명을 보고 따라 하는데도 힘드신가요?"

"네. 몇 번을 다시 보고 따라 해도 안 돼서, 직접 고객센터에 문의까지 했어요. 그 설명을 들어도 잘 이해가 안 되더라고요. 핸드폰이나 컴퓨터에 있는 영상을 TV로 볼 수 있는 기능은 좋은데 자주 사용은 안 하게 돼요."

"네, 알겠습니다. 수고 많으셨어요."

"네."

몇몇 패널들과 직접 대화를 마친 아진이 노트를 들고 일어섰다. 그런 아진의 곁으로 주호가 싱긋 웃으며 다가왔다.

"도움이 좀 됐어요?"

"네. 음, 스마트 TV를 스마트폰처럼 쉽게 이용할 수 있도록 바꾸면 사람들이 좋아하긴 할 것 같아요."

주호가 아진의 의견에 동의한다는 듯 가볍게 고개를 끄덕였다.

"그렇죠. 지금은 말만 스마트 TV지, 스마트한 기능이 너무 떨어지니까. 그 부분을 잘 공략해야 해요."

"네."

"어쨌든 주말까지 수고 많았어요."

"아닙니다. 팀장님도 수고 많으셨어요."

아진의 말에 주호가 슬며시 본인의 입가를 손바닥을 세워 가렸다. 그녀만 볼 수 있도록.

"수고라고 할 게 있나요. 덕분에 주말에도 김 대리 얼굴 보는데. 난 주말이 아주 싫은 사람입니다."

이럴 땐 그냥 깔끔하게 무시하는 게 편하다는 걸 배운 아진이었기에, 가방을 챙겨 들고 일어섰다. 그런데 그때 주호가 아진의 앞을 막아섰다. 입가에 상큼한 미소가 번지는 걸 보아하니, 무언가 느낌이 불길했다.

"회식합시다."

"네?"

"사실 진작 했어야 했는데. 그동안 우리 너무 바빴잖아요. 곧 정식으로 팀을 꾸릴 거지만, 그전엔 우리 둘이 파이팅해야 하는데. 회식 한 번 해야죠."

주호가 눈앞에 법인 카드를 꺼내 흔들었다.

"그동안 너무 안 긁었어요. 이렇게 고생하는데. 가요. 오늘은 진짜 맛있는 거 먹읍시다."

아진이 거절하지 못하게 회식이라 못 박으며 먼저 걸음을 옮기는 그였다.

회식도 업무의 연장이라는 건 잘 알고 있었다. 하지만 단둘이 하는 회식이라니 상당히 부담스러웠다. 그렇다고 이 프로젝트에 팀원이 더 있는 것도 아니었고.

"안 갑니까?"

서서 자신을 부르는 주호를 아진은 어쩔 수 없이 따라나섰다.

✱

좌담회 장소에서 얼마 멀지 않은, 분위기 좋은 레스토랑으로 아진을 데리고 온 그였다. 회식을 레스토랑에서 하다니, 이건 꼭 회식이 아니라…….

"데이트 같죠?"

정곡을 찌르는 주호의 물음에 아진은 차분한 얼굴로 고개를 끄덕였다.

"한 번은 속아 넘어가 드리겠습니다. 회식 핑계로 데이트 신청하신 거요."

그동안 매번 자신을 도와주는 게 고맙기도 했으니까. 정당한 이유를 갖다 붙이는 자신을 발견하며 아진은 속으로 한숨을 삼켰다. 왜인지 모르게 이 남자에게 자꾸 휘말려 가는 것 같다 생각을 하면서.

"진짜 회식인데? 데이트면 내가 이렇게 안 하지. 레스토랑 통째로 빌리고, 저기서 막 악기 같은 거 연주하고, 이 홀을 꽃으로 장식하고. 어때요? 안 끌려요?"

주호의 농담에 아진이 웃음을 삼켰다. 아니, 어쩌면 이 남자는 충분히 그러고도 남을 것 같다는 생각이 들었다.

"데이트 몇 번 하시면 파산하시겠는데요?"

"그래서 내가 데이트를 안 해요. 좋아하는 여자가 아직 마음을 열 기미가 없어 보이기도 하고."

제게만 알려 주는 듯 나지막한 목소리로 속삭이는 주호의 말에 아진이 동의한다는 듯 고개를 끄덕였다.

"아마 평생 안 열지도 모르죠."

"와, 진짜 무시무시한 발언한다, 김 대리."

상상도 하기 싫다는 듯 작게 몸서리를 치는 주호를 보며 아진은 또다시 웃음을 삼켰다.

"잘 웃네요. 예전처럼은 아니지만."

태준과 연애를 할 때는 항상 늘 웃고 있는 얼굴이긴 했다. 그땐 세상이 모두 핑크빛으로 보이던 시절이었으니까.

"알아요?"

자신도 모르게 떠오른 태준과의 기억에 표정이 홀로 심각해졌는데, 가라앉은 주호의 목소리가 귓가에 들렸다. 고개를 들자 그의 짙은 검은 눈이 보였다.

"나도 상처받는다는 거."

주호의 말에 아진의 눈빛이 흔들렸다.

"특히 그런 표정 지을 때. 누굴 생각하는지 빤히 보이니까."

아진의 표정이 더욱 어두워졌다. 무슨 말을 해야 할까? 그의 감정을 책임질 이유가 제게 없다는 걸 알면서도 신경이 쓰였다.

그런 아진의 복잡한 속내를 아는지 주호가 코를 찡그리며 웃었다.

"뭐, 아직까지 그렇게 많이 상처받지는 않지만요. 그런데 점점 커져요. 김아진 씨 향한 마음이 커질수록, 상처도."

피식 웃던 주호가 본인의 앞에 놓인 스테이크 고기 한 점을 썰어, 아진의 접시 위에 올려 주었다.

"알고나 있으라고요. 그래야 더 부담 팍팍 가질 거 아니야. 먹어요. 이 집 스테이크 진짜 끝내주니까."

다시 특유의 밝은 분위기로 돌아왔다. 하여튼 잠시도 방심할 수 없는 남자였다. 거절할 기회조차 주지 않으면서, 조금씩 틈을 파고드는 영리한 남자. 그런데도 이상하게 미워할 수 없는 사람이었다.

"잘 먹겠습니다, 팀장님."

"그래요……."

대답을 하던 주호의 표정이 서서히 굳었다. 출입문 쪽을 보고 있는 주호의 검은 눈엔 생전 처음 보는 동요가 일었다.

"이래서 유명한 집은 피해야 하는 건데."

나지막한 한숨과 함께 내뱉는 신경질적인 중얼거림에 아진 역시 그쪽으로 고개를 돌리고 말았다.

"보지 마요."

라고 주호가 재빨리 말을 했지만, 이미 늦어 버렸다. 출입문 앞에 화려한 외모를 뽐내는 한 여자와 함께 서 있는 태준의 모습이 아진의 눈에 들어왔다.

"나가죠."

주호가 포크와 나이프를 내려놓으며 말했다. 아진은 들고 있는 나이프와 포크를 더욱 세게 붙잡으며 고개를 내저었다.

"괜찮아요, 음식 아깝잖아요."

애써 덤덤한 목소리로 대답하는데, 태준과 함께 있던 여자가 주호를 향해 다가왔다. 그제야 이곳에 아진이 있음을 눈치챈 태준의 눈빛도 세차게 흔들렸다. 이 상황에서 태연하게 웃고 있는 건 주호의 앞에 멈춰 선 그 여자뿐이었다.

"오랜만이야, 오빠. 이런 데서 다 만나네."

둘이 아는 사이인 걸까? 아진과 태준이 동시에 주호를 바라보았다.

"넌 여전하구나. 그런데 지금은 네 인사 받을 기분이 아니라서."

"그래? 안타깝네. 난 오랜만에 오빠랑 대화 좀 나누고 싶었는데."

"너랑 나누는 대화는 늘 유쾌하지 않아서. 그만 가 보지?"

여자의 고급스러운 향수 내음이 코를 찔렀다. 좋은 향이었지만, 이상하게 속을 울렁거리게 만들고 있었다.

"그래. 나중에 회사에서 봐."

앞에 앉은 아진의 존재는 무시한 채, 주호를 향해 말한 여자는 뒤돌아서 사라졌다. 엉거주춤한 자세로 서 있던 태준 역시 서둘러 그 여자를 따라나섰다.

"괜찮아요? 안 괜찮으면 그냥 나가고."

걱정이 가득한 눈으로 아진을 보며 주호가 다정한 목소리로 말했다.

"괜찮습니다. 걱정 안 하셔도 돼요."

덤덤한 대답과 다르게 손끝이 세차게 떨려 왔다. 덜덜 떨리는 손으로 스테이크를 써는 아진을 보며 낮게 한숨을 내쉬던 주호는 손을 뻗어, 그녀의 접시를 제 쪽으로 가져왔다.

본인의 나이프와 포크로 스테이크를 썰던 주호가 살짝 고개를 들어 아진을 주시했다.

“처음 만날 때도 그랬어요, 김아진 씨. 얼굴은 차분한데 손은 바르르 떨고 있었죠. 그래서 더 인상에 남았는지 몰라요.”

무슨 말은 하는 걸까? 주호가 하는 말이 이해가 되지 않아, 아진은 느릿하게 눈을 깜박였다.

“아, 내가 언제부터 김 대리 좋아하게 됐는지 안 궁금하다고 했죠? 그만 말해야지.”

씩 웃으면서 장난기 어린 미소를 던지는 주호를 보며 아진은 미소를 지었다. 태준의 등장으로 동요됐던 마음이 가라앉았다. 그러고 보면 늘 자신이 동요하는 그 순간에 이 남자가 있었던 것 같다.

“조금은 궁금해지네요.”

아진의 대답에 주호는 피식 웃으며 고개를 저었다.

“안 알려 줄 거예요. 그래야 계속 궁금해할 테니까.”

그의 말이 맞았다. 자신이 언제 이 남자의 마음에 들어가게 됐는지, 조금은 더 궁금해지기 시작했으니까.

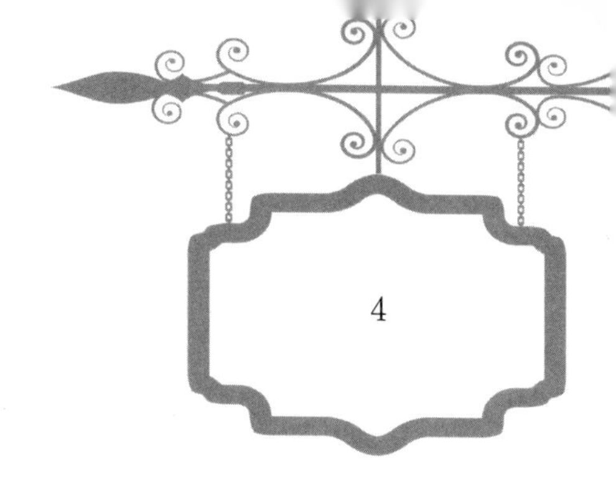

주호는 무던히도 빠르게 흐르는 시간이 이렇게 아까울 수 없었다. 유독 아진과 함께하면 시간이 빠르게 흘러가는 느낌이 들었다. 제 주변의 중력조차 약하게 만드는 대단한 여자였다. 하긴 안 예쁜 구석이 없으니.

"안 데려다주셔도 되는데……."

차 앞에서 머뭇거리며 한발 물러서는 아진을 보며 주호는 싱긋 웃었다. 이렇게 견제하는 모습마저 예뻐 보인다니 중증은, 중증이었다.

"아까 분명 말했을 텐데요. 감기 걸려서 옮기지 말라고. 타요, 추우니까."

사실 주호는 아진과 함께 있으면 추위조차 제대로 느끼지 못했다. 모든 감각이 김아진이란 여자에게 쏠려 추위를 느낄 틈도 없었기에.

"한 번 더 신세 질게요."

자신이 차에 올라타길 기다렸다, 차분한 얼굴로 인사를 건네는 아진을 보며 주호는 웃음을 삼켰다. 곧은 성격이 그대로 묻어나는 말투에 주호는 물끄러미 아진을 바라보았다. 그러자 그녀의 흑요석같이 까만 눈이 저를 향했다.

고요하고 깊은 눈이었다. 저 눈을 보고 있으면 늘 가슴에서 무언가가 울컥거렸다. 지독히도 저 눈을 좋아하다 보니 어느새 제 눈빛이 저 눈을 닮아 버렸다.

"신세는 갚으라고 있는 거 알죠? 신세 갚고 싶으면 회식 말고, 다음에 진짜 데이트하든가. 내가 통째로 레스토랑 빌려줄게요."

농담처럼 던졌지만, 한 번도 농담인 적 없는 진심. 멋대로 비집고 나온 감정은 잘 조절이 되지 않았다. 혹여나 제 진심을 다 들키면 그녀가 놀라 도망갈까, 농담처럼 포장해 버렸다.

아진이 태준과 헤어진 걸 안 다음부터는 감정은 더더욱 조절이 잘 되지 않았다. 이 기회를 절대 놓치고 싶지 않다는 의지가 자꾸 언어에 실려 나갔다.

"운전 조심해서 부탁드립니다."

이젠 제법 능숙하게 제 진심에서 달아나는 그녀였다. 그게 또 귀여워서 주호는 웃음을 삼켰다.

주말인데 길은 어찌나 안 막히는지, 순식간에 그녀의 오피스텔 앞에 도착해 버렸다. 내릴 것 없다 만류하는 아진을 뒤쫓아 주호는 서둘러 차에서 내려 그녀를 보고 싱긋 웃었다.

"얼른 들어가요."

안 그랬다간 손목 잡고 어디론가 도망치고 싶어질지도 모르니까.

"감사했습니다, 오늘."

예의 바르게 고개를 숙인 그녀의 단정한 뒷머리가 주호의 눈에 와서 콕 박혔다. 살짝 흘러나온 잔머리마저 예쁘다, 이 여자는.

오피스텔 출입문 안으로 사라지는 아진을 보며 주호는 나지막하게 한숨을 내쉬었다. 이 빌어먹을 짝사랑을 시작하고 나서 느는 건 한숨뿐인 것 같았다.

아진의 모습이 시야에서 완전히 사라지고 나서야 주호는 차에 올라탔다. 그녀가 앉았던 자리를 보니, 방금 전까지 아진이 덮고 있던 무릎 담요가 정갈하게 개어져 놓여 있었다. 각까지 딱딱 잡아 개어 놓은 게 그녀의 성격을 말해 주는 것 같아 또다시 웃음이 나왔다.

그러고 보니 한숨만 늘은 게 아니라, 웃음도 늘었다.

'조금은 궁금해지네요.'

그녀를 닮은 단정한 목소리가 귓가에 울렸다. 주호는 한 손으론 핸들을 잡은 채 다른 한 손으론 턱을 매만졌다. 입가에 달콤한 미소를 머금은 채 그의 기억은 어느새 과거를 향해 달려 나가고 있었다.

5년 전, 5월, 그녀를 처음 만났던 봄을.

"잠시 들러 봤습니다. 한국까지 와서 인사 안 하고 가면 서운하다 하실까 봐."

유 회장이 있는 회장실에 들른 주호가 넉살 좋은 웃음을 지으며 말했다. 할아버지가 유 회장의 주치의인 인연으로 오랜 시간 알아왔던 양쪽 집안이었다. 그러기에 유 회장은 친손자처럼 주호를 아꼈다. 너무 아껴서 탈이었지만.

"내가 닦달했더니 얼굴은 보여 주는구나. 그래, 아직도 내 손주사위 될 생각은 없고."

유 회장의 물음에 주호는 쓴웃음을 지었다. 개인적으로 유 회장의 인격은 존경했지만, 그의 손녀인 다휜에겐 좀처럼 마음이 가질 않았다. 어릴 때 아들 내외를 사고로 잃었던 유 회장이 너무 오냐, 오냐 키워서 그런지 성격이 지나치게 독선적이었다.

"그건 절대 싫습니다, 회장님."

"녀석. 절대라는 단어까지 붙이는 건 너무하구나."

"안타깝게도 제 타입은 아니라서요. 회장님 눈엔 제일 예쁘겠지만요."

솔직한 주호의 성격을 잘 아는 유 회장이었기에 껄껄 웃으며 넘겼다.

"이왕 온 김에 면접 좀 도와주고 가는 건 어때? 후배들도 직접 뽑고.”

“제가 그럴 자격이 있나요. 좋은 후배들 많이 뽑아 주십시오.”

이제 곧 공항에 가야 하기에 주호는 시계를 들여다보며 몸을 일으켰다.

“이만 가 봐야 할 것 같습니다.”

“그래. 다음엔 미국에서 보자꾸나. 다흰이 보러 곧 갈 테니까.”

“네, 그래요. 대신 절대 저랑 다흰이랑 엮지 마십시오.”

신신당부한 주호가 고개를 꾸벅 숙이며 인사를 건네고 회장실 밖으로 나왔다. 곧장 공항에 가서 여유를 즐겨 볼까 하다가, 면접 상황이 살짝 궁금해졌다. 과연 어떤 후배들이 들어올지, 얼굴이나 슬쩍 보자는 생각에 주호는 면접이 진행되고 있는 5층으로 내려왔다.

별생각 없이 면접 대기자들을 쭉 둘러보는데 한 여자와 눈이 마주쳤다. 하나로 단정하게 틀어 올린 머리, 살짝 볼록한 동그란 이마, 새하얀 얼굴, 긴장했는지 굳게 다물고 있는 붉은 입술까지 다 인상적이었지만, 그중 제일 인상적인 건 바로 그녀의 까만 눈이었다.

찰나지만 빨려들어 갈 것 같은 그 눈을 마주하는 순간, 그 어떤 여자에게도 두근거리지 않던 심장이 두근거렸다. 화려하게 아름다운 얼굴은 아니었지만, 단아하고, 단정한 그 모습에 자꾸만 심장이 떨렸다.

저런 여자가 이상형이었나? 그 여자에게 반한 순간, 머릿속에 이상형이 정립되었다. 참으로 아이러니한 순간이 아닐 수 없다.

하지만 살아생전 그런 감정을 느낀 적이 없기에, 첫눈에 반한다는 그런 감정을 잘 믿지 않는 그였다. 그저 얼굴이 너무 제 스탈이라, 심장이 두근거리는 걸 거라고 생각하며 넘기려 했다. '김아진' 이라는 그녀의 이름은 머릿속에 각인되었지만.

"내가 저런 얼굴에 약한가 보네."

혼잣말을 중얼거리며 뒤돌아서려는 순간, 면접 대기실이 소란스러워졌다. 너무 긴장한 한 대기자가 그만 그 긴장감을 이기지 못하고 바닥에 구토를 하고 말았다.

면접 대기실은 순식간에 소란스러워졌다. 모두들 그 대기자를 피해 멀찍이 떨어지는데, 방금 전 봤던 김아진이란 여자가 일어나 그 여자를 향해 다가갔다.

"괜찮아요? 숨을 좀 크게 쉬어 봐요. 긴장하지 말고. 괜찮으니까. 네, 잘하고 있어요."

구토를 하고 벌벌 떠는 그 여자 옆에 다가간 아진은 그녀의 어깨를 다독이며, 차분한 목소리로 말을 건네고 있었다.

"제대로 취향 저격당하네. 성격도 예뻐, 어떻게?"

이마를 긁적이며 혼잣말을 중얼거리던 주호가 싱긋 웃으면서 아진으로부터 시선을 떼지 못했다. 조금 긴장을 푼 대기자를 화장실로 데려간 그녀는 청소도구를 구해 와, 바닥에 오물을 깨끗하게 정리했다. 그러고는 아무 일도 없다는 듯이 자리에 앉아 차분히 차례를 기다리는 그녀였다.

그런데 차분한 얼굴과 다르게 종이를 붙잡고 있는 그녀의 손끝은 세차게 떨리고 있었다. 본인도 저렇게 긴장했으면서, 다른 사람을 챙기다니. 그런 그녀가 대견하기도 하고, 짠하기도 했다.

마음 같아선 당장 유 회장에게 말해서 면접관으로 들어가고 싶을 정도였다. 그녀가 어떻게 면접을 치르는지 지켜보고 싶어졌기에.

그때 걸려 온 상사의 전화만 아니었다면 정말 그렇게 했을지도 모른다.

[어딥니까?]

같이 출장 온 상사의 호출에 주호는 아쉬운 얼굴로 면접 대기실을 벗어났다. 그땐 그저 스쳐 지나가는 인연이라고 생각했다.

하지만 미국에서 지내면서도 종종 그녀의 얼굴이 떠올랐다. 말 한 마디 못 붙여 본 짧은 인연인데도 어찌나 기억에서 지워지지 않는 건지. 간혹 어떤 날엔 아진이 꿈에 나오기도 했다. 그런 날은 하루 종일 마음이 붕 떠서 일이 손에 잡히지가 않았다.

"딱 한 번 본 여자야. 계속 생각나는 건 왜 그럴까?"

"예뻐?"

룸메이트 동우에게 주호는 진지한 얼굴로 질문을 던졌다.

"말조차 나눈 적 없는 여잔데. 이러는 게 말이 돼?"

"예뻐?"

"어떤 날은 꿈에도 나와. 그 꿈이 어찌나 생생한지 정말 미치겠다니까?"

"그러니까 예뻐?"

계속 같은 질문만 던지는 동우에게 주호는 쿠션을 내던졌다.

"너 같은 상 바람둥이한테 물은 내가 잘못이지."

"너 같은 모태솔로보단 낫거든?"

"모태솔로 아니거든."

"언제? 그 예전에 초등학교 때 잠깐 사귄 거? 그게 솔직히 사귄 거냐? 나 너 좋아, 응, 나도. 이러면서 소꿉장난한 거지."

"임동우!"

주먹을 불끈 쥐는 주호의 행동에 동우는 조용히 입을 다물었다.

"어떻게 첫사랑을 지나가는 여자한테 느껴? 그게 말이 돼?"

물론 그 침묵이 길게 가지 못했지만.

동우의 놀림에 주호는 나지막하게 한숨을 내쉬었다. 자신 역시 그게 고민이었다. 그 짧은 만남에 이런 감정을 느끼다니. 정말 미쳤구나, 라는 생각밖에 안 들었다.

그 인연이 계속 이어질 거라곤 그땐 미처 생각하지 못했었다. 하지만 정말 운명이었던 건지, 그녀를 다시 만났다. 한국으로 돌아오던 그날.

"이주호 팀장님 맞으십니까?"

제 이름이 적힌 플래카드 앞에 가서 서자, 여전히 단아한 외모의 아진이 주호에게 다가와 인사를 건넸다. 그녀를 본 순간, 엄청 반가우면서도 아진을 다시 만났다는 게 잘 실감이 나지 않아 한참 동안 멍하게 서 있었다.

"이 팀장님?"

재차 확인하듯 저를 부르는 아진을 향해 주호는 싱긋 웃는 얼굴로 고개를 끄덕였다.

"맞습니다."

"아, 제가 착각한 줄 알았어요. 한참 동안 아무 말씀이 없으시기에."

단정한 아진의 목소리에 심장이 정신없이 두근거렸다. 임동우, 아무래도 이 여잔 내 운명인가 봐. 미국에 남은 절친한 친구에게 마음의 메시지를 전하며 주호는 아진을 따라나섰다.

그때부터였다. 그녀에게 자꾸 말을 걸고 싶어, 시답지 않은 농담을 건네기 시작한 것은. 그렇게라도 한 마디 더 나누고 싶어, 자꾸만 헛소리를 지껄이게 되었다.

하지만 그녀를 관찰하다 보니, 알면 안 되는 것마저 알아 버리고 말았다. 그녀가 누구에게 마음을 주고 있는지, 그에겐 얼마나 예쁘게 웃는지, 잠깐의 쉬는 시간엔 그녀의 시선이 어디로 향하는지……. 고요하고 깊은 그 시선을 따라가다 보면 항상 최태준, 그가 있었다.

"제길, 날씨는 왜 이렇게 추워."

그날 이후, 고백조차 못 해 버리고 끝나 버린 제 첫사랑을 위로하기 위해 자꾸 옥상을 찾게 되었다. 주호는 사람들이 없는 구

섞인 사각지대에서 쓰라린 마음을 달래고, 또 달랬다.

그러다 또다시 목격하고 말았다. 아진과 태준의 헤어짐을.

빵!

시끄럽고 요란한 자동차 클랙슨 소리에 주호는 옛 기억에서 벗어났다.

막 제 집 앞 골목으로 들어서는데 커다란 대문 앞에 멈춰 서 있는 다휜의 새빨간 자동차가 보였다. 또 반갑지 않은 인물이 등장하셨군.

차를 멈춘 주호가 이마를 찡그리며 막 차에서 내리는 다휜을 향해 다가갔다.

"귀찮게 하지 말고 돌아가."

그나마 고마운 게 있어서 이 정도 상대하는 거였다. 최태준을 유혹한 게 유다휜이었다니, 이런 기가 막힌 인연이 있을까. 졸지에 유다휜은 주호에게 아주 큰 은인이 되었다.

"아까 그 여자 누구야?"

"네가 궁금해할 건 아니라고 본다."

차가운 주호의 눈빛에 이미 익숙한지 다휜은 아무렇지 않은 얼굴로 그를 올려다보았다.

"그 여자 앞에선 아주 잘 웃던데? 오빠 허파에 구멍 난 줄 알았네. 그렇게 잘 웃는 인간이었어?"

"가라."

고마워서 상대해 주는 것도 여기까지였다.

주호는 다흰을 향해 손을 휘휘 내젓고는 대문 앞으로 걸음을 옮겼다.

“정말 난 신경 안 쓰여? 내가 오빠 아닌 다른 남자 만나는데?”

역시 저런 이유로 최태준을 만나는 거였나 보다. 진심으로 사랑해서 백년만년 오래가길 기도하고, 또 기도했건만. 저랑 나랑 무슨 사이였다고 저러는 건지.

주호는 나지막하게 한숨을 내쉬고는 다흰을 향해 걸어갔다. 굳은 얼굴로 다가가는 주호를 다흰이 기대감 가득한 시선으로 바라보았다.

“절대 헤어지지 마.”

진지한 목소리로 건네는 주호의 말에 다흰의 표정이 눈에 뜨이게 굳어 갔다.

“뭐?”

“제발 부탁이다. 헤어지지 마. 지금은 안 돼, 절대. 알겠지? 내 말 명심하고. 이제 그만 가라.”

멍하게 서 있는 다흰에게 손을 내젓고, 주호는 다시 뒤돌아섰다. 제발 유다흰이 제 말을 잘 들어야 하는데.

한심하게도 지금 이 순간, 다흰과 태준이 이별할까 무서워 미칠 것 같았다.

※

오랜만에 유 회장의 호출을 받아 회장실로 올라왔다. 자신이 미국에 있을 땐 상관이 없었는데, 막상 한국에서 일을 하게 되니 직원들 눈이 신경이 쓰였다. 그래서 개인적인 일로는 호출을 자제해 달라 회장님께 미리 부탁드리기도 했다.

“부르셨습니까, 회장님.”

고개를 숙여 인사를 건네는 주호를 유 회장은 손을 들어 반겼다.

“편히 앉아. 오늘은 네 부탁 어기고 개인적인 일로 부른 거니까.”

그게 민망한지 유 회장은 낮게 헛기침을 내뱉었다. 그가 무슨 말을 할지 이미 예상하고 온 주호였기에, 천천히 고개를 끄덕이며 소파에 앉았다. 다흰에 관한 말을 꺼낼 것이 분명했기에.

“소문은 들어서 알고 있지? 다흰이 만나는 사람 있다는 거.”

“네, 알고 있습니다.”

“그 녀석이 이번엔 제법 진심인 모양이야. 같은 부서에 배치해 달라 하는 걸 보니.”

좋아하는 유 회장의 얼굴을 보니 괜스레 주호의 마음이 안 좋아졌다. 철딱서니 없는 손녀는 깊은 할아버지 속도 모르고, 그런 이상한 짓이나 하고 다니니.

뭐, 어찌 됐든 이렇게 된 거 유 회장이 두 사람의 결혼까지 꼭 밀어붙였으면 하는 사심이 마음속에서 피어올랐다.

“그래서 기획 3팀에 배치를 시킬까 하는데. 자네 생각은 어떤가?”

“그건 회장님이 결정하실 일이지요.”

“그래. 알면서도 막상 내 손녀 낙하산으로 앉히려니 눈치가 보여서. 일부러 내 미리 소문은 나게 내버려 뒀다네. 갑자기 앉히는 것보단 그게 나을 것 같아.”

허허실실 속 좋아 보여도, 은근 치밀한 구석이 있는 양반이었다.

“네.”

“네가 보기엔 최태준 과장 어떤 사람 같나?”

이 순간 잠시 딜레마에 빠졌다. 연적인 태준을 향한 제 감정이 좋을 리가 없었다. 하지만 다 된 밥에 재 빠트릴 수 없는 노릇이었다.

“일은 꽤 잘합니다. 성실한 편이기도 하고요.”

이럴 땐 일에 관한 칭찬으로 밀고 나가는 수밖에 없었다. 다른 건 절대 칭찬하고 싶지 않았으니까.

“그래. 대체로 평판이 좋더구먼. 집안 형편이 너무 안 좋다는 게 마음에 걸리기는 하나, 어차피 나도 피붙이라곤 다흰이 하나뿐이고, 차라리 잘됐다 싶어. 어차피 결혼할 거라면 데릴사위로 들여야 할 테니까.”

최태준의 속사정을 다 알게 되는 건 상당히 불편한 일이었다. 아진 같은 여자와 사귀었음에도 불구하고 다흰의 유혹에 쉽게 넘어간 게 영 이상하다고 생각하긴 했지만, 유 회장의 이야기를 들으면 들을수록 불안한 마음은 커지고 있었다.

유다흰이 먼저 깽판 치기 전에, 혹 태준의 마음이 다시 바뀌지 않을까.

주호의 머릿속이 복잡해졌다.

"이런 얘기 나눌 사람이 너밖에 없구나, 내가."

내심 집안 이야기를 주호에게 꺼내는 게 미안했는지, 유 회장이 씁쓸한 눈빛으로 그를 보며 말했다.

"아닙니다. 괜찮습니다."

"그래, 항상 내가 널 내 친손주처럼 의지하고 있는 건 알지?"

"네, 회장님."

"다흰이랑 최 과장 잘 부탁하네. 팀은 다르지만, 그래도 한 공간에서 얼굴 마주칠 사이이니."

이런 부탁을 받는 주호의 속은 말이 아니었다. 라이벌을 잘 봐 달라 부탁을 받다니.

"제가 뭐 할 게 있겠습니까? 알아서들 잘 하겠지요."

끝까지 도와주겠다는 말은 나오지가 않았다. 워낙 이런 부탁을 싫어하는 주호의 성격을 알기에 유 회장도 별말 없이 넘어갔다.

"그래. 주말엔 종종 놀러 와. 요즘엔 통 얼굴을 보기 힘드니. 바둑이라도 한 번 두자고."

"네, 알겠습니다."

"바쁜 사람 내가 길게 붙들고 있으면 안 되지. 가 보게."

"네."

주호는 유 회장에게 공손히 고개를 숙여 보이곤 회장실 밖으로 나왔다.

마음이 이래저래 복잡했다. 저번에 태준이 아진에게 말을 걸 때도 상당히 느낌이 안 좋았었는데. 아, 최태준 이 자식. 헤어져서까지.

움켜쥐고 있는 주먹에 힘이 들어가는 건 어쩔 수가 없었다.

그때, 누군가 제 앞에 멈춰 서는 게 느껴졌다. 짙은 향수 냄새를 맡는 순간, 그게 다흰이라는 걸 단번에 눈치챘지만.

"할아버지 만나고 가?"

복도에서 마주친 게 반가운지 다흰은 환하게 웃는 얼굴로 주호에게 말을 걸었다.

"그 말투부터 조심하죠?"

갑작스러운 주호의 존댓말에 다흰이 눈을 동그랗게 떴다.

"왜 그래? 갑자기?"

"기획 3팀 팀장으로 온다면서요? 회사에선 말 높입시다. 아는 사이라고 소문나고 싶지 않은데."

"할아버지한테 들었어?"

소귀에 경 읽기도 아니고. 제 말을 못 알아들은 건지 여전히 반말로 물어오는 다흰을 보며 주호는 가볍게 고개를 내저었다.

"그래서 이렇게 속이 뒤집어졌구나?"

너 때문이 아니거든.

"사실 신경이 쓰이긴 하는 거지? 절대 헤어지지 말라는 말도 질투 나서 한 거고?"

참 세상 편하게 산다, 유다흰.

상대해 봤자 저만 더 피곤해지겠다는 생각에 주호는 말없이 엘리베이터 쪽으로 걸음을 옮겼다.

"그래. 오빠가 헤어지라고 하기 전까진 안 헤어질게. 도저히 질투 나서 못 참겠으면 말해 줘."

저런 성격이 도움이 될 때가 있구나. 아마 지구도 제 중심으로 돈다고 생각하겠지, 유다흰은.

발랄하게 손을 흔들고 멀어지는 다흰의 뒷모습을 보며 주호는 고개를 설레설레 내저었다. 뭐, 어찌 되었든 절대 안 헤어진다는 건 고마운데, 불안한 건 다흰 쪽이 아니었다.

다시 한 번 제 머릿속에 떠오르는 훤칠한 태준의 얼굴에 주호의 주먹엔 힘이 들어가고 있었다.

❋

유치한 걸 알면서도 주호는 자연스레 태준을 의식할 수밖에 없었다. 잠시 휴식을 취할 때면 어김없이 몸을 일으켜 유리 문 앞에 서서 태준을 관찰했다.

최태준도 아직 아진에게 마음이 남아 있는 게 아닌가, 하는 생각에 자꾸 주시하게 되는 건 어쩔 수가 없었다. 그런데 의심은 점점 확신으로 변해 갔다.

"최태준."

으르렁거리듯 나지막하게 그의 이름을 중얼거리던 주호가 또 다시 아진에게 머무는 태준의 시선을 좇아갔다. 마음 같아선 아진 자리의 파티션만 높여서라도, 그가 그녀를 볼 수 없게 만들고 싶었다. 제게 그런 자격이 없음을 알면서도.

신경 끄고 일이나 하자는 생각에 태준으로부터 시선을 떼는데, 하필이면 팀장실 쪽을 보고 있던 아진과 그대로 시선이 마주치고 말았다. 제 속을 훤히 들여다보고 있는 것 같은 깊은 까만 눈에 주호는 이마를 긁적이며 어색한 미소를 지었다.

재빨리 문 뒤로 물러서긴 했는데, 보고서를 들고 의자에서 일어서는 그녀가 보였다. 이내 문 앞에 선 아진은 들어가도 되겠냐는 듯이 빤히 저를 바라보았다.

"들어와요."

문 앞으로 걸어간 주호가 직접 문을 열어 주자, 아진은 고개를 가볍게 숙였다 올렸다.

"좌담회 리스트 정리 끝났습니다."

"그래요. 수고했어요."

보고서를 받아 든 주호가 천천히 제 자리로 걸어갔다.

당연히 아진이 나갔을 거라 생각하고 의자에 앉으며 주호는 나지막한 한숨을 내쉬었다. 짝사랑이라는 거 사람을 참 무기력하게 만드는구나.

"저기……."

또다시 나지막한 한숨을 흘리는데 조심스레 저를 부르는 아진의 목소리가 들렸다. 깜짝 놀라 자세를 바로 잡은 주호는 단정하게 내려온 앞머리를 쓸어 넘기며 아진을 바라보았다.

"아직 있었어요?"

"네. 그런데 무슨 일 있으세요, 팀장님?"

저를 향한 걱정이 묻어 나오는 목소리를 들으니 금세 웃음이 새어 나왔다. 하루에도 몇 번씩 김아진이란 여자로 인해 기분이 하늘 끝까지 올랐다, 땅 끝까지 꺼지곤 했다. 도대체 이 여자가 제게 무슨 짓을 한 걸까.

"걱정해 주는 겁니까?"

웃음기 묻어 나오는 목소리로 묻는 주호를 향해 아진은 별다른 망설임 없이 고개를 끄덕였다. 솔직하게 제 감정을 표현하는 저 모습이 예뻐 또다시 주호의 얼굴엔 미소가 번졌다.

"아무 일도 없는데, 무슨 일이라도 만들긴 해야겠군요. 김 대리가 계속 내 걱정하려면."

주호의 농담에 그제야 안심했는지, 아진의 입가에 잔잔한 미소가 번졌다.

"다행이네요. 그럼 이만 나가 보겠습니다."

그래요. 안 그랬다간 영영 못 나가는 수가 있어요.

문을 열고 팀장실 밖으로 나가는 아진을 주호는 오래도록 시선에 담았다.

회사 1층에 위치한 커피숍에서 따뜻한 커피 두 잔을 산 주호는 경쾌한 걸음으로 아진을 찾아다녔다. 재무팀 주미영 대리와 구내 식당에서 식사를 하고, 휴게실로 가고 있을까?

대략 20분 정도 남은 점심시간을 확인한 주호가 조금 더 빠른 걸음으로 휴게실을 향해 들어갔다. 그러자 사람들이 삼삼오오 짝을 이루어 떠들어 대고 있는 소리가 들렸다.

"다음 주에 기획 3팀 새로 꾸려진다며?"

"그렇다더라. 회장님 손녀가 팀장으로 온대."

"최 과장은 좋겠네. 든든한 동아줄 잡아서."

대부분 사람들의 주된 대화 내용은 저러했다. 아마 이 소문도 회장실 쪽에서 먼저 흘러나온 것이리라. 이렇게 회사가 시끄러울 정도면 분명 아진의 귀에도 들어갔을 텐데.

"또 거기 있겠네."

혼잣말을 중얼거리던 주호가 걸음을 돌렸다. 엘리베이터를 타고, 옥상으로 올라간 주호는 얼마 전까지 자신의 아지트였던 그곳으로 천천히 걸음을 옮겼다. 추운 날씨에도 불구하고 어김없이 그곳에 서 있는 아진을 보니, 괜스레 속이 상했다.

"감기 안 걸리게 조심 하라니까."

커피를 내밀며 말을 건네는 주호를 보고도 아진은 별로 놀라는 눈치가 아니었다. 몇 번 이런 만남이 반복되다 보니, 이젠 놀라지도 않나 보다.

"소문 들었어요?"

주호의 물음에 아진은 차분한 눈빛으로 고개를 끄덕였다.

"네."

"그래서 속상해요?"

주호의 물음에 아진이 입가에 씁쓸한 미소를 지으며 고개를 내저었다.

"아니요. 생각보다 아무렇지 않아요. 이미 알고 있던 일이기도 했고요."

분명 제게 궁금한 게 많을 텐데, 아진은 아무것도 묻지 않았다. 다흰과 자신이 아는 사이라는 걸 그날 봐서 전부 알 텐데.

"왜 나한테 아무것도 안 물어요?"

끝내 궁금증을 이기지 못하고 주호가 먼저 묻고 말았다. 이래서 더 많이 좋아하는 쪽이 약자인가 보다. 알고 싶은 것도 많고, 궁금한 것도 많다. 저 자그마한 머릿속을 온전히 다 들여다보고 싶을 만큼.

"별로 궁금한 게 없어서요."

다행인 건 아진이 제 질문을 피하지 않는다는 거였다. 그럼에도 불구하고 주호의 마음은 여전히 불안했다. 늘 감정을 절제하기만 하는 아진의 모습이 마치 폭풍전야의 고요한 바다 같았다. 억눌렀던 감정이 터져 나오는 그 순간이 올까, 두려워졌다.

"감정을 확 터트리는 걸 본 적이 없어요. 첫날 헤어졌을 때 빼고는. 그래서 더 두려워요. 참고, 억누른 그 감정이 터지는 순간이 올까 봐."

불안한 제 감정을 끝내 털어놓고 말았다. 하지만 여전히 아진의 얼굴은 차분했다. 그 모습에 또 바보같이 안도를 하고 만다.

"넋두리 좀 해 봤어요. 좀 불쌍해 보이라고. 그럼 혹시나 김대리 마음에 조금의 동정심이라도 생길까 봐."

제 감정을 털어놓은 게 부끄러워, 농담처럼 이 상황을 모면하고 있었다. 입가엔 늘 그랬듯 미소를 흘리면서.

"커피 마셔요."

그녀와 함께 있으면 더 많이 떠드는 쪽도 항상 저였다. 한 마디라도 더 말을 걸고 싶어, 자꾸만 쓸데없는 말이 튀어나오곤 했다.

"걱정 안 하셔도 돼요."

귓가에 들리는 나지막한 아진의 목소리에 주호는 홀린 듯 그녀를 바라보았다. 고요한 깊은 아진의 눈에 심장이 미친 듯이 빠르게 뛰었다.

"감정을 참고 있는 게 아니라, 이젠 정말 별로 감정이 남아 있지 않으니까요. 그래서 궁금한 것도 없는 거고요."

당장이라도 입에서 환호성이 터져 나올 것 같았다. 멋대로 아진을 향해 팔이 뻗어 나가는 걸 간신히 참으며 주호는 한 발자국 뒤로 물러섰다. 안 그랬다간 그대로 그녀를 끌어안게 될 것 같아서.

"그런 사람이 왜 이런 데서 혼자 있어요? 청승맞게."

그녀를 안고 싶은 욕망을 억누르며 주호는 청명하게 맑은 하늘로 시선을 돌리며 물었다.

"그냥 조금은 서글퍼져서요."

씁쓸한 목소리로 중얼거리는 아진을 향해 다시 주호의 시선이 돌아갔다. 매순간 그녀의 표정이 궁금해 다른 데 길게 시선을 돌리지도 못했다.

"연애를 한 시간은 긴데, 감정이 이렇게 쉽게 끝나 버리는 게 조금은 슬프네요. 이래서 시작은 늘 끝을 동반하나 봐요."

그녀 옆에서 보낸 몇 주의 시간이 헛된 것은 아니었나 보다. 이제 제법 제 앞에서 감정을 솔직하게 표현하는 그녀가 고마워, 주호의 얼굴엔 상큼한 미소가 번졌다.

"아닌데."

제 반박에 아진의 까만 눈이 동그랗게 변했다.

"내 마음엔 끝이 없어요. 시작만 있지. 궁금하면 한 번 들어와 보든가."

팔을 활짝 벌리며 제게 오라는 듯 손짓하는 주호의 모습에 아진이 웃음을 삼켰다.

"사양하겠습니다."

라고, 나지막하게 내뱉으며 돌아서는 그 모습도 예뻤다. 나는 당신이 미치도록 좋다, 그 말을 대신해 씩 웃으며 고개를 숙였다. 어서 빨리 제 마음을 향해 아진이 한 발 내딛기를 바라면서.

정욱이 연락도 없이 외박을 하는 바람에 아진은 거의 뜬눈으로 밤을 지새워야 했다. 성인인 정욱이 외박을 아예 안 하는 건 아니었지만, 이번처럼 연락이 안 되는 건 처음이었다. 어젯밤부터 전화를 수십 번 넘게 했건만, 여전히 연결이 되지 않고 있었다.

"정말 무슨 일 있는 거 아니야?"

초조한 얼굴로 손톱을 깨물던 아진은 다시 손에 쥐고 있던 핸드폰의 통화 버튼을 눌렀다. 하지만 이번에도 역시 연결이 되지 않으니, 나중에 다시 걸라는 녹음 멘트만이 돌아올 뿐이었다.

출근 준비를 다하고 나서도, 아진은 집을 나서지 못하고 있었다. 혹시 지금이라도 정욱이 돌아올까, 계속해서 현관 주변을 서성였다.

요즘 풍기는 분위기가 영 이상했던 게 자꾸만 마음에 걸렸다. 이럴 줄 알았다면 좀 더 주의를 기울였어야 했는데.

일이 바쁘다고 무심했던 스스로를 원망하며 아진은 한숨을 푹 내쉬었다. 일단 출근하기 전 회사 근처 경찰서부터 가 봐야겠다 생각하며 집을 나섰다.

자연스레 그녀의 걸음 역시 빨라질 수밖에 없었다. 경찰서 주변에 거의 도착했을 즈음, 손에 꽉 쥐고 있던 아진의 핸드폰이 지잉, 하며 울어 댔다. 서둘러 핸드폰을 내려다본 아진은 액정에 뜨는 정욱의 이름에 안도의 한숨을 내쉬었다.

"김정욱. 너 어떻게 된 거야? 누나가 얼마나 걱정했는지 알아?"

평상시 차분한 성격의 그녀답지 않게 몇 단계 높은 목소리 톤이 튀어나왔다.

[미안. 어제 술을 너무 많이 마셔서.]

"그래도 그렇지. 무슨 일 생긴 줄 알았잖아?"

술에 취해 그랬다니, 안도가 되면서도 신경질이 났다. 하지만 이런 실수를 자주 하는 정욱도 아니었으니, 이번 한 번은 그냥 넘어가자 생각하며 마음을 가라앉혔다.

[진짜 미안해, 누나.]

"진짜 아무 일도 없는 건 맞아? 술 취해서 무슨 사고 친 건 아니지?"

[어? 그, 그럼. 아무 일도 없지. 사, 사고 칠 게 뭐 있어?]

흥분하는 정욱을 보니 영 수상했다. 혹시 술 취해 누구랑 치고 받고 한 게 아닐까?

"정말이야?"

[그럼. 거, 걱정 마.]

"어디서 잤는데?"

수화기 너머 긴 침묵이 흘렀다. 점점 더 수상했다. 분명 무슨 일이 있는 거 같은데…….

"김정욱?"

[치, 친구네서. 어제 대학 동기 놈이랑 술을 마셨거든. 아, 누나. 나 머리가 너무 아파. 아직도 술이 안 깨서.]

도대체 얼마나 마셨기에 이러는 건지. 아진은 나지막하게 한숨을 내쉬었다.

"혹시 몰라 콩나물국 끓여 놓고 나왔어. 그거 먹어."

[역시 누나밖에 없다니까. 누나, 늦겠다. 출근 시간 다 된 거 아니야?]

정욱의 말에 아진은 손목에 찬 시계를 들여다보았다.

"알았어. 그만 끊어."

[응, 누나.]

전화를 끊은 아진은 다시 한 번 안도의 한숨을 내쉬었다. 그래도 정말 다행이었다. 별 탈 없이 무사히 정욱이 돌아와서. 하지만 이 안도감은 길게 가지 못했다. 회사 로비에서 어제와 똑같은 옷을 입고 있는 미영을 마주치는 순간 아진의 머릿속은 또다시 복잡해졌다.

"너…… 외박했어?"

자신을 보며 흠칫 놀라는 미영을 보며 아진이 살짝 떨리는 목소리로 물었다.

"어? 아, 아니. 외박이 아니라. 거의 밤새워서 일했어. 그랬더니 너무 찝찝해서, 근처 사우나 좀 다녀왔어. 너도 알지? 요즘 우리 부서 한창 바쁜 거."

"진짜야?"

여전히 의심의 눈초리를 거두지 않는 아진을 향해 미영이 재빨리 고개를 끄덕였다.

"진짜지! 내가 왜 너한테 그런 거짓말을 하니?"

펄쩍 뛰며 말하던 미영은 때마침 울리는 핸드폰을 아진을 향해 내밀었다.

"봐, 벌써 과장님이 나 찾는다. 그만 가 볼게."

미영의 핸드폰 액정에 찍힌 과장님 이름에 아진은 일단 의심을 거두었다. 저렇게까지 말하는데 심증만 가지고 계속 의심할 수가 없었다. 하지만 역시 마음 한구석엔 의심이 남아 있었다. 정욱과 미영 둘 사이에 무슨 일이 있는 건 아닐까, 하는.

"둘이 알아서 할 일이기는 한데."

제일 친한 친구이고, 동생이다 보니 신경이 쓰일 수밖에 없었다. 나지막하게 한숨을 내쉰 아진은 고개를 휘휘 내젓고는 걸음을 옮겼다. 이러다간 정말 지각할 것 같았다.

다행히 딱 타이밍을 맞춰 도착한 엘리베이터를 타고, 기획팀이 있는 12층으로 올라갔다. 간신히 지각을 모면한 아진은 안도의 숨을 내쉬며 자리에 앉았다.

"늦으셨네요, 김 대리님?"

옆자리에 앉은 이지윤 사원의 인사에 아진은 눈을 동그랗게 떴다.

"자리 바뀌었어요?"

"네. 최 과장님 기획 3팀으로 가시면서, 저랑 정 대리님 자리만 바뀌었어요."

지윤의 말에 자신과 대각선 자리였던 태준의 자리로 아진은 천천히 시선을 옮겼다. 혹시나 고개를 돌렸다가 그와 눈이라도 마주칠까 힘들었는데, 차라리 잘되었다 생각하면 씁쓸한 미소를 지었다. 마음은 이미 많이 정리되었지만, 씁쓸함이 남는 건 어쩔 수가 없었다.

그때 경영기획 본부장과 함께 사무실 안으로 들어오는 주호와 다흰의 모습이 아진의 눈에 들어왔다. 이미 레스토랑에서 한 번 마주친 적이 있기에 아진은 차분한 눈으로 다흰을 올려다보았다.

저 여자는 아마도 몰랐겠지. 저와 태준이 만났다는 사실도. 함께 일을 진행할 일은 거의 없겠지만, 그래도 한 공간에서 자주 얼굴을 볼 사이이니, 아예 모르는 게 낫다 싶었다. 이제 태준이 제게 그리 의미가 큰 사람도 아니었으니까.

"인사들 하세요. 이번에 새로 온 기획 3팀 팀장 유다흰 씨입니다. 아직 기획 3팀은 제대로 팀이 꾸려지지 않았으니, 다들 많이 도와주길 바랍니다."

본부장님 소개에 부서 사람들은 조용히 박수를 쳤다. 아진 역시 기계적으로 박수를 치고 있는데, 제 쪽을 보고 있는 주호와 허공에서 시선이 마주쳤다. 저를 보자마자 씩 웃으며 상큼한 미소를 날리는 주호의 모습에 아진 역시 입가에 부드러운 미소를 지었다.

이상하게 주호를 보면 마음이 편해졌다. 아직까지 그에게 심장이 두근거린 적은 없었지만, 주호가 많은 의지가 되는 건 사실이었다.

그때, 기획팀 사람들에게 인사를 건네는 다흰의 목소리가 아진의 귓가에 들렸다. 주호를 향하던 시선을 거두고, 아진은 다시 다흰을 향해 시선을 옮겼다.

"반가워요. 제가 할아버지 손녀라 많이 부담스러우시겠지만, 그런 거 신경 쓰지 마시고 편하게들 지냈으면 좋겠네요. 잘 부탁해요."

다흰의 소개말에 옆자리 지윤이 아진을 향해 몸을 기울였다.

"신경 쓰라는 말보다 더 부담스럽지 않아요?"

제 귀에만 들리게 나지막하게 속삭이는 지윤의 말에 아진은 쓴웃음을 지으며 이마를 긁적였다. 대놓고 회장 손녀라고 밝히고 나오니, 직원들이 부담을 가지는 건 당연한 일이었다. 하지만 다흰 역시 그런 걸 별로 신경 쓰는 눈치가 아니었다.

도도한 시선으로 직원들을 쭉 훑어보던 다흰의 시선은 아진 앞에서 멈춰 섰다. 잠시 기억을 떠올리듯 이마를 찡그리던 다흰이 아진을 알아보았는지, 이내 눈을 동그랗게 떴다.

레스토랑에서 마주쳤을 때 제대로 시선조차 주지 않기에 못 알아볼 줄 알았더니, 알아본 걸까?

왠지 모르게 불편한 느낌에 아진이 먼저 다흰의 시선을 피했다. 주호와 잘 아는 사이라 아무래도 함께 있었던 저를 신경 쓰는 눈치였다.

“자, 그럼 인사도 끝났으니, 이제 그만 일들 하죠.”

본부장이 떠나가고 나자, 주호가 손바닥을 마주치며 어딘가 모르게 어수선해 보이는 직원들을 향해 말했다. 그러고는 곧장 아진을 향해 다가온 그가 의자를 손끝으로 톡톡 건드렸다.

“김 대리는 내 방으로 따라와요.”

주호의 말에 아진은 그에게 보고할 서류들을 챙겨, 자리에서 일어났다.

“무슨 일 있었어요?”

팀장실에 들어가자마자 주호가 아진을 가로막으며 몸을 숙여 물었다.

“네? 아니요. 아무 일도 없습니다.”

재빨리 고개를 내젓는 아진을 보며 주호는 가볍게 고개를 끄덕였다.

“다행이네요. 늦게 출근해서 걱정했어요. 원래 잘 안 늦잖아요, 김아진 씨."

"걱정 끼쳐서 죄송합니다."

아진의 대답에 주호는 콧잔등을 살짝 찡그렸다.

"아깝긴 하네요. 지각했으면 상사의 카리스마 좀 보여 주는 건데. 내가 그동안 너무 부드러운 모습만 보여 준 것 같아서 매력이 좀 반감되죠?"

씩 웃으며 농담을 건네는 주호를 보며 아진은 말없이 미소 지었다.

"어? 아니라고는 안 하네. 아, 조만간 날 잡아서 남자다운 모습 좀 보여 줘야겠어. 그래야 좀 더 빨리 날 남자로 보지."

"보고하겠습니다."

서류를 내미는 아진을 보며 주호가 피식 웃음을 삼켰다.

"조용히 하고 일이나 하라는 말이죠? 그래야죠. 내가 또 김 대리 말은 잘 들으니까."

방금 전 카리스마를 보여 주겠다는 남자답지 않게, 바로 수긍하며 자리에 앉는 주호가 왠지 모르게 귀엽게 느껴졌다. 저보다 나이가 많은 남자가 이렇게 귀여울 수 있다니, 그것 또한 신기한 일이었다.

"김아진 씨?"

주호에게 보고를 마치고 팀장실 밖으로 나오는데, 그 앞에 서 있던 다휜이 제 이름을 불렀다.

"네?"

"잠깐 얘기 좀 하죠?"

휴게실을 가리키는 다흰의 손짓에 아진은 어쩔 수 없이 그녀를 따라나섰다. 아침부터 왜 이리 보자는 사람이 많은 건지, 정신이 없었다.

"맞죠? 그때 레스토랑?"

휴게실에 들어가자마자 제게 묻는 다흰을 아진은 말없이 올려다보았다.

"맞나 보네. 우리 회사 직원일 줄은 몰랐는데."

"그건 왜 물어보시는 건지 여쭤 봐도 될까요?"

"그날 보니 오빠랑 꽤 친해 보여서요."

이 여자는 태준과 사귀면서 왜 주호의 사생활까지 관심을 가지는 걸까? 그 정도로 주호와 친한 사이인 걸까?

그런데 왜 이렇게 제 기분이 안 좋아지는 건지 그 이유를 알 수가 없었다.

"사적인 자리는 아니었습니다."

"그래요? 그럴 거라고 생각했어요. 오빠가 사적으로 여자 만나고 그럴 사람이 아니거든요."

마치 제 애인을 이야기하듯 주호에 대해 이야기하는 다흰의 말에 아진의 머릿속은 점점 더 복잡해지고 있었다.

"됐어요. 그만 가 봐요. 그냥 단순한 의문이었어요."

"네. 그만 가 보겠습니다."

아진은 다흰을 향해 고개를 숙이고 휴게실을 벗어났다. 이상하게 저 여자가 신경이 쓰였다. 태준 때문이 아니라, 주호 때문에.

그 사실에 놀란 아진은 서둘러 고개를 휘휘 내저었다. 태준과 헤어진 지 몇 주나 되었다고 벌써 다른 남자가 신경이 쓰이는 제 마음이 어색했다.

늘 같이 점심을 먹는 미영이 일이 바빠서 점심을 못 먹을 것 같다 연락을 해 왔다. 그냥 기획팀 식구들과 점심을 먹을까 하다가, 왜인지 연락하기도 귀찮아 아진은 홀로 구내식당으로 갔다.

저 말고도 혼자 식사하는 직원들이 몇 있었기에, 아진은 사람들 눈 의식하지 않고 안쪽 자리에 가서 앉았다. 그런데 제 앞에 식판 하나가 놓이는 게 보였다.

"어쩐지 오늘은 구내식당에서 밥을 먹고 싶더니."

고개를 들자, 저를 보며 상큼한 미소를 짓는 주호의 얼굴이 보였다.

"팀장님? 팀장님도 혼자세요?"

"나 원래 혼자 밥 먹는 거 좋아해요. 왠지 분위기 있어 보이잖아."

신나하는 주호를 보니, 왠지 모르게 장난이 치고 싶어졌다.

"그럼 제가 다른 데로 갈까요?"

아진의 물음에 주호가 재빨리 손을 내저었다.

"그러기만 해 봐요. 나 엉엉 울 거야."

씩 웃으며 농담을 건네는 주호의 말에 아진은 웃음을 삼켰다.

“그건 별로 보고 싶지 않네요.”

“그렇죠? 아, 오늘은 내가 운이 무지 좋네. 김 대리랑 점심을 다 먹고.”

그녀와 함께 점심을 먹는 게 마냥 즐거운 눈치였다. 그 유쾌한 에너지가 아진에게 고스란히 전달되고 있었다. 갑자기 두 사람 앞에 끼어 든 불청객들만 아니었다면 계속 그 기분을 유지했을지도 모르겠다.

“오빠. 아, 아니. 이 팀장님.”

귓가에 들리는 다희의 하이톤 목소리에 두 사람의 시선은 자연스레 그쪽을 향했다. 그러자 식판을 들고 서 있는 다희과 태준의 모습이 보였다. 예상치 못한 인물의 등장에 두 사람의 표정이 굳는 건 당연했다.

“같이 점심 먹자 했더니 싫다더니. 여기서 다 만나네……요?”

주호에게 어설픈 존댓말을 건네던 다희의 날카로운 시선이 아진을 스쳐 지나갔다.

“우리가 같이 점심 먹을 이유가 없잖습니까. 유 팀장? 같이 먹기 영 불편한데 다른 데 가서 먹죠?”

주호답지 않은 차가운 눈빛이 태준을 스쳐 다희 앞에 멈추었다.

“왜 이래요? 모르는 사이도 아니면서.”

“김 대리, 우리가 다른 데 가서 먹을까요? 내가 맛있는 식당 아는데.”

여기서 그냥 식사를 했다간 체할 것 같기에, 아진은 천천히 고개를 끄덕였다.

그제야 다휜이 한발 물러섰다. 태준은 아무 말도 못 한 채 그저 다휜과 아진의 눈치를 살피고 있을 뿐이었다.

"그럴 거 없어요. 그냥 우리가 다른 데 가서 먹을 테니. 오빠, 가자."

"어, 그래."

기분이 상했는지 굳은 얼굴로 뒤돌아서는 다휜을 태준이 재빨리 뒤쫓았다. 어딘가 모르게 기가 눌려 보이는 태준의 모습에 아진은 괜스레 마음이 안 좋았다. 저런 모습 보면 통쾌할 줄 알았는데, 그저 씁쓸할 뿐이었다.

"기분 상했죠?"

제 눈치를 살피며 묻는 주호를 향해 아진이 재빨리 고개를 내저었다.

"아닙니다."

"진짜 괜찮아요?"

"네."

"혹시 유 팀장이 김 대리 기분 나쁘게 하면 나한테 바로 말해요. 알았죠?"

자신을 걱정하는 검은 눈이 따뜻했다.

"너무 신경 쓰지 않으셔도 돼요."

"어떻게 그래요."

잠시 말을 멈춘 주호가 한숨과 함께 입가에 미소를 지었다.

“김아진 씨 나한테, 숨만 쉬어도 신경 쓰이는 사람인데.”

두근.

한숨 섞인 그 고백에 처음으로 그에게 심장이 떨렸다. 아직은 잔잔한 떨림이긴 했지만.

✻

그날 식당에서 마주친 이후, 다흰의 날카로운 시선이 자주 아진을 향했다. 아직 팀원이 적어 따로 팀장실이 없기에 그녀의 시선이 더 잘 느껴지는 건 당연한 일이었다.

사무실이 넓어 자리가 꽤 떨어져 있었지만, 집요하게 따라붙는 그 시선을 느끼지 못할 만큼 아진이 둔하진 않았다.

그 이유가 주호에 있는 것 같긴 한데, 아진은 좀처럼 이해가 되지 않았다. 태준과 결혼 말까지 오가는 여자가 어째서 그보다 주호를 더 신경 쓰는 걸까?

그 의문을 담아 다흰을 바라보는데 그녀가 차가운 비웃음을 흘렸다.

“김아진 대리.”

라고, 아진을 부르면서.

“네, 유 팀장님.”

대답을 하며 아진이 몸을 일으키자, 다흰이 제게 오라는 듯 손짓을 했다.

"커피 좀 타 와요. 나랑 최 과장님 거."

생긋 웃으며 말을 하고 있었지만, 눈빛은 여전히 날카로웠다. 커피가 마시고 싶어서라기보단 저를 괴롭히는 데 목적이 있는 듯했다.

"네, 알겠습니다."

아진은 순순히 고개를 숙이며 말하곤 탕비실로 걸음을 옮겼다. 믹스 커피 두 잔을 타서 나온 아진은 다흰에게 커피를 먼저 건네주고, 제 눈치를 살피고 있는 태준 앞에도 커피를 내려놓았다.

"아, 그리고 내 구두 좀 구둣방에 맡겼다 찾아와요. 아침엔 깨끗했는데, 지금은 좀 더러워져서."

책상 아래에 놓여 있던 구두를 집어 들며 다흰은 아진을 향해 말했다.

"유 팀장님. 그건 제가……."

눈치를 보고 있던 기획팀 막내 사원이 의자에서 몸을 일으키며 말했다. 하지만 저지하는 다흰의 손짓에 막내 사원은 입을 다물었다.

5년 동안 별의별 상사를 다 만나 왔던 아진이었다. 그러기에 다흰이 제게 바라는 것이 무엇인지 너무나 잘 알고 있었다. 모욕감을 느끼고, 동요를 느끼길 원하는 다흰의 눈빛을 읽은 아진은 평상시보다 더욱 차분한 얼굴로 그녀를 바라보았다.

"알겠습……."

"지금 뭐 하는 겁니까?"

그때, 뒤에서 차가운 목소리가 들려왔다. 뒤를 돌아보자 그 목소리보다 더욱 차가운 표정의 주호가 서 있었다.

"왜요? 상사가 부하 직원한테 이 정도 심부름도 못 시키나요?"

다흰은 당황한 기색 하나 없이 주호를 향해 물었다.

"그런 건 같은 팀원한테나 시켜요, 유 팀장. 내 팀원 건드리지 말고. 김 대리 그 구두 내려놔요."

"닦아 와요."

주호와 다흰, 두 사람이 동시에 아진을 향해 말했다. 그러자 주호의 검은 눈이 더욱 매서워졌다.

"유 팀장, 나 좀 봅시다. 김 대리는 자리로 돌아가서 일해요."

주호가 아진의 손에 든 구두를 뺏어 들어, 대신 바닥에 내려놓았다. 그러고는 먼저 사무실을 벗어나는 그였다. 다흰 역시 불쾌한 표정으로 그런 주호의 뒤를 쫓았다.

한숨을 나지막하게 내쉰 아진은 자리로 돌아가려다, 도저히 신경이 쓰여 가만히 있을 수가 없었다.

그래서 두 사람을 조용히 뒤쫓았다. 괜히 자신 때문에 분란이 생기는 걸 원하지 않았다. 팀은 달랐지만 다흰이 상사인 건 맞았으니까.

그때, 차가운 주호의 목소리가 아진의 귓가에 들렸다.

"뭐 하자는 거야, 유다흰."

"뭐가? 오빠야말로 이러는 거 오버 아니야? 도대체 김아진 그 여자가 뭔데? 좋아하기라도 해?"

"그 이상."

신경질적인 다흰의 물음에 주호가 딱딱한 목소리로 답했다. 그답지 않은 차갑고 나지막한 목소리가 낯설기는 했지만, 이상하게 심장이 울렁거렸다.

"뭐?"

"알았으면 함부로 대하지 마."

"오빠?"

"그 여자 건드리면 내가 무슨 짓을 할지 몰라. 아는 사이라고, 여자라고 안 봐줘, 너."

목소리만 듣고 있는 제 등골이 서늘해질 정도로 차가운 목소리였다. 그런데 이상하게 그 순간 심장은 뛰고 있었다. 며칠 전 잔잔한 두근거림보다 더 센 두근거림에 아진은 심장을 향해 손을 뻗으며 재빨리 뒤돌아섰다.

늘 생글거리던 주호와 전혀 다른 낯선 차가운 모습에 오히려 그가 남자로 의식되기 시작했다. 아이러니하게도.

⁂

한 번 의식하기 시작하니 위험했다. 처음엔 너무 다른 모습을 봐서 놀라 두근거리는 게 아닌가 생각했는데, 이제는 싱긋 웃는 모습에도 심장이 두근거렸다. 아니, 하물며 아무것도 하지 않고, 숨만 쉬고 있는데도 주호가 의식되었다.

'김아진 씬 나한테, 숨만 쉬어도 신경 쓰이는 사람인데.'

그 말이 주호에게도 적용되고 말았다. 팀장실에서 함께 야근을 하다 잠시 주호를 바라본 아진은 의식하지 못한 채 그에게 시선을 집중하고 말았다. 살짝 와이셔츠 소매를 말아 올린 그 모습이 묘하게 섹시한 느낌을 불러일으켰다.

정신 차려.

마음을 다 잡으려 애쓰지만, 마음속 제 목소리가 금세 공중으로 흩어져 버렸다. 늘 잔잔하던 까만 눈엔 깊은 동요가 일었다. 이 감정이 너무 버거워 속이 울렁거렸다. 마치 거센 파도가 치는 검푸른 바다 위에 둥둥 떠 있는 듯한 그런 기분이 들었다.

"김 대리?"

그때 제게 시선을 돌리던 주호와 허공에서 눈이 마주치고 말았다. 시선을 피하고 싶었지만, 이미 늦어 버렸다. 피하지도, 그렇다고 제대로 쳐다보지도 못한 채 떨리는 눈으로 그를 응시했다.

"이것 봐. 내가 이럴 줄 알았어."

아진을 보며 나지막하게 한숨을 내쉬던 주호가 의자에서 몸을 일으켰다. 제발 그가 제게 오지 않길 빌었건만, 성큼성큼 걸음을 옮긴 주호는 아진의 앞에 멈춰 섰다.

"감기 걸렸죠? 얼굴이 빨간 게……."

제 동그란 이마로 손이 뻗어지는 게 느껴졌다. 화들짝 놀란 아진은 자신도 모르게 그 손을 쳐 내고 말았다. 쳐 냄을 당한 사람도, 쳐 낸 사람도 당황할 수밖에 없었다.

한참 동안 아무 말도 하지 못한 채 멀찍이 밀쳐진 주호의 손만 바라보았다.

"가, 감기 아닙니다. 신경 쓰지 않으셔도 돼요."

아진은 서둘러 노트북 모니터로 시선을 돌렸다. 짙은 검은 눈을 계속 바라보고 있다간 혼란스러운 제 속을 다 들킬 것 같았다.

"오우, 생각보다 스킨십이 거친데요? 심장 떨리게. 뭐, 난 이런 스킨십도 좋아하니까."

특유의 장난기 어린 목소리가 귓가에 맴돌았다. 자신이 어색해할까 봐 배려해 주는 거라는 걸 아진은 잘 알고 있었다.

"진짜 안 아파요? 열나는 것 같은데."

눈을 가늘게 뜬 주호가 관찰하는 눈빛으로 바라보며 물었다.

"괜찮습니다."

말투가 평상시보다 더욱 딱딱하게 나오는 건 어쩔 수가 없었다. 이런 저한테 질릴 법도 한데, 주호의 검은 눈은 여전히 따뜻했다.

"내가 안 괜찮습니다."

아진의 딱딱한 말투를 따라 하던 주호가 피식 웃었다. 그러더니 자리로 돌아가, 가방을 챙기기 시작하는 그였다.

"이만 퇴근하죠."

"정말 괜찮……."

주호가 검지를 올려 본인 입술에 가져다 댔다. 조용히 하라는 듯이.

"나가요. 이럴 때나 김아진 씨 핑계 대고 나도 일찍 퇴근하지."

씩 하고 웃으며 문 앞에 선 주호가 손가락으로 문을 톡톡 건드렸다. 얼른 준비하라는 듯 재촉하는 그 손짓에 아진은 어쩔 수 없이 몸을 일으켰다. 팀장실에서 나와, 야근하는 직원들에게 수고하라며 한 마디씩 건네는 주호에게 고개 숙여 인사를 하고, 아진은 먼저 엘리베이터 쪽으로 걸음을 옮겼다.

그저 도망치고 싶었다. 자신을 혼란스럽게 하는 이 감정으로부터. 감정을 자각하지 못했을 땐 주호를 대하는 게 편했는데, 막상 의식을 하고 나니 너무 불편해졌다. 그의 행동 하나하나가 신경이 쓰여 일에 집중하는 것도 힘들었다.

지친 얼굴로 막 도착한 엘리베이터에 올라타는데, 문을 붙잡는 손 하나가 보였다. 뛰어오느라 흐트러진 앞머리를 손을 들어 정리하며 엘리베이터에 올라타는 주호를 아진은 당황한 눈으로 바라보았다.

"내가 한 순발력 하죠?"

싱긋 웃으며 묻는 주호를 보며 아진은 어색한 미소를 지었다.

"하마터면 놓칠 뻔했네."

휴, 하며 숨을 내쉰 주호가 아진이 눌러 놓은 1층 버튼을 다시 한 번 눌렀다. 1층에 들어와 있던 빨간불이 사라지는 걸 보며 아진은 느릿하게 눈을 깜박였다.

"몸도 안 좋은데 걸어가려고요? 그러다 진짜 감기 걸려요."

"아픈 거 아닙니다, 팀장님."

아진은 다시 손을 뻗어 1층 버튼을 누르려 했다. 주호의 커다란 손에 붙잡혀, 행동으로 옮기지 못했지만.

그가 붙잡은 제 손의 감각이 예민해지며 또다시 속이 울렁거렸다. 세상이 빙그르르 도는 느낌이 들 정도로 혼란스러운 감정의 소용돌이에 아진은 또다시 소스라치게 놀라며, 거칠게 그의 손을 뿌리쳤다. 아까 전 그의 손을 쳐 낼 때보다 더 거친 손짓에 주호의 얼굴에서도 미소가 사라졌다.

"죄, 죄송합니다. 하지만 정말 괜찮습니다."

아진은 고개를 푹 숙인 채 1층 버튼을 눌렀다. 그의 얼굴을 제대로 볼 수가 없었다. 분명 상처 입었을 테지. 1층에 도착할 때까지 아진은 고개를 들지 못했다. 상처받은 주호의 얼굴을 똑바로 응시할 자신이 없었기에.

"하아."

엘리베이터에서 벗어난 아진은 무거운 한숨을 내쉬었다. 비겁하다는 건 알고 있었지만, 이 감정으로부터 도망치고 싶었다. 태준과의 안 좋았던 끝이 아직도 상처로 남아 있기에, 다시 누군가와 연애를 하는 것이 두려웠다. 더군다나 사내연애가 될지 모르는 연애는.

"아진이니?"

그때, 뒤에서 저를 부르는 미영의 목소리가 들려왔다.

"아, 미영아."

요 며칠 늘 바쁘다 자신을 피해 다녔던 미영이었기에, 오랜만에 얼굴을 마주할 수가 있었다.

"안 그래도 너한테 전화하려고 했었는데, 잘됐다."

아진의 앞에 멈춰 선 미영이 이마를 긁적였다.

"술 한잔하고 싶은데. 시간 돼?"

그래, 저 역시 술이 마시고 싶은 날이었다. 천천히 고개를 끄덕이는 아진을 보며 미영은 안심했다는 듯 웃으며 그녀의 팔짱을 꼈다.

"대신 내가 살게. 얼른 가자."

재촉하는 미영을 따라 아진 역시 걸음을 옮겼다. 회사에서 멀지 않은 호프집에 들어간 두 사람은 안쪽에 자리를 잡았다.

종업원에게 맥주와 안주를 주문한 미영은 긴장된 얼굴로 아진을 올려다보았다. 밝고, 단순한 그녀답지 않게 복잡한 표정을 보며, 아진은 차분한 얼굴로 미영이 꺼낼 말을 기다리고 있었다.

"요 며칠 일부러 피한 거야."

어느 정도 예상하고 있던 일이었다. 아무리 일이 바빠도 점심까지 못 먹을 정도로 바쁠 거라 생각지 않았으니까.

"정말 닮았어. 너 보면 자꾸 그 녀석 생각이 나서."

그 녀석이 정욱이라는 걸 아진은 단번에 눈치챌 수 있었다. 커다란 잔에 담긴 맥주를 단숨에 삼킨 미영은 묵직한 한숨을 내쉬었다.

“나 정욱이 좋아하는 것 같아.”

제 눈을 똑바로 응시하는 갈색 눈엔 한 점 흔들림이 없었다. 예상하고 있던 일이었지만, 막상 미영의 입에서 그 말을 들으니 아진은 착잡해졌다. 쉽지 않은 6살의 나이 차이를 두 사람이 극복할 수 있을까?

“많이 생각은 해 본 거야?”

생각보다 차분한 아진의 물음에 미영은 조금 마음이 놓이는 눈치였다.

“생각뿐이겠어. 사실 지금도 할 수만 있다면 이 감정으로부터 도망치고 싶어.”

아진은 씁쓸한 미소를 지었다. 감정에서 도망치고 싶은 건 자신 또한 마찬가지였기에.

“처음엔 진짜 미쳤다, 이런 생각밖에 안 들더라고.”

자신이 바로 지금 딱 그런 상태였다.

“그런데 아무리 노력해도 안 돼. 도망쳐지지가 않아. 도망치려고 할수록 점점 더 좋아져.”

왜 미영의 얘기를 듣고 있는데, 정욱이 아닌 주호가 자꾸 떠오르는 걸까?

아진은 살짝 떨리는 손길로 머리를 쓸어 넘기며 미영을 바라보았다.

"정욱이한테는 말했어?"

"아니. 너한테 먼저 말해야 할 것 같아서. 6살 나이 차이보다 더 걸리게 너였어. 정욱이랑 잘못되면 너도 잃을 것 같아서 무섭거든, 나."

머릿속이 복잡하긴 아진 역시 마찬가지였다. 제일 친한 친구와 하나뿐인 동생이 이런 관계로 엮이다니. 하지만 정욱 마음 역시 미영과 마찬가지라는 걸, 아니, 사실은 정욱의 감정이 더 먼저 시작됐음을 아진은 느끼고 있었다.

서로 좋아하는 사람들 제가 갈라놓을 이유가 없었다. 둘 다 어린애도 아니고, 스스로 감정을 책임질 줄 아는 성인들이었으니까.

"내 눈치 볼 게 뭐 있어. 둘만 좋으면 됐지."

"아진아? 정말 괜찮아?"

"내가 안 괜찮다고 하면 멈출 거야?"

아진의 물음에 잠시 망설이는 표정을 짓던 미영은 이내 고개를 내저었다.

"못 멈춰. 내 마음이 내 맘대로 안 되거든."

그 말에 적극 공감했다. 그럼에도 불구하고 아진은 아직 도망치는 중이었다. 죽을힘을 다해 이 감정으로부터 도망치고 싶었다.

"그래도 털어놓고 나니까 마음은 편하다."

생긋 웃는 미영을 보며 아진은 마음껏 웃지도 못했다. 제 머릿속을 가득 채우고 있는 주호 생각 때문에.

※

미영과 헤어진 아진은 느릿한 걸음으로 집까지 걸어갔다. 겨울바람이 매섭고 차가웠지만, 머릿속이 복잡해서 그런 건지 추위도 잘 느낄 수가 없었다.

그런데 오피스텔 입구 앞에 멈춰 서 있는 차 한 대가 아진의 눈에 들어왔다. 하얀 세단, 익숙한 차의 모습에 아진은 더는 걸음을 옮길 수가 없었다.

"이제 와요?"

그런 아진을 발견했는지, 차 문이 열리며 주호가 걸어 나왔다. 상큼한 미소를 지으며 제게 걸어오는 주호를 아진은 어색한 눈으로 바라보았다.

이 남자는 왜 또 여기에 있는 걸까? 고의는 아니었다지만, 자신이 그렇게 매몰차게 굴었는데. 이렇게 제 집 앞에서 자신을 기다리고 있을 줄은 몰랐다. 정이 떨어져도 모자를 판에. 이 남자는 왜 이렇게 한결같이 따뜻한 걸까?

"술 마셨어요?"

그렇게 많이 마시지 않았는데 티가 나는가 보다. 민망한 기분에 아진은 고개를 숙였다.

"분명 무슨 일이 있는데……. 혹시 유 팀장이 그 이후로도 괴롭힙니까?"

주호의 물음에 아진은 재빨리 고개를 내저었다. 주호를 정말 무서워하는 건지, 그 이후로 다흰은 잠잠했다. 사실 그날 괴롭힘에 대해서도 아진은 별생각이 없었다.

지금은 주호같이 좋은 상사를 만나 그나마 회사 생활이 편했지만, 전에 있던 팀장은 다흰보다 더하면 더했지 덜하지 않았다. 특히 여자 직원들을 못 괴롭혀서 안달이 난 양반이었으니까. 그러기에 다흰의 유치한 괴롭힘 정도는 그냥 무시하고 넘길 만했다.

"아니라면 다행이긴 한데. 요즘 좀 이상한 거 알아요?"

제 감정의 동요를 그가 눈치챈 것 같아, 마음이 더욱 복잡해졌다.

"말했잖아요. 나, 김아진 씨 숨소리조차 신경 쓰이는 사람이라고."

"신경 쓰이게 해서 죄송해요."

사과의 말을 건네는 아진을 보며 주호는 피식 웃음을 삼켰다.

"뭐, 나야 고마운 일이죠. 이 핑계 대고 김 대리 한 번 더 볼 수 있고. 자, 손 좀 이렇게 해 봐요."

두 손바닥을 하늘이 보이게 모으며 아진에게 따라 해 보라고 말하는 그였다. 얼떨결에 그를 따라 하던 아진은 제 손바닥에 하얀 약 봉투가 닿는 게 보였다. 아진이 당황한 눈으로 올려다보자 주호가 씩 웃었다.

"감기 아니라곤 하지만 걱정되어서 사 왔어요. 혹시 모르니까 약 먹고 자요."

가벼운 약 봉투가 주는 무게감은 엄청났다. 그의 다정함이 그의 따뜻함이 또다시 심장을 울렁거리게 만들고 있었다.

"어디 도망치고 싶을 만큼 힘든 일 있는 겁니까?"

제 속을 정확하게 들여다보는 주호의 물음에 아진은 떨리는 눈으로 그를 바라보았다. 그러자 주호는 장난스럽게 두 팔을 벌리며 싱긋 웃었다.

"내 품이 넓어서 도망치기 딱 좋은데. 언제든지 필요하면 말해요. 사양 말고."

당신으로부터 도망치고 싶다. 하지만 도망도 칠 수 없게 만들고 있었다.

제 손바닥 위에 올려진 약 봉투를 내려다보며 아진은 나지막한 한숨을 내쉬었다. 이 따뜻함 속에 계속 머물고 싶어졌다. 아직은 그럴 자신도 없으면서.

냉장고를 열어 맥주 한 캔을 꺼내 온 아진은 베란다 앞에 놓인 의자에 가서 앉았다. 저를 향해 양팔을 벌리던 주호의 모습이 떠올라, 흐릿한 도시의 야경은 눈에 잘 들어오지 않았다.

알고 있다. 용기를 내서 한 발만 다가가면 그 품에 안길 수 있다는 것을. 하지만 무거운 철근을 매단 듯, 그 한 걸음이 잘 내딛어지지가 않았다.

그때 지잉, 하며 바지 주머니에 넣어 둔 핸드폰이 울었다. 맥주를 홀짝이며 핸드폰을 꺼낸 아진은 액정에 뜨는 주호의 이름에 눈을 동그랗게 떴다.

〈뭐 하고 있어요? 난 맥주 한 잔 마시고 있는데.〉

주호의 메시지에 아진은 손에 들린 맥주 캔을 바라보았다. 텔레파시가 통한 듯 저와 같은 행동을 하고 있다는 주호의 메시지에 가슴이 살짝 떨렸다.

〈저도요.〉

뭐라 답할까 뚫어지게 핸드폰을 응시하던 아진은 한참을 고민했던 것치고는 너무나 간단한 답을 보내고 있었다. 겨우 저 세 글자 적는 게 뭐가 그리 힘들다고, 얼굴이 붉어지긴 했지만 말이다.

"답이 너무 성의가 없었나."

금방 무슨 답이라도 올 줄 알았는데.

한참 동안 울리지 않는 핸드폰을 내려다보며 아진은 진지한 얼굴로 고민했다. 그때 지잉, 하며 다시 핸드폰이 울어 댔다. 서둘러 메시지를 확인하던 아진은 느릿하게 눈을 깜박이다, 이내 경쾌한 웃음을 터트렸다.

〈와우. 이럴 줄 알았으면 같이 한 잔 하는 건데. 뭐, 아쉬운 대로 이렇게라도 마시죠? 건배할까요?〉

라는, 메시지와 함께 맥주 캔을 들고 있는 주호의 손이 찍힌 사진이 함께 전송되어 왔다. 진짜 제게 건배를 요청하는 듯한 그 사진에 아진은 웃음이 터지고 말았다. 요 며칠 주호 생각에 머릿속이 복잡하고, 혼란스러워 제대로 웃지도 못했는데, 제 머리를 복잡하게 만들었던 당사자가 자신을 이렇게 웃겨 주리라 상상도 못 했다.

그래서 더 매력 있는 남자였다, 이주호는. 어디로 튈지 도저히 예상할 수가 없는 남자여서.

〈좋아요.〉

라는, 메시지와 함께 맥주 캔을 들고 있는 손을 찍어 보낸 아진의 행동에 주호는 싱긋 웃었다.

"어쩜 손도 이렇게 예쁘냐."

한참 동안 흐뭇한 얼굴로 사진을 보던 주호가 나지막한 목소리로 중얼거렸다.

"큰일 났네. 이 사진에서 빠져나가질 못하겠으니."

제 모습이 웃겨 피식 웃으며 중얼거리던 주호는 요 며칠 혼란스러워 보이던 아진의 모습을 떠올렸다. 무슨 일이 분명 있긴 한데, 그 속을 도통 짐작하기 어려웠다. 차라리 그 고민의 대상이 자신이라면 좋을 텐데. 자꾸만 태준이 마음에 걸렸다.

괜찮다고 말하긴 했지만, 사실은 안 괜찮은 게 아닐까. 다흰과 함께 있는 모습을 보니 속이 상한 게 아닐까, 하는 걱정에 주호의 한숨이 짙어졌다.

아무렇지 않은 척하고 있었지만, 사실 아무렇지 않은 건 아닌 제 속처럼 아진의 마음 역시 그러지 않을까, 하는 생각에 마음이 답답해졌다.

"대범한 척은 다 해 놓고는."

씁쓸한 얼굴로 이마를 긁적이던 주호는 다시 핸드폰으로 시선을 돌렸다. 그때 핸드폰에 새로운 메시지가 깜박거렸다.

〈약 고마웠습니다. 아픈 건 아니지만, 다음에 혹시라도 아프면

챙겨 먹겠습니다.〉

정갈하고 예의 바른 제 주인을 닮은 메시지에 주호는 가슴이 따뜻해짐을 느꼈다. 아진으로부터 먼저 메시지가 온 건 처음이었다. 그래서 실실 웃음이 새어 나오는 걸 참을 수가 없었다. 느리긴 하지만 그녀가 제게 천천히 다가오고 있구나, 라는 생각에.

"느려도 좋으니까. 헤매지 말고, 곧장 나한테 와요."

핸드폰이 아진이라도 되는 양 가볍게 톡 건드리며, 다정한 목소리로 혼잣말을 중얼거리는 그였다.

✠

새로 꾸려진 기획 3팀과 친목도 도모할 겸, 주말에 워크숍 일정이 잡혔다. 회사 앞에 모인 기획팀 사람들은 대절한 버스 위에 분주하게 오르기 시작했다. 꼼꼼한 아진이 공동 물품 점검을 맡았기에 제일 늦게 버스에 올라야 했다.

빈자리를 찾아 걸음을 옮기던 아진은 제 팔을 붙잡는 손길에 놀란 눈으로 멈춰 섰다. 그러자 저를 보며 싱긋 웃고 있는 주호의 모습이 아진의 눈에 들어왔다.

"가면서 살펴볼 자료도 있는데. 여기 앉아요."

비어 있는 자리에 올려 둔 가방을 치우며 주호가 아진을 향해 말했다. 물론 일 얘기는 핑계라는 걸 생글거리는 그의 얼굴에서 알아차릴 수 있었다.

"네."

순순히 제 옆자리에 앉는 아진을 보며 주호의 얼굴은 더욱 환해졌다. 그 미소를 보고 있는 것만으로도 따라 웃게 될 만큼. 느리긴 했지만, 아진은 용기를 내 그에게 천천히 다가가고 있는 중이었다.

설렘보단 두려움이 더 커서 크게 한 발 내딛지는 못하고 있었지만, 조만간 이 설렘이 두려움을 앞서 나갈 것 같았다. 하루에 하루가 더해질수록 점점 주호에 대한 감정이 커져 갔기에.

"잠은 잘 잤어요?"

씩 웃으며 묻는 주호를 향해 아진은 천천히 고개를 끄덕였다. 아니, 사실은 소풍 가기 전날 아이처럼 설레 잠을 잘 이루지 못했지만.

"난 잘 못 잤는데. 소풍 가기 전날 아이처럼 설레서."

저와 같은 답을 내놓는 주호의 말에 아진의 심장은 또다시 두근거렸다.

"워크숍에 설레 보긴 처음이지만."

한쪽 눈을 찡긋하는 주호를 보며 아진은 수줍은 미소를 지었다. 그런데 그때 주호의 핸드폰이 울렸다. 영업 2팀 차 팀장님과 다흰의 핸드폰 역시 함께 울려 댔다.

"네. 지금요? 아, 알겠습니다."

아쉬운 얼굴로 자신을 보는 주호의 표정에 회사에 무슨 일이 생겼음을 직감했다.

"팀장들 긴급회의가 잡혀서 나중에 따로 출발해야겠네요."

"아, 네."

"아쉽지만 나중에 봐요."

자리에서 팀장들이 일어나서 내리고, 차는 바로 출발했다. 텅 빈 주호의 자리를 아쉬운 눈으로 보던 아진이 민망한 기분에 이마를 긁적였다. 생각보다 더 크게 느껴지는 그의 빈자리에 제 마음이 또 그새 커졌구나, 하는 생각이 들어서.

회사에 무슨 일이 생긴 걸까? 아직까지 팀장들이 출발한다는 연락이 오질 않았다. 회사 사람들도 각자 무슨 일이 생긴 게 아니냐며 여러 추리들을 내놓고 있었다.

"자자, 됐고. 팀장님들 없는 사이에 술이나 실컷 마시자고요."

분위기 메이커인 정 대리가 주축이 되어 거한 술판이 벌어졌다. 회사 사람들과 어울릴 땐 술을 잘 마시지 않는 아진이었기에, 맥주만 한 잔 받아 든 채 뒤로 살짝 빠져 있었다.

"어이, 동기. 또 이러기야?"

하지만 오늘은 안타깝게도 입사 동기엔 정 대리의 레이더망에 딱 걸려들고 말았다.

"어차피 오늘은 여기서 자고 가는 거 좀 마시지? 그거 알아요? 우리 김 대리 취하는 모습 한 번도 본 적 없다는 거."

정 대리의 말에 사람들은 고개를 끄덕였다.

"그러고 보니 그러네. 늘 사람들은 잘 챙기면서."

"맞아요. 나도 술 취했을 때 김 대리님 도움 받았는데. 택시도 잡아 주시고."

"자자, 오늘은 김 대리도 맘 놓고 마시라고. 우리가 김 대리 취하면 책임질게."

아진이 거절할 틈도 주지 않고 사람들은 그녀에게 술잔을 내밀었다. 모두들 내심 그녀가 취한 모습을 보고 싶은 눈치였다.

"그만들 하시죠. 술도 약한 사람한테."

그때 묵묵히 술을 마시고 있던 태준이 사람들을 향해 한마디를 던졌다. 물론 아진은 그 도움이 전혀 반갑지 않았지만.

"술 좋아하는 사람들이나 마시자고요."

다흰과 곧 결혼할 거란 소문이 돌면서 기획팀 새로운 강자로 떠오른 태준의 눈치를 살피며 모두들 동의한다는 듯 고개를 끄덕였다. 그 덕분에 이 아수라장에서 벗어날 수 있었지만, 아진의 기분은 그리 유쾌하지 않았다.

사람들이 정신없이 술자리에 빠져드는 걸 보며 아진은 슬그머니 외투를 챙겨 들고 숙소 안에서 빠져나왔다.

엘리베이터를 타고 내려와 로비 밖으로 나오니, 꽤 차가운 강원도의 겨울바람이 아진의 볼을 스쳐 지나갔다. 하지만 이 찬 바람이 그리 싫지 않았다. 정신이 맑아지는 기분도 들었고.

천천히 리조트 정원을 산책하며 서울에서 마실 수 없는 상쾌한 찬 공기를 들이마셨다. 찬 공기에 정신은 점점 더 맑아지는데, 이상하게 아진은 점점 더 주호가 보고 싶어졌다.

핸드폰을 열어 그의 번호를 찾은 아진은 차마 통화 버튼은 누르지 못한 채, 한참 동안 그 번호만 바라보고 있었다. 그때 아진의 전화가 울렸다. 액정에 반짝이는 그리운 주호의 이름에 그녀의 까만 눈이 반짝였다.

늘 이랬다, 이 남자는. 그가 필요할 때 항상 제게 먼저 손을 내밀어 주었다. 그 손길에 점차 제가 익숙해지도록. 그래서 점점 더 빠져들게 만들었다.

[뭐 해요?]

전화를 받자마자 주호 특유의 따뜻한 목소리가 수화기를 타고 넘어왔다.

"산책 좀 하고 있었어요."

[은근히 추위에 강한 타입 같다니까. 이 날씨에 산책하다 진짜 감기 걸려요.]

제 걱정을 해 주는 다정한 숨결에 마음이 점차 따뜻해졌다.

"회사 일은, 잘 마무리됐어요?"

[네. 별로 큰일 아니었으니까 걱정하지 마요.]

"다행이네요."

언제쯤 도착하냐 묻고 싶었다. 그가 너무 보고 싶어서.

[이제 곧 도착해요. 안 그래도 김 대리 보고 싶어서 나 마중 나오라고 전화한 거예요. 우연인 것처럼 얼굴 좀 먼저 보게.]

제 마음을 아는 듯 답하는 주호의 말에 아진은 생긋 미소 지었다.

"기다리고 있을게요."

[그 말 좋네요. 기다려요. 금방 갈게요.]

가슴이 두근거렸다. 이제 더는 이 두근거림을 외면하기 힘들 정도로, 거세게. 끊어진 전화기를 손에 꽉 쥔 채 아진은 수줍은 미소를 지었다.

"아진아."

저를 부르는 태준의 목소리만 아니었다면, 더 길게 이 행복을 맛보았을지도 모른다. 아진은 차갑게 굳은 얼굴로 제 뒤에서 저를 부르는 태준을 바라보았다. 술에 취한 듯 비틀거리는 걸음으로 제게 다가오는 태준을 아진은 더욱 매서운 눈으로 바라보았다.

"멈춰요."

차가운 아진의 말투에 태준의 걸음은 멈춰졌다.

"제 이름 부르는 일도 없었으면 좋겠습니다."

예전처럼 그가 제 이름을 부르는 게 싫었다. 그가 부르던 제 이름이 좋을 때도 있었지만, 그건 이미 지난 일이었다.

"아진아."

하지만 제 경고를 무시한 채 그는 또다시 제 이름을 입에 담고 있었다. 더는 상대해 봤자 소용없겠단 생각에 아진은 그를 무시한 채 걸음을 옮겼다. 하지만 그것도 잠시, 이내 제 팔을 꽉 움켜잡는 그 손에 걸음을 멈출 수밖에 없었다.

"놔주세요."

술에 많이 취했는지 제 팔을 붙잡고 있는 손엔 힘이 잔뜩 들어가 있었다. 거세게 뿌리쳐 보았지만, 술에 취한 남자의 힘을 이기기엔 역부족이었다.

"최 과장님!"

"후회해! 후회한다고. 아무리 집이 힘들었어도 그랬으면 안 됐는데. 너 버리지 말걸. 네가 너무 좋은데. 난 아직도 너밖에 없는데……."

횡설수설한 태준의 술주정에 아진 역시 지나온 제 시간들이 후회되기 시작했다. 이런 남자인 줄 알았으면 절대 사랑하지 않았을 텐데. 그를 사랑했던 제 사랑마저 부끄러워졌다. 차라리 진심으로 그가 다흰을 사랑한다고 했으면, 이렇게 후회되지는 않았을 것이다.

3년간 사귄 자신을 처참하게 버려 놓고는, 다흰에게 간 주제에 불과 세 달도 지나지 않아 자신에게 다시 매달리는 그가 더욱 싫었다. 사랑보다 돈이 더 중요했다던 이 남자의 말이 자신을 더욱 서글퍼지게 만들고 있었다.

"그런 얘기 듣고 싶지 않습니다."

감정이 하나도 묻어 나오지 않는 딱딱한 아진의 말투에도 그는 그녀를 놓아줄 생각을 하지 않았다. 아진은 그의 손을 뿌리치려 온몸에 힘을 주어 그를 밀쳐냈다. 하지만 도리어 더 세게 자신을 끌어안는 태준의 행동에 아진은 숨이 막혔다.

도저히 참을 수가 없어 발을 들어 그를 걷어차려고 하는데, 그 순간 두 사람을 향해 하얀 빛을 뿜어 대는 자동차 헤드라이트 불빛이 보였다.

그와 동시에 굳은 얼굴로 차에서 내리는 주호의 모습이 아진의 눈에 들어왔다. 그리고 바로 뒤이어 도착한 차에선 황당한 눈으로 자신들을 보며 핸들을 붙잡고 있는 다흰의 모습이 보였다.

주호보다 먼저 차에서 내린 다흰이 두 사람을 향해 다가왔다.

"뭐야? 이 재미있는 상황은?"

웃고 있는 입과 다르게 눈은 날카롭게 빛나고 있었다. 그제야 아진의 어깨를 붙잡고 있던 태준의 손이 천천히 풀어졌다.

"……미안하다."

누구를 향한 사과인지 알 수 없는 나지막한 사과가 태준의 입에서 흘러나왔다.

"둘이 이런 사이였어? 오빠가 헤어졌다던 옛 애인이 김아진 씨?"

이 상황을 재미있어하는 건지 여전히 다흰의 목소리엔 웃음기가 묻어 있었다. 태준은 아무런 답도 하지 못한 채 고개를 푹 숙였다.

"이걸 악연이라고 해야 하나, 인연이라고 해야 하나?"

다흰의 시선이 아진을 향했다. 그때 차에서 내린 주호가 두 사람 사이에 끼어들어 아진을 조심스레 팔로 감쌌다.

"하고 싶은 말 있으면 네 애인이랑 해. 많이 놀랐을 사람 붙잡고 헛소리할 생각 말고."

주호의 말에 가슴이 뭉클해졌다. 오해할 법한 상황임에도 불구하고 제 걱정을 먼저 해 주는 그의 배려가 고맙고 따뜻해서, 심장이 두근거렸다.

"가요."

어디로 가는 건지 묻지도 않은 채 그의 차에 올라탔다. 부드럽게 문을 닫고, 재빨리 운전석 쪽으로 뛰어와 차에 올라탄 그는 차를 몰기 시작했다. 나지막하게 내뱉는 한숨, 굳은 얼굴, 평상시와 다르게 동요하고 있는 검은 눈을 보니, 그가 꽤 많이 화가 났음을 알 수가 있었다.

역시나 오해한 걸까? 저를 배려해 주는 말에 오해는 안 한 거라 생각했는데.

묻고 싶은 말은 많았지만, 왠지 모르게 겁이 나 아무것도 물을 수가 없었다.

"잠시만 기다려요."

리조트 본관 앞에 차를 세운 주호가 아진을 향해 말했다. 그러고는 그녀가 붙잡을 틈도 주지 않고, 차에서 바삐 뛰어내리는 그였다.

혼자 남겨진 아진은 고개를 푹 숙인 채, 여러 생각에 잠겼다.

오해를 풀어 주고 싶은데, 무슨 말부터 해야 할까. 머리가 복잡해져 아진은 잔뜩 찌푸린 미간을 손으로 비비며 눈을 감았다.

그때 문이 열리며 약 봉투를 들고 주호가 차에 올라탔다.

"놀라지 마요. 팔 좀 보려는 거니까."

나지막한 목소리로 경고의 말을 내뱉던 주호는 손을 뻗어 아진의 티셔츠를 오른쪽 어깨 아래로 내렸다. 태준이 어찌나 세게 잡았는지 아진의 하얀 팔엔 그가 남긴 붉은 손자국이 선명하게 남아 있었다.

그 흔적을 보며 주호는 이를 세게 악물었다. 자신보다 더 아파하는 그의 눈빛에 아진은 미안한 감정이 더 커졌다.

"연고 좀 바를게요."

들고 온 약 봉투에서 꺼낸 연고를 주호가 조심스레 아진의 팔에 발랐다. 연고가 주는 싸한 느낌이 뜨거운 팔의 통증을 조금이나마 완화시켜 주는 느낌이 들었다.

"연고 발라도 멍들 것 같지만, 그래도 안 바르는 것보단 나을 겁니다."

평상시엔 늘 제 눈을 보며 말하던 주호였는데, 오늘은 좀처럼 눈을 마주칠 생각을 하지 않는 그였다. 여전히 화가 나 보이는 그의 얼굴에 아진은 조심스레 입을 열었다.

"……미안해요."

연고를 바르던 주호의 손이 멈췄다. 나지막하게 한숨을 내뱉던 주호는 천천히 고개를 들어 그녀를 바라보았다.

"뭐가 미안해요?"

"화났잖아요. 사실은 오해하고 있죠? 나랑 태준 오……."

"그 자식 이름 입에 담지도 말아요."

딱딱한 주호의 말투에 아진은 재빨리 입을 다물었다. 그러자 주호는 신경질적인 손짓으로 본인의 단정한 앞머리를 쓸어 넘기고는 차분한 눈으로 아진을 응시했다.

"화난 건 맞지만, 그 대상이 아진 씨는 아니야. 그 개……. 후우."

잠시 말을 멈춘 주호가 묵직한 한숨을 내쉬었다.

"자식한테 화가 난 겁니다, 나는."

오른쪽 어깨 위로 티셔츠를 올려 준 주호는 천천히 손을 뻗어 왼쪽 티셔츠 부분을 어깨 아래로 내렸다. 오른쪽 팔에 있던 것과 똑같은 붉은 흔적의 손자국을 보며 주호는 또다시 이를 악물었다.

"아깝고, 소중하고, 조심스러워서……. 함부로 안아 볼 수도 없는 사람이야, 당신."

진심이 담긴 그의 검은 눈을 마주하고 있자니 가슴이 울컥거렸다. 눈물이 왈칵 쏟아질 것 같은 기분이 들어 아진은 재빨리 고개를 숙여 그의 눈을 피했다.

"아프지 마요, 그런 남자 때문에. 몸도 마음도, 아프지 마."

왼쪽 팔에 연고를 다 발라 준 주호가 조심스레 티셔츠를 끌어올려 원래대로 해 놓았다. 그러고는 연고가 묻지 않은 손으로 다정하게 아진의 머리를 쓰다듬어 주었다. 그 따뜻한 그 손길이 좋아 그녀의 얼굴에 저절로 미소가 지어졌다.

방금 전까지 이 남자 때문에 울고 싶어졌는데, 지금은 이 남자 때문에 웃었다. 걷잡을 수 없을 정도로 커져 가는 제 마음을 느끼며 아진은 부드러운 미소를 지었다.

이 마음이 두렵긴 보단 설레었다. 어느새 설렘이 두려움을 앞서 나가기 시작했다.

✻

워크숍 일정은 아침 일찍 끝이 났다.

원래는 오전 일정도 더 있었으나, 어젯밤 이곳에 도착하자마자 다흰이 돌아가 버리는 바람에 모든 일정이 취소되었다. 그 덕분에 다흰과 태준이 싸운 게 분명하다는 소문이 회사 내에 파다하게 퍼졌다. 죽상을 하고 다니는 태준의 얼굴 때문에 소문에 신빙성은 더욱 진해졌다.

덕분에 일찍 집에 도착한 아진은 지친 얼굴로 문을 열고 들어갔다. 그러자 식탁 앞에 앉아 신혼부부 흉내를 내며 다정하게 식사를 하고 있던 미영과 정욱은 놀란 눈으로 아진을 바라보았다.

"누나?"

"아진아? 벌써 온 거야?"

본의 아니게 두 사람의 오붓한 시간을 방해한 아진이 어색한 미소를 지었다.

"응. 일정이 좀 빨리 끝나서. 난 간단하게 먹고 와서 식사 안 해도 돼. 나 신경 쓰지 말고 천천히 먹어."

생긋 웃는 얼굴로 두 사람을 향해 말한 아진은 곧장 제 방으로 들어갔다. 둘이 사귄다는 건 알고 있었지만, 막상 눈으로 보는 건 처음이라 무언가 어색한 기분이 들었다. 그럼에도 불구하고 둘이 꽤 잘 어울려 보여서 놀랐다.

사랑 앞에선 여섯 살 나이 차이도 별거 아니구나.

아진은 입가에 부드러운 미소를 지으며 천천히 화장대 앞에 가서 앉았다. 입고 있던 니트를 어깨 아래로 내려, 어제 주호가 연고를 발라 준 팔을 살폈다. 멍이 살짝 들긴 했지만, 다행히 색이 진하진 않았다.

조심스레 연고를 발라 주던 주호의 손길을 떠올리며 살짝 얼굴을 붉히고 있는데, 귓가에 낮은 노크 소리가 들렸다.

"들어가도 돼?"

미영의 목소리에 아진은 재빨리 니트를 걷어 올리고 문 앞으로 걸어가, 문을 열었다. 그러자 딸기가 담긴 접시를 들고 서 있는 미영의 모습이 보였다.

"들어와."

"이거라도 먹으라고."

아진의 방에 들어온 미영이 접시를 침대 옆 협탁 위에 내려놓았다.

"고마워."

"놀랐지? 내가 있어서."

"조금. 그런데 보기 좋더라. 두 사람 잘 어울려."

따뜻한 아진의 응원에 미영은 수줍게 얼굴을 붉혔다. 그녀답지 않은 수줍은 모습에 아진은 조요히 웃음을 삼켰다. 사랑은 사람을 참 많이 변화시키기도 했다. 요리라면 질색이라던 미영이 이렇게 앞치마까지 차려입고, 조신한 모습을 보여 줄지 누가 알았겠는가.

"네가 그렇게 말해 주니 마음이 놓인다. 사실 아직도 마음이 좀 불편하거든. 넌 최태준 그 개자식이랑 헤어진 지 얼마 안 되어서 마음 아플 텐데. 나랑 정욱이만 너무 행복한 것 같아서."

다흰의 등장으로 최태준의 호칭 뒤엔 늘 개자식이 따라붙었다. 마치 제 일인 것처럼 열을 내고 흥분하던 미영을 떠올리며 아진은 천천히 고개를 저었다.

"더 이상 그 사람은 신경 안 써도 돼."

"정말 괜찮은 거야?"

걱정스러운 미영의 물음에 아진은 생긋 웃는 얼굴로 고개를 끄덕였다.

"괜찮아. 그리고 사실……."

잠시 뜸을 들이던 아진이 용기를 내 입을 열었다.

"나 따로 좋아하는 사람 생긴 것 같아."

아진 역시 예상하지 못한 일이었다. 이렇게 빨리 제 마음속에 다른 사람이 들어올 거란 걸. 하지만 놀랍게도 주호와의 3개월의 시간이 태준과의 3년의 시간을 뛰어넘었다. 이젠 태준과의 시간이 희미하게 느껴질 정도로.

"정말? 설마 이주호 팀장?"

정확하게 주호의 이름을 꺼내는 미영의 물음에 아진은 당황한 눈으로 그녀를 보았다.

“어떻게 알았어?”

“정말이야? 아니. 사실 이 팀장님 진짜 매력 있잖아. 너랑 같이 프로젝트 업무 중이기도 하고. 속으론 사실 둘이 잘됐으면 좋겠다고 생각했는데. 어? 그럼 설마 이 팀장님이 짝사랑한다는 여자가?”

미영이 느릿하게 눈을 깜박이다 눈을 커다랗게 떴다.

“너야?”

아진은 머쓱한 얼굴로 손을 들어 이마를 긁적였다.

“아마도?”

“잘됐다. 그래서 둘이 사귀기로 한 거야?”

미영의 물음에 아진은 천천히 고개를 내저었다. 그러자 미영은 본인 일인 양 집중을 하며 아진의 어깨를 붙잡았다.

“왜? 너 설마 거절했어?”

“그런 건 아니고……. 아직은 좀 조심스러워서. 사실 한동안 연애 생각 없었거든. 더군다나 사내연애는.”

아진의 심정을 이해한다는 듯 미영은 느릿하게 고개를 끄덕였다.

“그렇겠지, 아무래도. 그런데 사람 마음이란 게 예상대로 흘러가는 게 아니더라고. 나를 봐. 누가 알았겠어? 여섯 살이나 어린 남자와 연애하게 될지? 더군다나 제일 친한 친구 동생이랑.”

어쩌면 본인보다 더 힘든 결정을 내렸을 미영을 아진은 따뜻한 시선으로 바라보았다.

"헷갈리고 고민될 땐 그냥 흘러가는 운명에 몸을 맡겨 보는 것도 괜찮아. 더군다나 그런 고민으로 날려 버리기엔 너무 아까운 남자잖아."

알고 있었다. 제 마음이 답이 무언지.

"원래 사랑은 사랑으로 극복하는 거고, 사내연애는 사내연애로 극복하는 거야."

말이 안 되는 미영의 논리에도 웃음이 나올 만큼, 제 마음의 답이 훤히 보였다.

"용기를 내게, 친구여."

등을 토닥여 주는 미영을 향해 아진은 환한 미소를 지어 보였다. 이젠 자신이 용기를 낼 차례였다. 상처받지 않고, 끊임없이 제게 마음을 보여 준 주호를 위해.

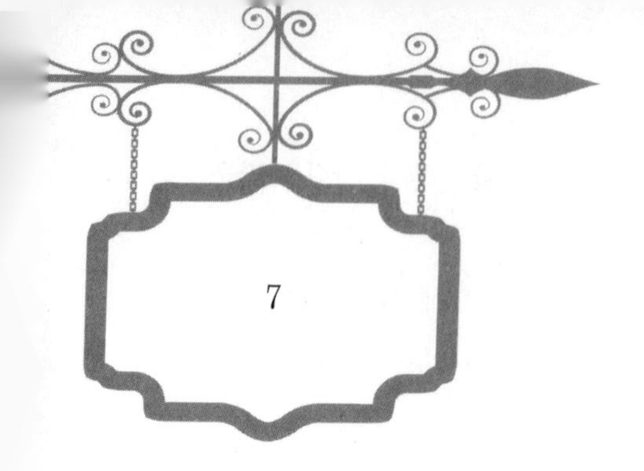

평상시보다 더 공들여 화장을 하고, 하얀 얼굴을 돋보이게 해 줄 화사한 색깔의 원피스를 고른 아진은 점심시간 전 화장실에 들러 제 옷매무새를 한 번 더 점검했다.

오늘만큼은 그의 눈에 제일 예뻐 보이고 싶었다. 용기를 내 마음을 전하기로 결심한 날이었으니까.

"오. 신경 좀 썼는데?"

때마침 화장실에 들어온 미영이 아진의 옆구리를 쿡 찌르며 말했다.

"괜찮아?"

"내가 남자여도 반하겠어."

미영의 농담에 웃음을 삼키며, 숨을 크게 내쉬었다. 일단 퇴근할 때까진 마음을 차분하게 가라앉혀야 했다. 마음을 전하는 건 그 후였으니까.

"밥 먹으러 가자."

미영과 함께 식당에 들어온 아진은 이런저런 일상 이야기를 나누며 식사를 이어 나갔다. 그러고는 떨리는 마음을 정리할 겸, 혼자 옥상으로 향했다. 주호에게 제 감정을 털어놓기로 마음을 먹긴 했지만, 어떻게 말하면 좋을지 아직 잘 정리가 되지 않았다.

늘 주호와 함께하는 아지트를 서성이며 생각을 정리하고 있는데, 누군가 제 뒤에 멈춰 서는 게 느껴졌다. 혹시 주호인 걸까? 반가운 얼굴로 고개를 돌리던 아진은 그곳에 서 있는 다흰의 모습에 표정이 굳었다.

"옥상으로 올라가는 건 봤는데. 이런 데 있을 줄은 몰랐네요."

구석진 자리를 가리키며 싸한 미소를 짓는 다흰을 아진은 경계하는 눈빛으로 바라봤다.

"좋네요. 김아진 씨랑 조용하게 얘기 좀 나누고 싶었는데."

"그때 그 일이라면 할 말 없어요. 최태준 과장님이랑은 이미 끝난 사이니까요."

아진은 덤덤한 얼굴로 다흰을 보며 말했다. 그녀에게 더는 제 시간을 빼앗기고 싶지 않았다.

"내가 돌려준다면요?"

다흰이 하는 말이 이해가 되지 않았다. 도대체 뭘 돌려준다는 말인 걸까?

"태준 오빠 돌려줄게요. 그러니까 주호 오빠 나한테 돌려줘요."

"유 팀장님."

아진은 차분하게 가라앉은 목소리로 다휜을 불렀다. 그녀의 저런 사상이 정말이지 이해가 되지 않았다. 이 여자 정말 사랑이 무언지는 알까? 마음이 갖고 싶다고 가져지는 게 아니라는 걸 이 여자는 모르는 듯했다.

"오래 만났다면서요? 나쁜 제안 아닌 거 같은데. 뭐, 물질적 보상을 원하면 그것도 같이 해 줄게요."

"정말 구제불능이네요."

"뭐라고?"

"잘 들어요, 유 팀장님. 사람은 물건이 아니에요. 물건 반품하듯 마음에 안 든다고 반품할 수 없다고요."

아진은 차가운 눈빛으로 저보다 키가 작은 다휜을 내려다보았다.

"알고 있죠? 사람 마음을 돈으로 살 수 없다는 걸. 그 잘난 돈으로 최태준 마음 얻었으면, 그냥 만족하고 살아요. 둘이 꽤 잘 어울리니까. 돈 때문에 마음을 판 그 남자나, 돈으로 사람 마음을 산 당신이나."

"야, 김아진!"

"그리고 하나 더."

매서운 눈으로 자신을 노려보는 다휜을 아진은 여전히 덤덤한 눈으로 바라보며 입을 열었다.

"안타깝게도 유 팀장님이 제시한 딜은 전혀 흥미롭지가 못하네요."

"뭐?"

"이미 지나간 옛 남자랑 바꾸기엔 이 팀장님이 너무 아깝잖아요. 제가 사실 이 팀장님을 아주 많이 좋아하고 있거든요."

아진은 숨김없이 주호를 향한 제 감정을 털어놓았다.

"너 순진한 척하더니, 보통이 넘는구나?"

"그래서 더 매력 있지."

두 사람 사이에 익숙한 목소리 하나가 끼어들었다. 놀란 아진과 다흰이 고개를 돌리자 싱긋 웃으며 두 사람을 보고 서 있는 주호의 모습이 보였다.

"유다흰. 이제 그만 좀 빠져 주지? 내가 방금 아주 가슴 떨리는 고백을 들어서 말이야. 김아진 씨랑 오붓한 시간을 좀 가져야 할 것 같거든."

다흰은 매섭게 두 사람을 노려보다 짜증 난 얼굴로 홱 하고 돌아섰다.

"자, 그럼 계속 얘기를 해 볼까요?"

둘만 남은 옥상에서 주호가 입가에 달콤한 미소를 매단 채, 다정한 시선으로 아진을 바라보았다. 그 시선에 아진의 얼굴은 더욱 붉게 달아올랐다.

"다 들으셨다면서요?"

붉어진 두 뺨을 손으로 감싼 채, 아진은 수줍음 가득한 목소리로 물었다.

"뭔가 듣긴 한 것 같긴 한데……."

이마를 긁적이던 주호가 싱긋 웃었다. 그러더니 손을 들어 본인 심장을 가리키는 그였다.

"여기가 너무 두근거려, 무슨 말을 들었는지 하나도 기억이 안 나는 게 문제랄까."

능청스러운 그의 표정을 보아하니 지금 이 말은 거짓말인 듯했다. 하지만 이왕 이렇게 된 거 솔직하게 제 감정을 털어놓자 싶어, 아진은 용기를 내어 입을 열었다. 떨리는 까만 눈으로 주호를 바라보면서.

"……좋아합니……!"

하지만 고백을 끝까지 마칠 수가 없었다. 저를 끌어안는 주호의 손길에 아진은 입을 다물 수밖에 없었다.

"아무래도 제대로 된 고백은 내가 먼저 해야 할 것 같아서."

귓가에 들리는 주호의 목소리가 다정했다.

"나랑 연애할래요? 평생 웃게 해 줄게."

달콤한 주호의 속삭임에 아진의 입가엔 행복한 미소가 번졌다. 수줍게 끄덕여지는 아진의 고개에 주호가 다정한 손길로 그녀의 머리를 쓰다듬었다.

"그런데 언제부터였어요?"

사실은 아주 오래전부터 궁금했었다. 그가 자신에게 반한 그 순간이. 궁금하지 않다 말하던 그 순간에도 어쩌면 궁금했는지 모른다.

"궁금해요?"

피식 웃으며 묻는 주호를 향해 아진은 재빨리 고개를 끄덕였다.

"데이트 한 번 해 주면 알려 주죠."

아진은 머쓱한 손길로 이마를 긁적이며 주호를 바라보았다.

"레스토랑 통째로 빌리고, 음악 연주하고, 꽃으로 장식하고. 이런 거 안 하면요."

"이야. 그걸 기억하네. 첫 데이트라 신경 좀 쓰려고 했는데. 아진 씨가 싫다니 자제하죠, 뭐."

제 농담에 농담으로 응수하는 주호를 보며 아진은 생긋 미소 지었다. 그의 곁에 있을 때면 늘 이렇게 웃게 되는 것 같았다. 평생 웃게 해 준다는 주호의 고백처럼.

❈

으레 늦잠을 자는 주말 아침과 달리 회사 가는 날보다 더 빨리 눈을 뜬 아진은 어제 퇴근하기 전 자신을 데려다주며 했던 주호의 말을 떠올렸다.

"내일 우리 집 올래요?"

조심스러운 목소리로 물으며 이마를 긁적이던 주호의 모습이 함께 떠올랐다.

"절대 이상한 상상하지 마요. 아직 제대로 된 첫 데이트도 못 했으니까. 우리 집에서 하면 어떨까, 하고. 내가 또 요리를 엄청 잘하거든요. 맛있는 요리해 줄게요."

"좋아요. 그리고 이상한 상상 안 했어요."

조용히 덧붙이는 아진의 말에 주호가 멋쩍은 미소를 지었다.

"들켰네. 사실은 내가 했어요. 아, 그래도 내일은 안심해요. 첫 데이트니까 자제할게요."

한쪽 눈을 찡긋하며 여유를 부리던 사람답지 않게, 불안한 손짓으로 날렵한 턱 끝을 매만지는 모습이 사랑스러웠다.

생각해 보면 참 여러 가지 모습이 있는 남자였다. 가벼운 듯하면서도 속이 깊고, 능글맞은 듯하면서도 담백하고, 연애 경험이 풍부한 선수 같기도 했다가 풋내 나는 순수한 모습도 보여 주는. 알면 알수록 신기한 남자였다.

그나저나 시간은 왜 이리 안 가는지 모르겠다. 잠에서 깨서 한참을 침대에서 뒹굴거렸건만 채 10분이 지나지 않은 시계를 올려다보며 아진은 나지막하게 한숨을 내쉬었다. 혹시 시계가 고장 났나, 하는 생각에 협탁 위에 올려 둔 다른 시계를 살펴보던 아진은 이런 제 모습이 웃겨 조용히 웃음을 삼켰다.

멀쩡하던 시계가 고장 난 것처럼 느껴지도록 주호가 좋긴 좋은가 보다. 시계를 손끝으로 톡톡 건드리던 아진은 다시 제자리에 시계를 올려 두고, 침대에서 벌떡 몸을 일으켰다. 욕실에 가서 샤워를 하고, 신경 써서 옷을 고르고, 화장도 하며 바쁘게 움직였다.

"아, 정말 시간 안 가네."

그럼에도 불구하고 아직 약속 시간까진 시간이 한참 남아 있었다. 지친 얼굴로 방에 가서 책을 하나 꺼내 든 아진은 거실 소파로 나와 책을 읽기 시작했다. 그러다 그만 깜박 잠이 들어 버리고 말았지만.

"누나, 누나."

제 어깨를 흔드는 정욱의 손짓에 아진은 스르르 감고 있던 눈을 떴다.

"왜 여기서 자고 있어? 화장도 다하고. 어디 약속 있었던 거 아니야?"

정욱의 물음에 아진은 그제야 화들짝 놀라며 벽에 걸린 시계를 바라보았다. 이미 주호와의 약속 시간인 12시를 훌쩍 넘긴 시계에 아진은 소파에서 벌떡 몸을 일으켰다.

"어, 어떡해."

"왜?"

"아니야. 내 핸드폰 어디 있지?"

허둥지둥거리는 아진을 대신해 정욱이 테이블 위에서 핸드폰을 찾아 주었다.

"고마워."

핸드폰을 챙겨 든 아진은 재빨리 방으로 뛰어 들어왔다. 주호로부터 부재중 전화가 3통 와 있었고, 메시지도 몇 개 도착해 있었다.

〈전화 안 받네. 늦어요?〉

〈무슨 일 있어요?〉

〈어디 아파요? 불안하게 왜 이렇게 연락이 안 돼요.〉

〈이거 보면 바로 전화 줘요. 걱정되니까.〉

주호의 메시지를 확인하며 아진은 울상을 지었다. 어제 설레서 늦게 잔 데다가, 아침 일찍부터 눈을 뜬 게 화근이라면 화근이었다. 이럴 줄 알았으면 책을 읽는 게 아니었는데.

아진은 초조한 얼굴로 서둘러 주호에게 전화를 걸었다.

[괜찮아요?]

전화를 받자마자 제 걱정부터 하는 주호 때문에 미안한 감정은 더욱 커졌다.

"괜찮아요. 지금 갈게요. 제가 깜박 잠이 드는 바람에……."

보통 남자들이라면 화낼 법도 한데, 안도의 숨소리가 수화기를 타고 넘어왔다.

[다행입니다. 아무 일도 없어서.]

"미안해요."

[뭐가 미안해요. 이렇게 무사하게 연락해 준 것만으로도 고마운데, 난. 나와요. 지금 집 앞이니까.]

"네?"

[혹시 아픈 건가 해서 와 봤어요. 지금 막 도착했는데, 타이밍 맞게 딱 전화 온 거예요. 역시 우린 잘 맞아. 그렇죠?]

다정한 주호의 목소리를 들으니 마음이 놓였다.

"얼른 나갈게요."

[그래요. 보고 싶어서 죽는 줄 알았어요, 나. 시간은 어찌나 천천히 가는지.]

제 마음과 같았던 주호의 마음을 확인하면서 아진은 행복한 미소를 지었다.

아파트에 살 줄 알았는데, 예상과 달리 정원이 달린 커다란 집에서 생활하고 있는 그였다. 혹시 부모님이랑 같이 사는 건가 해서 걱정스러운 눈으로 주호를 올려다보는데, 그는 안심하라는 듯 아진의 어깨를 토닥였다.

"부모님이랑 같이 살긴 하는데 지금은 해외여행 중. 여행 떠나신 지 5개월도 넘었어요. 이 집 저한테 떠맡기시고 자유롭게 세계 여행 중이시죠. 앞으로 5개월은 더 돌아올 생각 없으시다네요."

그의 자유로운 성품이 누굴 닮았는가 했더니 부모님을 닮은 모양이다.

"그러니 긴장 풀고. 들어와요."

고풍스러운 현관문을 열고 활짝 웃는 주호를 따라 아진은 조심스레 집 안으로 걸음을 옮겼다.

"그럼 실례하겠습니다."

"앞으로 자주 실례 좀 해 줘요. 이 넓은 집에서 혼자 살려니 영 외로워서."

집 안으로 들어서자 우아한 클래식 음악이 아진의 귀를 사로잡았다.

"따라와요."

제 어깨를 감싸는 주호를 따라 주방으로 걸음을 옮기자, 아름다운 꽃으로 장식된 식탁이 눈에 들어왔다.

"말했잖아요. 내 데이트는 이렇다고. 꽃, 음악, 그리고……."

앉으라는 듯 의자를 빼 주는 그의 손짓에 아진이 조심스레 의자에 앉자 그가 손끝으로 식탁을 톡톡 건드렸다.

"음식도 딱 준비되어 있으면 좋겠지만, 다 식어서 다시 해야 할 것 같은데."

"아, 제가 도울……."

일어서려는 아진의 어깨를 주호가 손으로 부드럽게 눌렀다.

"그건 내 계획에 어긋나는 일이라서. 잠시만 기다려요. 금방 할 테니까."

허리에 하얀 에이프런을 두른 주호는 여유로운 모습으로 식사를 준비했다. 자연스러운 행동을 보아하니 요리에 꽤 익숙한 사람 같았다.

"요리까지 잘할 줄은 몰랐는데."

아진의 나지막한 혼잣말에 주호는 싱긋 웃었다.

"알면 알수록 매력 있죠?"

대놓고 본인 칭찬을 하는 주호의 말에 아진은 웃으며 고개를 끄덕였다.

"아직 놀라긴 일러요. 내 매력 다 보려면 평생을 함께해도 부족할 걸?"

"그럼 다음 생에도 함께 해야겠네요. 그 매력 다 보려면."

"빙고."

엄지와 검지를 부딪쳐 경쾌한 소리를 내던 주호가 먹음직스러운 샐러드를 아진 앞에 놓아주었다.

"대답이 예뻐서 주는 선물. 그거 먹으면서 메인 요리 기다려요."

"잘 먹을게요."

싱싱한 딸기와 어린 잎채소, 호두와 크림치즈 위에 상큼한 딸기드레싱이 뿌려진 샐러드를 아진은 감탄 어린 시선으로 바라보았다.

"손대기 아까울 정도로 예뻐요."

"나한테 당신이 그래."

어디서 어떻게 치고 들어올지 전혀 예상이 되지 않는 남자였다. 갑작스러운 주호의 고백에 아진은 붉어진 얼굴로 그를 흘겨보았다.

"저 더 오그라들면 먹다 체할지도 몰라요."

"이 정도로 오그라들면 안 돼요. 앞으로 내 넘치는 사랑을 어떻게 감당하려 그래?"

넉살 좋은 미소를 짓는 주호를 보다 아진도 끝내 웃음을 터트렸다. 그러고는 조심스레 포크를 들어 그가 만들어 준 먹음직스러운 샐러드를 향해 뻗었다. 딸기를 하나 집어 입안에 넣자 새콤하면서도 달콤한 맛이 입 안 가득 퍼져 나갔다.

"정말 맛있어요."

"배고파서 그럴 거예요. 메인 요리 곧 되니까 조금만 기다려요."

아진이 먹는 모습을 흐뭇한 시선으로 보던 주호가 다시 오븐 쪽으로 걸음을 옮겼다. 오븐에서 맛있게 구워진 스테이크와 야채를 꺼낸 주호는 하얀 접시에 깔끔하게 담아, 특제 소스를 뿌려 아진의 앞에 놓았다.

"맛있게 먹어요."

"잘 먹겠습니다."

부드럽게 썰리는 스테이크를 한입 맛본 아진은 감탄 어린 시선으로 주호를 올려다보았다.

"와, 맛있어요."

"많이 먹어요. 잘 먹는 모습 예쁘네."

"먹는 동안은 칭찬 좀 자제해 주시죠?"

웃으면서 건네는 아진의 말에 주호가 콧잔등을 찡그렸다.

"그건 세상에서 제일 힘든 일이야."

라는, 투정을 건네면서.

대접만 받는 게 미안해 설거지는 제가 하겠다 나섰지만 그거 역시 주호에게 제지당하고 말았다.

거실에서 주호가 내려 준 커피를 마시며 아진은 찬찬히 집을 둘러보았다. 한쪽 벽면을 가득 메운 사진들을 보아하니 꽤 화목한 집안 같았다. 수많은 사진 속에서 어린 주호의 모습을 찾아낸 아진은 생긋 미소 지었다.

"나 어릴 때 예뻤죠?"

어느새 아진의 뒤로 다가온 주호가 두 팔로 조심스레 그녀의 어깨를 끌어안으며 물었다. 자신만만한 그의 목소리처럼 어렸을 때 주호는 정말 인형처럼 예뻤다. 커다란 검은 눈망울에 하얀 얼굴, 붉은 입술까지. 사랑스럽지 않은 곳이 없었다.

"그러네요. 지금도 예쁘시지만."

"그 말 콤플렉스였는데 아진 씨가 해 주니 좋네요. 칭찬같이 들려."

"칭찬 맞아요."

"이러니 내가 안 반해? 말도 이렇게 예쁘게 하는데."

주호의 말에 아진은 그제야 생각이 났다는 듯 그가 두르고 있던 팔을 풀며 몸을 돌렸다.

"이제 알려 주세요."

"내가 언제 아진 씨한테 반했는지?"

주호의 물음에 아진은 천천히 고개를 끄덕였다. 이렇게 궁금해질 줄 알았다면, 예전에 말해 준다 했을 때 그냥 들을 걸 그랬다. 마음이 커질수록 그에게 궁금한 게 많아졌다.

"2010년 5월 3일."

거기서 말을 멈춘 주호가 씩 웃었다.

"오늘은 여기까지. 다음에 데이트해 주면 마저 알려 줄게요."

"그게 뭐예요? 감도 안 오는데. 벌써 5년 전이잖아요. 우리가 만난 적이 있어요?"

아진의 물음에 주호는 입가에 미소를 지은 채 다정한 손길로 그녀의 머리를 쓰다듬었다.

"내가 당신한테 반한 순간. 잘 생각해 봐요. 그날 무슨 일이 있었는지."

이미 5년도 지난 일이었다. 정말 주호를 만난 적이 있는 걸까? 그랬다면 기억이 안 날 리가 없는데.

"난 당신이 나에 대해 더 많이 궁금해했으면 좋겠어."

그날을 기억해 내려고 애쓰며 미간을 찡그리는 아진의 이마로 주호가 엄지를 뻗었다. 부드러운 손짓으로 미간을 펴 준 그는 다정한 눈빛으로 아진을 내려다보았다.

"반칙인 거 알죠? 오늘 데이트하면 알려 준다고 해 놓고서."

"예상하지 못한 반칙이 상대를 더 긴장되게 만드는 거니까. 또 적당한 긴장감은 사람을 설레게 만들죠."

"그런 거 없어도 충분히 설레요."

솔직하고, 꾸밈없는 아진의 대답에 그녀의 이마를 매만지던 주호의 손이 살짝 멈추었다. 그러더니 어느새 그 자리에 손을 대신해 입술이 와 닿았다. 살짝 이마에 닿았다 멀어지는 그의 붉은 입술에 아진은 놀란 눈으로 그를 올려다보았다.

"순간 너무 예뻐 보여서요."

나지막한 목소리로 귓가에 속삭이던 주호가 다시 손을 뻗어 그녀의 머리를 다정하게 쓰다듬었다.

"여기 더 있으면 위험하겠다."

그가 건네는 경고라는 걸 짙어진 검은 눈으로 보고 알 수 있었다. 아직은 감당하기 힘든 야릇한 분위기에 아진은 코트와 가방을 놓아둔 소파로 걸음을 옮겼다.

"경고 고마워요."

"긴장하고 있어요. 다음번엔 경고 없으니까."

씩 웃던 주호가 아쉬움 가득한 눈으로 그녀를 바라보더니, 가볍게 손바닥을 탁 부딪치며 걸음을 옮겼다.

"바래다줄게요. 더 오래 함께하고 싶지만, 조만간 굶주린 늑대 한 마리가 튀어나올 것 같아서."

속뜻을 이해한 아진이 붉어진 얼굴로 고개를 끄덕였다. 아직도 그의 입술이 닿았던 이마가 뜨거웠다.

✲

집에 돌아와 샤워를 하고 나온 아진은 핸드폰으로 달력 어플을 실행시켰다. 2010년 5월 3일을 확인한 아진은 기억을 되돌리려고 애를 썼다. 요일은 월요일이었는데, 이날 무슨 일이 있었던 걸까. 2010년이면 지금 회사에 입사를 한 해이기도 한데.

생각에 잠겨 있던 아진은 때마침 울리는 핸드폰을 내려다보며 입가에 따뜻한 미소를 지었다. 액정에 반짝이는 주호의 이름에.

[뭐 해요?]

"숫자에 얽힌 비밀을 풀고 있었죠."

아진의 대답에 경쾌한 주호의 웃음소리가 수화기를 타고 넘어왔다.

[그래서 비밀은 풀었어요?]

"아직은요. 그냥 말해 주면 안 돼요?"

[궁금해하니까 더 알려 주기 싫은데.]

"은근히 치사한 구석 있는 거 아시죠?"

제 물음에 더욱 시원한 웃음소리로 답하는 그였다.

[대신 다른 거 궁금한 건 없어요? 뭐든지 답해 줄 테니.]

화장대를 손가락으로 두드리며 아진은 잠시 생각에 잠겼다.

"음, 내가 왜 좋아요?"

[에이. 그게 그 질문 아닌가?]

"전혀 다른 질문인데요?"

[음, 그렇다 치고. 그 대답 들으려면 밤새워야 할 것 같은데. 그럴 자신 있어요?]

"네?"

[그럼 시작합니다.]

그 말이 시작이었다.

[처음엔 당신 눈이 좋았던 것 같아. 무척 차분한 눈을 가진 거 알아요? 무슨 생각을 하는지 잘 알 수가 없는, 그래서 자꾸만 보게 되는 그런 눈이에요. 그 눈빛이 좋아, 자꾸 보다 보니 내 눈빛이 당신 눈빛을 닮아 버렸어.]

밝고, 따뜻한 성격과 전혀 다른 고요한 그의 눈빛이 늘 신기했었는데, 그게 제 눈빛이었다니 기분이 묘해졌다.

[너무 높지도, 낮지도 않은 당신 목소리도 좋아. 그 목소리를 듣고 있으면 늘 내 심장이 울렁거려요. 지독하게 말이 없어 자주 들을 수가 없는 게 아쉬웠지만, 이젠 이렇게 언제라도 듣고 싶을 때 들을 수 있어 괜찮아요.]

두 번째 이유로 목소리를 꼽는 그였다. 그 뒤로도 계속해서 제가 좋은 이유가 이어졌다. 김아진이라는 제 이름이 좋다 말하는 그의 목소리가 부드러웠다. 잠꼬대로 하도 많이 그 이름을 불러서 예전에 같이 살던 룸메이트에게 꽤나 많은 잔소리를 들었다고 한다.

남들보다 작아서 콤플렉스였던 귀를 귀엽다 말해 주었고, 머리를 올려 묶었을 때 흘러나오는 잔머리조차 사랑스럽다 말하는 걸 들으며 아진은 어느새 잠에 빠져들고 있었다.

깊은 새벽이 되도록 끝나지 않는 자신이 좋은 이유를 들으며 아진은 달콤한 잠에 빠져들었다.

제 모든 게 좋다 말해 주는 당신이 있어서, 행복하다는 말은 끝내 전하지 못한 채.

침대에 등을 기대고 앉아 귀에 블루투스를 꽂은 채 나른한 얼굴로 말을 이어 나가던 주호는 귓가에 들리는 나지막한 숨소리에 조용히 입을 다물었다. 일정한 높낮이로 쌔근거리는 숨소리에 주호의 검은 눈은 점점 더 따뜻하게 변해 갔다.

"당신 숨소리도 참 좋다."

반달 눈웃음을 지으며 중얼거리던 주호는 애꿎은 베개를 손으로 툭툭 건드렸다.

제가 생각해도 닭살스러운 제 모습에 온몸을 비비 꼬던 주호는 행복한 얼굴로 베개에 얼굴을 묻었다. 귓가에 들리는 건 아진의 숨소리밖에 없었지만, 전화를 끊고 싶지 않았다.

"잘 자요."

한참 동안 아진의 숨소리에 귀를 기울이던 주호가 아쉬운 얼굴로 전화를 끊었다. 그녀의 꿈이 편안하길 바라면서.

⁂

잠든 지 4시간 만에 주호는 상쾌한 얼굴로 눈을 떴다. 일어나자마자 핸드폰을 들어 시간을 확인한 주호는 얼마 지나지 않은 시간에 한 번 놀라고, 그럼에도 불구하고 너무나 상쾌한 제 몸

상태에 두 번 놀랐다.

"사랑의 힘인가?"

나지막하게 혼잣말을 중얼거리던 주호는 침대 위에서 가볍게 폴짝 뛰어 내려와, 곧장 라디오를 켰다. 아래층으로 내려와 경쾌한 발걸음으로 주방에 간 주호는 따뜻한 커피를 내린 다음, 신문을 챙겨 들어 다시 2층 자신의 방으로 들어왔다.

여전히 경쾌한 걸음으로 소파로 걸어간 주호는 테이블 위에 커피와 신문을 내려놓았다. 때마침 라디오에선 그가 좋아하는 노래가 흘러나오고 있었다. 모튼 하켓 버전의 'Can't take me eyes off you'를 들으며 주호는 목청껏 그 노래를 따라 부르기 시작했다.

I love you baby,
And if it's quite allright,

I need you baby
To warm the lonely night.

I love you baby.
Trust in me when I say.

노래의 후렴 부분을 신나게 부르며 뛰어다니던 주호는 때마침 울리는 핸드폰 벨소리에 정신을 차렸다. 라디오 볼륨을 줄인 그는 재빨리 핸드폰을 확인했다.

액정에 뜨는 아진의 이름에 저절로 입가에 미소가 지어지는 걸 느끼며 주호는 침대 위에 앉았다.

[잤어요?]

조용하면서 따뜻한 아진의 목소리가 수화기를 통해 들려왔다. 제가 좋아하는 바로 그 목소리가. 그와 동시에 라디오에서 흘러나오는 노래는 또다시 후렴을 향해 가고 있었다.

난 그대를 사랑해요. 만약 그대만 괜찮다면요.

난 그대가 필요해요. 이 외로운 밤을 따스하게 해 줄.

난 그대를 사랑해요. 내 말을 믿어 주세요.

제 마음과 같은 노래 가사를 떠올리며 주호는 더욱 따뜻한 미소를 지었다.

"아니요."

[미안해요. 어제 통화하다가 자 버려서.]

"괜찮아요. 덕분에 난 좋았으니까."

나른한 미소를 짓게 만들던 숨소리가 머릿속에 떠올랐다.

[잠은 좀 잤어요?]

"잠 안 자도 안 피곤하고, 밥 안 먹어도 배 안 고파요. 근데……."

잠시 말을 멈춘 주호는 싱긋 웃었다.

"아진 씬 보고 싶네."

수화기 너머 달콤한 아진의 웃음소리가 들려왔다. 그 웃음소리에 마음이 들떠 주호는 침대에 놓인 베개를 꼭 끌어안았다.

[저도요.]

수줍은 아진의 대답에 주호의 입가엔 더욱 상큼한 미소가 번졌다.

"오늘 있다던 약속 취소할래요?"

농담처럼 건네는 말이었지만, 반은 진심이었다. 아진이 대학동기들과 약속이 있어서 못 만나는 게 아쉬워서.

수화기를 타고 들려오는 경쾌한 아진의 웃음소리를 들으며 주호는 아쉬운 마음을 달랬다. 어서 빨리 월요일이 되어 그녀를 보고 싶다 생각하며.

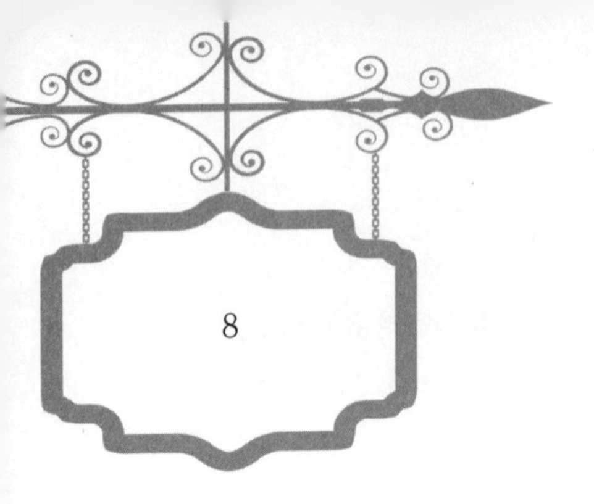

회사 건물 7층에 프로젝트 팀 사무실이 꾸려졌다. 기획팀 2명, 마케팅팀 2명, 기술팀 2명, 디자인팀 1명으로 구성되어 한자리에 모인 사람들은 어색한 얼굴로 첫 인사를 나누었다.

이 팀을 직접 꾸린 주호는 차분한 얼굴로 사람들을 소개하기 시작했다.

"먼저 이쪽은 마케팅팀 이지은 과장님입니다."

마주 보고 앉은 사람들은 주호의 소개에 따라 고개를 숙여 인사를 건넸다. 이지은 과장은 몇 번 같이 협력 업무를 해 본 적이 있어 아진에겐 그나마 익숙한 사람이었다.

몇 년 전, 같은 부서에서 일하던 동료 직원과 결혼을 해 현재 둘 사이에 예쁜 딸도 하나 있는 이 과장은 그럼에도 불구하고 사내연애는 절대 하지 말라 충고하는 인물 중 하나였다.

"마케팅팀에 김진욱 사원입니다. 이 과장님의 적극적인 추천으로 프로젝트 팀에 합류하게 되었습니다. 앞으로 기대할게요."

주호의 소개에 진욱은 자리에서 벌떡 일어나 사람들에게 고개를 숙였다.

"잘 부탁드립니다!"

입사한 지 얼마 안 된 신입다운 패기가 느껴지는 목소리였다. 열정적인 그 모습에 사람들은 웃으면서 박수를 쳐 주었다. 이어서 주호의 소개는 계속되었다. 귀여운 외모를 가진 디자인팀 진하영 대리, 묵직한 인상을 가진 기술팀의 전임연구원인 최정규 과장까지 소개한 주호의 시선이 최 과장 옆에 앉은 조각같이 잘생긴 남자를 향했다.

주호의 화려한 외모와는 느낌이 조금 다른 남자였다. 선이 굵직해서 남자다움이 물씬 풍기는 얼굴에 이 과장과 진 대리가 감탄 어린 시선으로 그 남자를 바라보았다.

"기술팀에 주임연구원 하민우 대리입니다."

주호의 소개에 민우는 자리에서 몸을 일으켜 가볍게 고개를 숙이는 걸로 인사를 대신했다. 외모만큼이나 과묵한 성격 같았다. 이제 아진의 소개만 빼놓고는 다른 사람들의 소개가 모두 끝이 났다. 어느새 사람들의 시선은 자연스럽게 아진을 향해 모였다.

주호 역시 유난히 따뜻한 눈빛을 지으며 아진을 바라보았다. 둘 사이를 공개하고 싶어 하던 주호였지만, 아진은 프로젝트가 끝날 때까진 비밀로 하자 말했다. 아무래도 연인인 두 사람이 한 프로젝트에서 일하면, 같이 진행하는 사람들이 불편해할 것 같아서 비밀로 하는 게 낫다 판단했다. 사내연애라는 게 사실 소문나 보았자 좋을 건 하나도 없었으니까.

"끝으로 저와 같은 기획팀에 김아진 대리입니다."

주호의 소개에 아진은 자리에서 일어나 사람들에게 고개를 숙였다.

"김아진입니다. 프로젝트 끝날 때까지 열심히 임하겠습니다. 잘 부탁드립니다."

차분한 목소리로 아진까지 소개를 마치고 나서, 곧장 팀 회의에 돌입했다. 점심시간이 될 때까지 열띤 회의를 한 사람들은 지친 얼굴로 자리에서 일어섰다.

"첫날이니 점심은 다 함께 먹죠. 회사 앞 일식당 예약해 두었으니. 갑시다."

"네!"

사람들은 모두 힘차게 대답하며 주호를 따라나섰다. 그 와중에 아진과 친분이 있는 지은이 그녀에게 다가와 자연스레 팔짱을 끼었다.

"화장실 좀 들렀다가 가자."

"네, 과장님."

"저도요."

디자인팀 하영도 얼른 두 사람에게 합류했다. 남직원들은 먼저 엘리베이터를 타고 내려갔고, 여직원들은 자연스레 화장실로 발걸음을 옮겼다.

"이 팀장이 아진 씨 엄청 아끼는 것 같더라."

화장실에 들어가 화장을 고치며 지은이 아진을 향해 말했다.

"맞아요. 같은 팀이라 그런가. 아, 어쨌든 좋겠어요. 그렇게 멋진 팀장님이랑 일해서. 전 온통 여자들뿐이라."

올해 29살이라는 하영은 통통 튀는 성격의 소유자였다.

"그래, 솔직히 일할 맛은 나. 이 팀장뿐만 아니라, 하 대리 외모도 엄청 훌륭하잖아. 이 팀에 들어오길 잘했어."

남자나 여자나 관심 1순위가 외모가 되는 건 어쩔 수가 없나 보다. 두 여자의 수다를 들으며 아진은 조용히 웃었다. 뭐, 아진 역시 주호와 한 팀에서 일하는 건 즐거웠으니까.

"그런데 애인은 있을까요? 이 팀장님 짝사랑 중이라는 소문은 들었는데."

립스틱을 고쳐 바르던 아진은 하영의 말에 순간 멈칫했다. 그 소문이 디자인실까지 들어갔을 줄은 몰랐다. 역시 회사 최고의 인기남다웠다.

"분명 있을 걸. 그 외모에 그 능력에 없으면 그것도 이상하지. 자기, 자기는 뭐 아는 거 없어?"

지은이 아진의 옆구릴 슬며시 쿡 찌르며 물었다.

"글쎄요. 제가 워낙 그런 소문에 둔해서."

"하긴, 일밖에 모르니. 자기도 이번 기회에 남자 직원들하고 어울리고 좀 그래. 물론 사내연애를 찬성하는 건 아니지만. 일밖에 모르는 사람이니 회사에서 남자 만나야지 별수 있어?"

지은의 말에 아진은 머쓱한 얼굴로 이마를 긁적였다.

"전 괜찮아요."

"괜찮긴 뭐가 괜찮아. 하 대리 어때? 둘이 은근히 분위기도 닮았고, 잘 어울릴 것 같은데."

"에, 하 대리님은 제가 찍었는데."

"하 대리가 나무야? 찍긴 뭘 찍어."

지은의 말에 하영이 웃음을 터트렸다.

"이 과장님도 참."

"자자, 일단 수다는 여기서 멈추고. 밥 먹으러 가자. 하도 회의를 열심히 했더니 배고파 죽겠다."

"네."

세 여자는 나란히 화장실을 빠져나왔다. 1층에서 기다리고 있던 남자들은 여자들을 반기며 손을 들었다. 첫날답지 않게 팀 분위기는 꽤나 화기애애했다.

점심식사를 마치고 주어진 20여 분의 휴식시간 동안 아진은 옥상을 찾았다. 날이 따뜻해져 예전과 다르게 꽤 많은 사람들이 옥상에 나와 있었다. 주호와 이제 더는 옥상에서 오붓한 시간을 보내긴 힘들 것 같다는 생각에 아진은 아쉬운 얼굴로 옥상을 둘러보았다.

그때 누군가 제게 캔 커피를 내미는 게 보였다. 혹시 주호인가 하는 생각에 반가운 얼굴로 고개를 들자, 이번에 같은 팀이 된 민우가 그곳에 서 있었다. 마시겠냐는 물음도 없이, 묵묵히 커피를 내밀고 있는 그 손에 아진은 고개를 숙이며 커피를 받아 들었다. 왠지 거부하기 힘든 그런 분위기에.

"감사합니다."

아진의 인사에도 민우는 별다른 말없이 그녀의 옆에 서서 손에 든 커피를 마셨다. 그와 주고받을 대화는 없었지만, 자리를 피하는 것도 이상해 아진도 조용히 제 손에 든 캔을 땄다.

회의 시간에 말을 하는 걸 못 봤다면 이 남자가 혹시 말을 못 하나, 하는 생각을 했을지도 모른다. 하지만 이런 침묵이 그리 불편하진 않았다. 아진도 그렇게 말이 많은 편이 아니었기에.

"역시 여기 있을 줄 알았어. 옥상에 나 몰래 꿀이라도 발라 놓았나?"

조용히 커피를 마시던 아진은 귓가에 들리는 익숙한 목소리에 당황한 얼굴로 뒤돌아보았다. 그러자 저를 보며 웃고 있는 주호의 얼굴이 보였다. 옆에 서 있는 민우를 보는 순간 주호의 얼굴에서는 미소가 사라졌지만.

"둘이 함께 있었어요?"

그닥지 않게 살짝 굳은 얼굴로 묻는 말에 아진은 재빨리 고개를 저었다.

"아니요."

"우연히 만났습니다."

아진의 답을 끊고 민우가 주호를 향해 말했다. 그러고는 가볍게 고개를 끄덕이더니, 먼저 옥상에서 내려가는 그였다.

"마음에 안 들어."

나지막하게 혼잣말을 중얼거리는 주호를 보며 아진은 웃음을 삼켰다.

"왜요? 난 하 대리님 괜찮은데."

주호의 검은 눈이 동그랗게 떠졌다.

"정말? 저런 스타일이 이상형이었어요? 아, 남자들이 보기엔 영 별로인데. 재미없고, 속으로 무슨 생각 하는지도 잘 모르겠고."

"그래요? 난 조용한 성격 좋아하는데."

아이같이 질투를 내비치는 주호가 재미있어, 아진은 태연한 목소리로 답했다. 조용한 목소리로 중얼거리는 아진의 말에 주호의 낯빛이 점점 더 어두워져 갔다.

"나랑 정반대인데."

귓가에 너무나 잘 들리는 주호의 혼잣말에 아진은 속으로 웃음을 삼켰다.

"내려갈까요? 곧 점심시간 끝나는데."

아진이 먼저 걸음을 옮기는데 주호가 재빨리 그녀를 뒤쫓아 왔다.

"진짜 이상형이 저런 남자예요?"

제 뒤에 바싹 붙으며 나지막하게 묻는 주호를 아진은 웃는 얼굴로 돌아보았다.

"아니요."

"그럼요?"

짐짓 심각한 주호의 얼굴에 이상하게 자꾸 웃음이 나왔다. 질투를 하는 남자의 모습이 이토록 귀여운지 예전에 미처 몰랐었다.

"팀장님이요."

아진은 주호 귀에만 들릴 정도로 작은 목소리로 대답했다. 그녀의 말을 바로 이해 못 했는지 검은 눈을 느릿하게 깜박이던 주호가 이내 붉어진 얼굴로 입을 가렸다.

"우와, 완전 선수네, 선수. 그런 거 어디서 배웠어요? 사람 마음을 들었다가 놨다가. 이러니 내가 벗어날 수가 없지."

횡설수설 혼잣말을 중얼거리는 주호를 보며 아진은 두근거리는 심장으로 손을 뻗었다. 조용한 걸 좋아하는 자신답지 않게 말 많은 이 남자가 사랑스러웠다. 가슴이 벅차도록.

✻

아진과 함께 이제는 제법 찬기가 가신 밤공기를 마시며 길을 걸었다.

수줍게 마주잡은 두 손을 슬그머니 내려다보며 주호는 웃음을 삼켰다. 그녀와 함께 있으면 막 사랑을 시작하는 철부지 고등학생이 된 기분이 들었다.

손끝이 스치는 것만으로 가슴이 떨리고, 눈빛을 마주치는 것만으로도 입가에 환한 미소가 지어졌다. 평범한 거리, 평범한 풍경, 평범한 일상도 그녀가 있으면 특별해졌다.

“왜 자꾸 웃어요?”

허파에 구멍 난 사람마냥 실실 웃어 재끼는 제 모습이 우스운지, 아진이 웃음기 묻어 나오는 얼굴로 물었다.

“보고 있는 것만으로도 좋아서?”

장난스러운 얼굴로 반문하는 주호를 보며 아진은 웃음을 삼켰다.

“그런 말 하면 몸에 닭살 안 돋아요?”

“전혀. 난 감정에 솔직한 사람이니까.”

한 점 흔들림 없는 주호의 눈을 바라보며 아진은 입가에 부드러운 미소를 지은 채 고개를 끄덕였다.

“사실은 고마워요.”

어느덧 그녀의 집 앞에 도착했음을 아쉬워하고 있는데, 주호의 손을 더욱 꽉 잡으며 아진이 수줍은 얼굴로 입을 열었다.

“늘 숨기지 않고, 감정을 표현해 줘서요. 전 사실 무뚝뚝하잖아요. 그럼에도 불구하고 예뻐해 주셔…….”

주호는 아진의 손을 잡아당겨 제 품에 끌어안았다. 조곤조곤한 목소리로 솔직하게 고백하는 그 모습이 얼마나 예쁜지. 미치도록 사랑스러웠다. 살짝 붉어진 얼굴로 제 품에 안긴 아진을 따뜻한 눈으로 내려다보던 주호는 다정한 손길로 그녀의 앞머리를 넘겨 주었다.

서로의 숨결이 느껴지도록 가까운 거리. 아진의 머리를 넘겨 주던 주호의 손끝이 점차 세차게 떨려 왔다. 억눌렀던 아진을 향한 욕망이 순간 고개를 쳐들었다. 제 검은 눈에 선명하게 들어오는 그녀의 붉은 입술에 주호는 침을 꼴깍 삼켰다.

한 번 치솟은 욕망은 쉬이 가라앉을 생각을 하지 않았다. 사랑스러운 붉은 입술에서 시선을 떼지 못한 채 주호는 천천히 그녀를 향해 고개를 숙였다. 혹시나 아진이 피하면 어쩌지, 하는 걱정에 순간 사로잡혔지만, 다행히 그녀는 천천히 눈을 감았다. 파르르 떨리는 아진의 긴 속눈썹이 가까워질 정도로 얼굴과 얼굴이 가까워졌다.

그런데 그 순간 '일어나, 일어나.' 라고 시끄럽게 외치는 노래가 귀를 파고들었다.

번쩍 눈을 뜬 주호는 어리둥절한 눈으로 주변을 살폈다. 방금 전까지 눈앞에 펼쳐지고 있었던 그녀의 집 앞 풍경은 사라지고, 익숙한 제 방 풍경이 눈에 들어왔다.

"아, 뭐야? 꿈이었어?"

허탈한 목소리로 중얼거리던 주호는 손을 들어 제 머리를 쥐어박았다.

"변태야? 욕구불만이야? 그런 꿈을 꾸게."

습관처럼 콧잔등을 찌푸리며 중얼거리던 주호는 고개를 내저으며 제 머리를 쥐어뜯었다.

"멍청한 놈. 꿈에서마저도 끝까지 못 하다니. 죽자, 죽어."

스스로를 향한 한탄을 내뱉던 주호는 시무룩한 얼굴로 침대에서 몸을 일으켰다. 이럴 줄 알았으면 연애를 좀 더 해 보는 건데. 연애에 미숙한 제 자신이 조금은 싫어졌다.

어릴 적부터 워낙 따라다니는 여자들이 많아, 진작 여자에 질려 버린 주호였다. 그러기에 남들이 연애에 열을 올리던 학창 시절에도 주호는 공부 이외에는 딱히 관심을 두지 않았다. 제 관심을 끄는 여자가 없던 것도 사실이었고.

여자랑 연애라는 걸 해 볼까, 막 생각하고 있을 그때쯤 우연히 만난 아진에게 첫눈에 반하는 바람에 또다시 그 계획은 산산이 무너지고 말았다. 스치듯 한 번 본 아진이 마음에 콕 박혀 도통 나갈 생각을 하지 않았으니까.

그래, 따지고 보면 제 연애 스킬 부족의 원인은 김아진이었다. 하지만 뭐, 그 여자가 제 첫사랑인 건 자랑스러운 일이지. 세상에 그녀처럼 사랑스러운 여자가 어디 또 있겠는가.

남들이 들으면 팔불출이라 놀릴 생각들을 뻔뻔하게 이어 나가며 주호는 싱긋 웃었다. 그러다 또다시 머릿속에 떠오르는 붉은 입술에 주호는 심장을 향해 손을 뻗었다.

"아, 심장 건강에 안 좋아."

탄탄한 제 가슴을 툭툭 건드리던 주호는 머릿속에 파고드는 불순한 생각들을 날리려 애를 쓰며 휘휘 고개를 내저었다.

하지만 회사에 가서도 상황은 딱히 나아지지 않았다. 틈만 나면 아진의 붉은 입술에 가서 시선이 머물렀다. 오늘따라 입술이 더욱 탐스럽게 반짝이고 있었다.

당장 저 하얀 볼을 감싸고 입을 맞추고 싶을 정도로 매혹적인 붉은 입술에서 주호는 시선을 뗄 수가 없었다.

"저기, 이 팀장님?"

보고를 하러 온 김진욱 사원이 조심스레 주호를 불렀다.

"아, 네."

그제야 성급히 아진으로부터 시선을 거둔 주호가 진욱을 바라보았다.

"여기 홍보 강연 일정입니다."

"수고했어요."

"네."

고개를 숙이고 멀어지는 진욱을 보며 주호는 머쓱한 얼굴로 이마를 긁적였다. 타락한 상사가 따로 없었다. 업무 시간에 욕망을 이기지 못하고 넋이 나가다니.

그러니까 김아진 씨, 작작 좀 예쁘지. 오늘따라 입술은 왜 더 반짝거려? 립스틱 바꿨나?

머릿속에 끝없이 이어지는 상념에 주호는 나지막하게 한숨을 내쉬었다. 입술에서 시선을 떼야지, 머릿속으로 생각은 하면서 여전히 시선은 입술을 좇고 있었다.

그때 주호의 전화벨이 울렸다.

“네, 김주호 팀장입니다.”

[회장님이 찾으십니다.]

“지금요?”

갑작스러운 유 회장의 호출에 주호는 책상에 놓인 시계를 바라보았다. 점심시간을 앞두고 자신을 찾은 걸 보니, 같이 점심을 먹을 생각인 듯했다.

[네. 바로 올라오시랍니다.]

“알겠습니다.”

전화를 끊은 주호가 의자에서 몸을 일으켰다.

“점심식사들 하세요.”

회사에선 두 사람의 연애가 비밀이기에 아진과 함께 식사한 적이 거의 없다. 팀 전체가 함께 점심을 먹는 몇몇 특별한 날을 제외하곤 말이다.

아쉬운 얼굴로 아진을 본 주호는 먼저 사무실을 빠져나갔다. 차라리 눈앞에서 안 보이면 이 욕망이 좀 사그라지겠지, 란 헛된 바람을 해 보면서.

“무슨 일 있나?”

회장실로 가는 엘리베이터에 올라탄 주호가 고개를 갸웃거리며 중얼거렸다. 이런 자리를 주호가 불편해하는 걸 알기에 보통 함께 점심 먹자는 제안을 잘 안 하는 유 회장이었다. 뭔가 중요하게 상의할 일이 있을 때만 점심을 제안하는 그를 알기에 주호는 의문을 간직한 채 엘리베이터에서 내렸다.

회장실 안으로 들어서자 비서들이 고개를 숙여 그를 반기며 접대실로 안내했다. 미리 유 회장이 주문을 해 놓았는지 테이블 위에 놓여진 초밥이 주호의 눈에 들어왔다.

"왔으면 앉아라."

주호는 유 회장에게 공손히 인사를 건네고, 테이블 앞 소파에 앉았다. 요 며칠 얼굴을 못 본 사이 더 폭삭 늙은 듯한 유 회장을 보며 무슨 문제가 생겼음을 직감했다.

"얼굴이 왜 이렇게 안 좋으세요? 무슨 일 있으십니까?"

조심스러운 주호의 물음에 유 회장은 나지막하게 한숨을 내쉬었다.

"내가 다흰이 녀석을 잘못 키워도 너무 잘못 키웠어."

"왜요?"

"최 과장이랑 헤어졌다더구나. 아니, 애초에 그 녀석은 진심이 아니었나 보더라고. 너랑 같은 기획팀에 배정 받으려고 최 과장이랑 사귄 거라니. 내 기가 막혀서. 내가 너 귀찮게 할 거 뻔해 기획팀 배정을 안 해 준다 했더니 그런 일을 꾸민 모양이야."

이미 전후 사정을 다 알고 있던 주호는 어색한 웃음을 지으며 이마를 긁적였다.

"그래서 이렇게 화가 나신 거예요?"

"그럼, 화가 나지 안 나? 이제야 회사 일에 관심을 가졌나 했더니. 내 그 아이를 어쩌면 좋누. 생각도 없고, 버릇도 없고. 에휴, 속이 상해 죽겠구나."

유 회장의 넋두리를 들으며 주호는 말없이 고개를 끄덕였다. 유다횐 버릇없고 생각 없는 거야 이미 오래전부터 알고 있던 사실이었으니까.

"오늘도 회사 안 나왔어. 최 과장도 사표 내고."

"최태준 과장이요?"

"그래. 아마 보는 눈들이 많아 감당하기 힘들었던 모양이야. 내가 뭐라도 보상해 줘야 하는 건 아닌지."

어찌 보면 자업자득이었다. 물론 그가 다휜의 유혹에 흔들려 아진과 헤어져 준 건 주호 입장에서 무척이나 고마운 일이었지만 말이다.

"너랑 결혼시켜 달라고 어찌나 조르던지."

넌지시 제 의사를 떠보는 유 회장을 주호는 굳은 얼굴로 바라보았다.

"만나는 사람 있습니다. 그리고 저랑 그 얘기는 다시는 안 하시기로 하셨잖아요. 자꾸 이러시면 제 사표까지 받게 되실 겁니다."

주호의 으름장에 유 회장은 쓴웃음을 지으며 고개를 끄덕였다.

"아네, 알아. 하도 답답해서 하는 소리야."

"이번 기회에 버릇 확실히 고치세요. 다휜이도 저 만나는 여자 있는 거 알아요. 제가 그 여자를 얼마나 사랑하는지도."

가감 없이 아진에 대해 털어놓는 주호를 보며 유 회장이 천천히 고개를 끄덕였다.

“녀석 단단히 빠졌구나. 네 할아버지도 알고 있니?”

“조만간 말씀드릴 생각입니다.”

“뭐 하는 집 여식인데?”

“평범한 가정에서 바르고 착하게 자란 예쁜 여자예요.”

“네 할아버지 눈에 찰지 모르겠구나.”

“할아버지 눈이 뭐가 중요해요. 제가 함께 살 여자인데. 제 눈에만 예쁘면 되죠.”

아진의 얼굴을 떠올리는 순간 주호의 입가엔 따뜻한 미소가 번졌다. 그런 그의 얼굴에서 진심이 느껴졌는지 유 회장은 따뜻하면서도 씁쓸한 시선으로 주호를 바라보았다.

“행복해 보이는구나. 다흰이 녀석은 그걸 다 알면서도 어찌 널 포기 못 하누.”

“곧 포기하겠죠.”

“그랬으면 좋겠구나. 그 녀석을 바로 잡아 줄 남자여야 할 텐데.”

쉽지 않기는 하겠다. 유다흰 그 성질을 누가 잡는단 말인가.

“네가 고생이 많아. 내 넋두리 들어 주느라고.”

털어놓을 때가 오죽 없으면 저를 붙잡고 이럴까. 제발 이런 유 회장을 봐서라도 다흰이 정신 차려야 하는데, 그럴 기미가 없어 보여 걱정이었다.

그런데 회장실을 방문한 그 이후에 이상한 소문이 회사에 빠르게 퍼져 나가기 시작했다. 다횐과 태준이 헤어진 배경엔 주호가 있었다는 얼토당토않은 소문이 막을 새도 없이 일파만파 퍼져 나갔다.

주호의 할아버지가 한국에서 제일 큰 병원 중 하나인 K병원 원장이란 소문과 함께, 곧 주호와 다횐이 결혼할 거란 루머까지 더해져 소문은 걷잡을 수 없을 만큼 커져 갔다.

거기다 회사 익명 게시판엔 어린 시절 가족모임으로 만날 때 몇 번 함께 찍었던 다횐과 주호 사진이 올라오며, 소문은 더욱 뜨겁게 들끓었다. 진정한 로열패밀리들의 결합이라며 떠드는 사람들을 보며 소문의 당사자인 주호는 하도 어이가 없어 기가 막힐 뿐이었다.

혹시 유 회장이 저와 다횐을 엮으려고 의도적으로 퍼뜨린 건가 하는 의심도 들었지만, 유 회장이 그 정도까지 바닥은 아닌 사람을 알기에 이내 용의선상에서 제외시켰다.

그렇다면 이런 짓을 할 사람은 딱 한 명이었다. 짜증 나는 다횐의 얼굴을 떠올리며 주호는 인상을 확 찌푸렸다.

"만나면 가만 안 둬, 유다횐."

나지막한 목소리로 으르렁거리던 주호는 이런 소문의 소용돌이에서도 묵묵히 일에만 집중하는 아진을 힐끗 쳐다보았다. 일단 아진의 오해를 푸는 것부터 시급했다. 물론 덤덤한 그녀의 반응을 보아하니 오해한 것 같지는 않지만 말이다.

역시 이런 일에 흔들릴 그런 여자가 아니지.

아진을 흐뭇한 시선으로 보던 주호는 이내 콧잔등을 찌푸렸다. 가만 생각해 보니 이게 마냥 기분 좋은 일만은 아니었다. 저는 아진이 다른 남자와 눈만 마주쳐도 신경질이 나는데, 이 여자는 질투도 안 하는 걸까?

오전엔 섹시한 입술로 저를 정신없게 하더니, 오후엔 덤덤한 태도로 사람을 들끓게 만들고 있었다. 당장이라도 아진의 손을 잡고 나가 이것저것 묻고 싶었지만, 보는 눈이 많기에 주호는 평정을 유지하려 애썼다.

평상시와 다르게 퇴근 시간이 되자마자 자리에서 벌떡 일어나고 말긴 했지만. 그전까진 꽤 평정심을 잘 유지했던 그였다.

"오늘은 일찍 퇴근하죠. 하루 종일 얼토당토않은 제 루머 때문에 정신이 없었을 테니까."

프로젝트팀 직원들 핸드폰이 연신 울리던 걸 지켜봐 온 주호였기에 회사에 떠도는 소문은 단순한 루머일 뿐이라 못 박으며 직원들을 향해 말했다.

"정말 루머인 거죠? 그래 놓고 조만간 청첩장 주시는 거 아니에요?"

통통 튀는 성격의 하영답게 주호를 향해 직구를 내던졌다. 그 질문에 주호의 시선은 자연스레 아진을 향했다. 조금의 동요라도 해 주면 좋겠는데, 여전히 아진은 너무나 덤덤했다. 차분히 자리를 정리하는 그녀를 보며 주호는 또다시 콧잔등을 찌푸렸다.

“조만간 청첩장을 줄 수도 있죠.”

이내 씩 웃으며 하는 주호의 말에 아진을 제외한 모든 직원들이 놀란 눈으로 그를 바라보았다.

“회장님 손녀가 아닌, 지금 사귀고 있는 여자와의 청첩장이겠지만.”

“사귀는 여자 있어요? 그러면 지금 회사에 도는 소문은 뭐예요?”

하영이 또다시 궁금증을 이기지 못하고 주호를 향해 물었다. 정작 저런 질문 해 줬으면 하는 여자는 덤덤해도 너무 덤덤했다.

“전 먼저 가 보겠습니다.”

모두들 제 대답을 기다리고 있는데 아진이 고개를 숙여 직원들을 향해 인사를 건네고, 쌩하고는 사무실을 빠져나갔다.

“헛소문입니다. 그러니까 궁금해하는 사람들에게 널리널리 퍼트려 줘요. 더 이상 이런 소문 안 돌게. 그럼 저도 이만 갑니다.”

주호도 사람들을 향해 손을 흔들고는 재빨리 사무실을 빠져나왔다. 다행히 아진과 같은 엘리베이터를 탈 수 있었다. 보는 눈이 많아 알은척은 할 수 없었기에, 그녀와 함께 1층에서 내린 주호는 조용히 아진을 뒤따랐다.

회사에서 조금 벗어날 때까지 알은척 안 하고 묵묵히 뒤따르던 주호는 보는 눈들이 사라지자, 조용히 그녀의 손을 붙잡았다.

집까지 걸어가는 걸 좋아하는 아진이었기에, 회사에서 퇴근할 땐 늘 이렇게 걸어서 그녀를 배웅하던 그였다. 그녀의 집까지 걸어가는 이 짧은 시간이 주말을 제외하고 두 사람이 데이트를 할 수 있는 유일한 시간이었다.

"왜 아무것도 안 물어요?"

조용히 제 손을 잡고 걷는 아진을 보며 주호가 조금은 심통이 난 목소리로 물었다.

"어차피 헛소문이잖아요."

덤덤한 아진의 대답에 주호는 속으로 조용히 한숨을 삼켰다. 이 여자는 정말 하나도 신경이 안 쓰이는 모양이다. 반대 경우였다면, 자신은 아주 난리가 났을 텐데. 너무 덤덤하니 오히려 기분이 나빠졌다.

그렇다고 속 좁게 이런 일로 화를 낼 수도 없고, 주호는 조용히 속으로 화를 삭였다.

"나 믿어 주니까 엄청 고맙네."

더욱 오버하는 목소리로 중얼거리는 주호를 보며 아진은 말없이 웃었다. 지금 이 와중에 웃음이 나오니, 이 여자야. 그런데 웃는 모습은 또 왜 이렇게 예쁜 건지. 눈에 선명하게 들어오는 아진의 붉은 입술에 또다시 어젯밤 꿈이 머릿속에 떠올랐다. 그와 동시에 온 머릿속을 지배하는 강렬한 욕망에 주호의 심장은 빠르게 뛰었다.

어느새 꿈에서처럼 그녀의 집 앞에 도착해 있었다. 그 앞에 멈춰 서서 조용히 저를 올려다보는 아진을 내려다보자, 욕망은 더욱 강해졌다. 당장이라도 저 예쁜 붉은 입술에 입을 맞추고 싶었다.

"이만 들어가 볼게요."

제게 인사를 건네고 뒤돌아서는 아진을 보는 순간, 주호는 끝내 욕망에 지고 말았다. 자신도 모르게 그녀의 팔을 붙잡아, 제 쪽으로 아진을 끌어당겼다.

숨결과 숨결이 맞닿을 정도로 얼굴은 가까워졌다. 가까이에서 본 아진은 어찌나 더 예쁜지. 그녀에게 서운했던 감정들이 눈 녹듯이 사라지고 있었다.

주호는 천천히 고개를 숙였다. 점점 그녀의 붉은 입술과 떨리는 제 입술이 가까워지고 있었다. 숨조차 제대로 내쉬지 못하는 긴장감과 그녀를 향한 뜨거운 욕망이 동시에 주호를 지배했다. 오늘 하루 종일 이 뜨거운 욕망과 얼마나 치열하게 다투었는가.

끝내 이성이 욕망 앞에서 지고 말았지만, 그녀와 드디어 첫 키스를 한다는 사실에 주호의 심장은 세차게 떨리고 있었다. 하지만 그 꿈은 끝내 이루어지지 않았다. 입술이 그녀의 붉은 입술 근처에 와 닿는 순간, 아진의 고개가 옆으로 꺾였다.

그 충격에 그녀의 어깨를 붙잡고 있던 주호의 손이 스르르 풀렸다. 살짝 비틀거리는 걸음으로 뒤로 물러서는 주호를 보며 아진은 더욱 고개를 푹 숙였다.

"미안해요. 먼저 들어가 보겠습니다."

주호의 대답도 듣지 않은 채, 아진은 뒤돌아 뛰어갔다. 홀로 남겨진 주호는 한참 동안 멍하게 서 있다가 신경질적인 손길로 제 머리를 쓸어 넘겼다.

"미친놈. 도대체 무슨 짓을 한 거야?"

욕망을 이기지 못한 제 자신이 너무나 한심하게 느껴졌다.

✻

집으로 뛰어 들어온 아진은 곧장 제 방 안으로 들어갔다. 코트도 벗지 않은 채, 침대 위에 드러누운 아진은 무거운 한숨을 내쉬며 손을 들어 눈을 가렸다.

"질투에 눈이 멀어 도대체 무슨 짓을 한 거야."

상처받은 주호의 얼굴이 아직도 눈에 선했다. 의도하지 않고 한 행동이었지만, 주호를 향한 미안한 감정에 사로잡혔다. 이게 다 하루 종일 회사에 떠돌던 시끄러운 소문 때문이었다. 아무렇지 않은 척하고 있었지만, 사실 자꾸만 치솟는 유치한 질투 때문에 속이 꽤나 시끄러웠다.

그의 집에서 봤던 어린 시절의 모습이 고스란히 찍힌 다흰과의 사진을 보고 있자니, 속이 어쩔 수 없이 뒤틀렸다. 더군다나 주호의 할아버지가 K병원장이었다니. 머릿속이 더욱 복잡해졌다.

그의 집을 갔을 때 평범한 집안은 아닐 거라 생각했지만, 이건 상상을 초월했다. K병원이 어떤 병원인가. 대한민국에서 다섯 손가락 안에 드는, TV에도 자주 나오는 엄청 유명한 병원이었다.

그 사실을 알자 주호가 멀게 느껴지는 건 어쩔 수가 없었다.

대구에서 자그마한 슈퍼를 운영하는 자신의 부모님을 떠올리며 아진은 입술을 깨물었다. 평범한 삶이 제일 행복한 삶이다, 늘 말씀하시는 아버지 역시 주호의 집안을 알면 그리 반기지 않을 듯했다. 물론 그의 집안에서도 평범한 제 집안이 탐탁지 않은 것은 마찬가지겠지만.

“에휴.”

한숨을 내쉬던 아진은 침대에서 몸을 일으켜 책상 앞으로 다가갔다. 컴퓨터를 켠 그녀는 자신도 모르게 회사 게시판에 접속을 하고 말았다. 여전히 게시판은 주호와 다휜의 소문으로 시끄러웠다. 그사이 몇 장의 사진이 더 추가되어 있었다. 미국에서 두 사람이 함께 찍은 사진을 보며 아진은 또다시 입술을 깨물었다.

둘이 아무 사이 아니라는 걸 누구보다 잘 알면서, 왜 이리 둘의 사진에 질투가 나는지 모르겠다. 두 사람 잘 어울린다는 사람들의 댓글 역시 아진에겐 상처가 되고 있었다. 연애하는 거 비밀로 하자고 제안한 사람 역시 자신이면서.

“진짜 못났다.”

이런 못난 질투를 주호에겐 들키고 싶지 않았다. 키스 피하려던 것 때문에 분명 상처 입었을 텐데. 책상 위에 놓인 핸드폰을 향해 손을 뻗던 아진은 이내 손을 멈추었다. 무슨 말을 적어 보내야 할지 도통 알 수가 없어서.

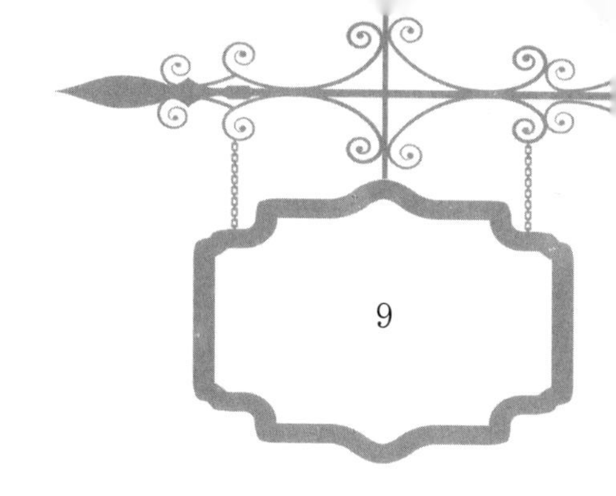

뜬눈으로 밤을 지새운 아진은 다른 날보다 더 일찍 출근했다. 긴장된 얼굴로 문을 바라보며 주호가 그 문을 열고 들어오길 기다리고 있었다.

어젯밤엔 끝내 아무 연락도 할 수가 없었다. 그랬다간 괜히 못난 제 속만 들킬 것 같아서, 어떤 말도 할 수가 없었다. 아진이 키스를 피한 게 상당한 충격이었는지, 주호 역시 아무런 연락이 없었다.

일단 오늘 그를 만나면 제대로 사과를 할 생각이었다. 그리고 솔직히 다흰과의 사이를 유치하게 질투했노라, 고백하려 했다. 민우를 질투하던 주호를 생각하니, 감정을 솔직하게 내비치는 것이 더 나을 것 같았다. 민우를 질투하던 주호의 모습이 제 눈엔 무척이나 사랑스러웠으니까.

평상시엔 일찍 출근하던 축에 끼던 주호였기에, 아진은 문이 열릴 때마다 신경을 곤두세우며 문을 바라보았다.

"좋은 아침입니다."

"굿모닝."

"안녕하십니까!"

각각 자기 스타일에 인사들을 건네며 팀원들이 하나둘씩 사무실 안으로 들어오는데 주호는 좀처럼 도착할 생각을 안 했다.

"오늘 이 팀장님이 늦네."

지은의 말에 출근한 직원들의 시선이 모두 비어 있는 그의 자리로 향했다.

"그러게 말이에요. 아, 꽃돌이 팀장님 봐야지 힘이 나는데."

하영의 중얼거림에 지은이 동의한다는 듯 격하게 고개를 끄덕였다.

"그러게 말이야. K병원장 손자라는 얘기 들으니까 더 빛나 보이더라."

"그렇죠? 어쩐지 막 귀티가 흐르는 게 있는 집 자식 같더니만."

두 여자의 수다에 남직원들은 고개를 내저었다.

"하여튼 여자들이란."

최정규 과장의 중얼거림에 지은이 발끈한 얼굴로 그를 바라보았다.

"뭐? 여기서 여자가 왜 나와? 그러는 남자들은 여자 외모 안 봐? 집안 안 봐? 자기들도 다 따지면서.”

동기인 지은의 발언에 기가 눌린 정규는 조용히 입을 다물었다.

아침부터 사무실은 이런저런 이야기들로 꽤나 시끄러웠다. 9시 정각이 막 되기 전 주호가 도착하면서 그나마 조용해졌지만.

“늦어서 미안합니다. 바로 회의 시작하죠.”

주호가 오기만을 기다렸던 아진은 제게 눈도 안 마주치는 그의 행동에 고개를 푹 숙였다. 주호가 화가 난 것은 당연했다.

점심이라도 함께하며 그의 기분을 풀어 줘야겠다 생각하며 아진은 회의가 끝난 후, 핸드폰을 열어 주호에게 조심스레 메시지를 보냈다.

〈미안해요. 선약이 있어서.〉

미영과 함께 구내식당에서 식사를 하며 아까 전에 주호로부터 도착한 문자를 다시 읽으며 아진은 한숨을 푹 내쉬었다.

“그 소문 때문에 그래?”

심각한 아진의 분위기에 미영이 그녀의 눈치를 살피며 물었다.

“아니야, 그런 거.”

“정말 별 사이 아닌 거지? 그 회장님 손녀라는 여자랑.”

아진은 천천히 고개를 끄덕였다. 주호가 다흰을 얼마나 적대시하는지 그 누구보다 제가 잘 알고 있었다. 그럼에도 불구하고 질투했던 자신이 조금은 부끄러워졌다.

"다행이다. 으, 근데 그 여자는 너랑 무슨 악연이 있어 만나는 남자마다 엮이냐."

"그러게."

씁쓸한 미소를 지으며 아진은 수저를 들어 국을 휘휘 저었다. 먹지도 않고, 국을 휘젓고 있는 아진을 보며 미영이 눈을 가늘게 떴다.

"정말 아무 일 없는 거 맞아?"

"맞아. 걱정하지 마."

"피곤한 얼굴로 그런 말을 하니 영 신빙성이 있어야지."

잠을 못 자 퀭한 아진의 눈을 가리키며 미영이 혼잣말을 중얼거렸다. 식사를 먹는 둥 마는 둥 마친 아진은 미영과 헤어져 곧장 옥상으로 올라갔다. 혹시 이곳에 주호가 있지 않을까, 하는 생각에 왔건만 어디에도 그는 보이지 않았다.

"보고 싶다."

방금 전 사무실에서 봤건만, 왜 이리 그가 보고 싶은지 모르겠다.

그러고 보니 주호 특유의 상큼한 미소를 오늘 하루 종일 못 본 것 같긴 했다. 사무실에서 우연이 눈이 마주칠 때면 늘 그렇게 웃어 주곤 했는데. 오늘은 아예 제 쪽으로 시선 한 번 주지 않는 그였다.

"단단히 화났나 봐."

고개를 푹 숙인 채, 혼잣말을 중얼거리던 아진은 힘없는 걸음으로 옥상을 벗어났다. 엘리베이터를 타고 7층에 있는 사무실에 도착한 아진은 먼저 사무실에 들어와 있는 사람들에게 인사를 건네고는 제 자리에 가서 앉았다.

자꾸만 정신이 멍해지는 걸 느끼며, 커피라도 한 잔 마셔야겠다는 생각에 아진은 자리에서 일어났다.

그때 사무실 안으로 들어오는 주호의 모습이 보였다. 여전히 저와 시선을 마주치지 않는 그의 모습에 시무룩해진 아진은 축 처진 모습으로 정수기 앞에 멈춰 섰다. 그러자 물이 텅 빈 정수기가 아진의 눈에 들어왔다.

평상시에 종종 빈 정수기를 보면 직접 갈아 왔던 그녀였기에, 곧장 빈 정수기통을 빼냈다. 그다음 새 정수기통 쪽으로 들어가 번쩍 들어 올렸다.

그런데 그 순간이었다. 잠을 못 잔 게 원인이었는지, 머리가 핑그르르 도는 게 느껴졌다. 순간 느껴지는 빈혈의 고통에 눈을 질끈 감으며 아진은 정수기통을 놓치며 앞으로 쓰러졌다.

"어어, 아진 씨!"

저를 보며 놀라는 사람들의 외침이 들려왔다. 그때 누군가 저를 부축하는 게 느껴졌고, 그 사람과 함께 아진은 바닥으로 쓰러졌다.

하지만 그 순간 대형 사고는 벌어졌다. 아진을 부축한 사람은 다름 아닌 민우였고, 함께 쓰러지면서 그녀의 입술이 그만 그의 입술에 포개지고 말았다.

"오, 마이 갓!"

"어머, 둘이 분위기 좋네."

"운명이다, 운명. 이번 기회에 잘해 봐."

사무실 직원들의 놀림을 들으며 아진은 튕기듯 몸을 일으켰다. 그 순간 쾅 하며, 누군가 서류로 책상을 내려치는 소리가 들렸다. 두 사람의 갑작스러운 입맞춤에 놀리느라 정신없던 사람들은 그 소리에 일제히 입을 다물었다.

"잠시 바람 좀 쐬고 오겠습니다."

쾅 소리의 주범은 바로 주호였다. 인상을 잔뜩 쓰며 사무실 밖으로 나가는 주호를 보며 사람들은 고개를 갸웃거렸다.

"팀장님 뭐 안 좋은 일 있나?"

"그러게요. 저런 모습 처음 봐요. 그런데 섹시하다, 우리 팀장님. 저렇게 화내니까."

사람들의 말을 들으면서 아진은 고개를 푹 숙였다. 일이 왜 이렇게 꼬이는지 모르겠다.

"미안해요."

아진은 저를 부축하다 이런 일을 당한 민우에게 먼저 사과의 말을 건넸다.

"괜찮습니다."

민우는 별 감정이 느껴지지 않는 덤덤한 말투로 대답하며 바닥에서 몸을 일으켰다.

"저도 잠시 나갔다 올게요."

사람들을 향해 말한 아진은 재빨리 주호를 뒤쫓았다. 분명 옥상으로 갔으리라.

그와 저의 아지트인 옥상을 떠올리며 아진은 엘리베이터를 잡아탔다. 다행히 점심시간이 끝나서 그런지 옥상은 한가했다.

주호와 자주 이야기를 나누었던 안쪽으로 걸음을 옮기던 아진은 눈에 들어오는 그의 모습에 안도의 한숨을 내쉬었다. 그가 제 예상대로 여기 있어 정말 다행이었다.

"팀장님."

"오지 마요."

조심스레 그를 부르며 다가서는데 주호가 손을 들며 아진을 저지했다.

"지금 내 얼굴 엉망이니까. 아무렇지 않은 척하려고 해도 화가 나서 도저히 못 그럴 것 같으니까."

"……사고였어요."

주호가 괴로워하는 이유를 짐작하며, 아진은 조심스레 말했다.

"알아. 알아요, 나도. 그런데도 질투가 나 미치겠어. 어제 내 키스 거부하던 아진 씨 모습만 자꾸 생각나고……."

"질투했었어요."

아진은 용기를 내 어제 제 복잡했던 속내를 고백했다.

"뭐?"

그제야 여러 가지 감정으로 짙어진 주호의 까만 눈이 저를 향했다. 평상시같이 잔잔한 눈이 아닌 동요하는 그 눈빛을 바라보며 아진은 다시 입을 열었다.

“유 팀장님이랑 팀장님 아무 사이 아니라는 거 알면서도, 그런데도 질투가 났어요. 둘이 함께 찍은 사진 보는 것만으로도 신경질이 났고요. 그런 스스로가 한심해 보이기도 하고, 못나 보이기도 해서 하루 종일 마음이 복잡했어요. 키스 피한 것도 옹졸한 질투 때문…….”

주호가 그대로 손을 뻗어 아진의 팔을 잡아당겼다. 어느새 그의 품에 갇힌 아진은 제 입술에 포개지는 주호의 말캉거리는 입술을 느끼며 눈을 감았다. 부드러운 버드키스가 몇 번이나 이어졌다. 그러다 키스는 점점 더 짙어졌다. 제 혀를 세차게 빨아 당기는 그의 입술을 느끼며 아진은 그의 어깨를 끌어안았다.

“하.”

뜨거운 호흡을 토해 내며, 그의 입술이 천천히 떨어졌다.

아진은 떨리는 시선으로 주호를 올려다보았다.

“난 질투로 돌아 버리는 줄 알았어. 사고로 입술이 맞닿은 거 알면서도, 그대로 하 대리한테 주먹 날릴 뻔했다고.”

아진의 앞머리를 다정하게 쓸어 넘기며 주호가 나지막한 목소리로 고백했다.

“저도 엄청 질투했어요. 그 사람만 아는 팀장님 어린 시절이 부러워서.”

“기분 좋다. 아진 씨가 질투해 줬다니까.”

“저도 질투해 주는 팀장님이 좋아요.”

어느새 서로를 닮아 버린 미소를 지으며 조용히 손을 마주 잡는 두 사람이었다. 질투하는 서로의 모습조차 사랑스럽다 생각하며.

✻

질투 사건 이후로 사이가 더욱 돈독해진 두 사람이었다. 제일 늦게까지 사무실에 남아 일을 하던 두 사람은 함께 나란히 회사를 빠져나갔다.

"이 프로젝트 얼른 끝내든지 해야지."

데이트할 시간도 없는 게 불만이라며 투덜거리는 주호를 보며 아진은 생긋 웃었다.

"그런데 언제쯤 알려 줄 거예요?"

아진은 여전히 풀지 못한 숫자의 비밀을 떠올리며 주호를 향해 물었다. 매사에 덤덤한 아진답지 않게 파고드는 게 재미있는지 주호는 좀처럼 해답을 알려 주지 않았다.

"스스로 풀어 봐요. 그래야 재미있지."

아진의 머리를 가볍게 쓰다듬으며 주호는 씩 웃었다.

"도통 모르겠어요. 5년 전, 아니, 해 바뀌었으니까 6년 전이죠? 우리 둘이 만났다는 게 말이 안 되잖아요. 그땐 팀장님이 미국에 있을 때였는데."

혼자 열심히 추리를 하는 아진을 보며 주호는 여전히 입가에 미소를 지은 채, 그녀를 따뜻한 시선으로 내려다보았다.

"그렇게 웃지만 말고 좀 알려 주죠?"

"다음에. 이런 당신 모습 너무 귀여워서 말이야."

익숙해지기 힘든 주호의 닭살 멘트에 아진은 몸을 떨며 팔을 비볐다.

"은근히 미스터리한 사람인 거 알아요?"

"내가? 아닌데."

"그냥. 내가 팀장님에 대해 아는 게 너무 없는 것 같아서요."

그가 좋아질수록 점점 더 그에 대해 궁금해졌다.

"뭐든 물어봐요. 다 알려 줄 테니까. 뭐가 궁금한데? 내 신체 사이즈?"

눈웃음을 치며 장난기 어린 얼굴로 묻는 주호를 아진은 슬그머니 흘겨보았다. 하지만 이런 팔랑거리는 그의 모습이 싫지가 않았다. 오히려 귀엽게 느껴질 정도였다. 이래서 사랑의 힘은 위대한가 보다.

"물어봐요. 궁금한 거 있으면."

이내 진지한 얼굴로 돌아와 자신을 바라보는 주호를 보며 아진은 천천히 입을 열었다.

"정말 할아버지가 K병원 원장님이세요?"

그의 부담스러운 집안이 계속 마음에 걸렸다. 과연 그런 집에서 자신을 받아들일까, 하는 걱정이 앞섰기에.

"부담스러워요?"

주호가 단번에 아진의 감정을 캐치해 내며 부드럽게 그녀의 어깨를 감싸 안았다.

"조금은요. 팀장님 집에 갔을 때 평범한 집안은 아닐 거라고 생각하긴 했는데……."

"부담 가질 필요 없어요. 내가 병원 물려받을 것도 아닌데, 뭐. 그리고 우리 집 무지 평범한데? 아, 우리 식구들이 조금 이상한 구석이 있긴 하지만. 다들 성격이 나랑 비슷하거든요."

대충 집안 분위기가 짐작이 되어 아진은 조용히 웃음을 삼켰다.

"음. 대충 설명하자면, 부모님 역시 의사예요. 지금은 그만두시고, 세계 곳곳으로 봉사를 하러 다니시지만."

그럼 그때 말한 세계여행이 여행이 아니라 봉사였나 보다.

"아, 물론 여행도 하시고요. 봉사와 여행 두 가지 모두를 즐기시죠. 그리고 형이 하나 있는데, 형 역시 마찬가지로 의사예요. 앞으로 할아버지 병원은 아마 형이 물려받게 될 거예요. 집안 분위기 때문에 대부분 의사가 되었지만, 난 워낙 자유분방한 성격이라 다들 애초에 기대도 안 했죠. 지금 일이 내 적성에 딱 맞아요. 이 직업을 택한 게 얼마나 다행인지 몰라. 안 그랬으면 아진 씨 못 만날 뻔했잖아요."

씩 웃으며 제 집안에 대해 털어놓던 주호가 아진의 어깨를 더욱 꽉 끌어안았다.

"또 궁금한 거 있어요?"

"취미는 뭐예요?"

아진은 기초적인 질문부터 시작했다. 예전엔 관심도 없던 그의 취미가 이제는 그녀 최고의 관심사가 되었다.

"김아진 생각하기?"

"뭐예요."

"진짠데. 뭐, 아진 씨 만나기 전엔 요리하는 거 좋아했어요. 예전 미국 룸메이트가 요리사였거든. 그 친구랑 있다 보니까 자연스레 요리에 관심이 가더라고."

주호의 엄청난 요리 실력에 대한 비밀은 자연스레 풀렸다. 그런데 요리를 한다던 룸메이트에 대해선 궁금해졌다.

"남자였어요?"

슬쩍 얼굴을 붉히며 제일 궁금했던 질문을 던지는 아진을 보며 주호가 웃음을 삼켰다.

"질투하는 모습이 이렇게 섹시하고, 예쁘구나."

주호가 손을 들어 다정한 손길로 그녀의 머리를 쓰다듬었다.

"대답이나 하시죠."

"남자 맞아요. 어릴 때부터 친구이기도 하고. 말했죠. 내가 자다가도 아진 씨 이름 하도 많이 불러서, 그 친구도 당신에 대해 안다고."

그러고 보니 그에 관한 이야기를 들었던 것 같다. 제가 좋은 이유를 설명하던 그날 밤에.

"나중에 우리 결혼할 땐 볼 수 있을 거예요. 아마 우리 결혼한다면 당장 들어올 걸."

당연하게 저와 결혼을 이야기하는 주호를 아진은 말없이 올려다보았다.

"뭐야, 그 눈빛은? 설마 나랑 결혼 안 할 생각은 아니죠?"

"할 수 있다면, 하고 싶어요."

솔직한 아진의 답에 주호가 부드럽게 그녀를 품에 끌어안았다.

"당연히 하는 거예요. 무조건 하는 거고. 그렇게 알면 돼, 당신은."

그의 품에 안겨 아진은 천천히 고개를 끄덕였다. 철부지 아이처럼 연애가 곧 결혼으로 이어질 거라 믿는 건 아니었지만, 주호와의 미래를 꿈꾸고 싶어졌다.

"말도 잘 듣고 착하네."

아진을 조심스레 품에서 떼어 낸 주호가 그녀의 이마에 슬며시 입을 맞추었다. 그녀의 콧잔등에도, 그녀의 볼에도 따뜻한 입맞춤을 선사하며, 어느새 그의 뜨거운 입술은 그녀의 붉은 입술 위에 닿았다. 달콤하고, 가슴 떨리는 키스를 주고받던 두 사람은 아쉬운 얼굴로 천천히 입술을 뗐다.

"좀 더 먼 데로 이사 가요. 집이 쓸데없이 가까워."

벌써 아진의 집에 도착한 게 아쉽다는 듯 주호가 나지막한 목소리로 말했다.

"생각해 볼게요."

웃음을 삼키며 농담을 건넨 아진이 주호를 향해 손을 흔들었다.

"어서 가세요. 내일 또 일찍 출근하려면."

"들어가요."

"가는 거 보고요."

손을 흔들고 멀어지는 주호를 아진은 한참 동안 바라보았다. 제 시야에서 그의 모습이 완전히 사라질 때까지.

"내일 봐요."

시야에서 그가 완전히 사라진 후에야 아진은 나지막하게 중얼거렸다. 그렇게 기분 좋게 뒤돌아서는데, 누군가 제 앞을 막아서는 게 느껴졌다.

"아진아."

놀라 고개를 들자, 태준이 그 앞에 서 있었다.

"무슨 일이야?"

태준이 회사를 그만두었다는 건 알고 있었다. 그런데 이렇게 제 눈앞에 나타날 거라곤 생각도 하지 못했다.

"얘기 좀 하고 싶어서."

"더는 할 얘기 없어, 나는."

여기서 저를 기다린 걸 보아하니, 이미 주호와 제 모습을 모두 보았을 것이다. 그걸로 충분한 설명이 되었을 거라 생각하고 아진은 걸음을 옮겼다.

"매달리려고 온 거 아니야."

그때 귓가에 들리는 태준의 목소리에 아진은 걸음을 멈춰 섰다.

"사과하고 싶어서 왔어. 아프게 해서 미안했다. 그땐 그게 최선이라고 생각했어. 돈 때문에 다흰이 선택한 나를 네가 미워하길 바랐어. 그래야 날 더 빨리 잊을 테니까. 그래서 더 매몰차게 굴었어. 사실은 여전히 너를 사랑하면서."

아진은 나지막하게 한숨을 내쉬며 몸을 돌렸다.

"미안해할 필요 없어. 사실은 내 감정 역시 이미 식어 있던 상태였는지 몰라. 그러면서도 함께한 시간이 있기에 미련하게 그 시간을 붙잡고 있었어. 오빠가 그렇게 안 끝냈어도, 우리 둘은 분명 헤어졌을 거야. 그러니까 미안한 감정 같은 거 가지지 말고, 오빠도 다른 좋은 여자 만나. 분명 좋은 사람 있을 거야."

차분하게 태준을 보며 말하던 아진은 다시 재빨리 뒤돌아섰다. 태준 역시 더는 아진을 붙잡지 않았다.

마음이 이상하게 복잡해졌다. 태준을 사랑했던 건 사실이었는데, 왜 지금은 그 감정이 하나도 기억이 나지 않을까?

분명 주호와 만남처럼 그와의 만남에도 반짝이는 순간들이 있었다. 하지만 오랜 시간에 그 감정은 퇴색되어져 버렸다.

집으로 들어온 아진은 씁쓸한 얼굴로 소파에 주저앉았다. 언젠가 주호와의 감정도 퇴색되어 버리는 순간이 오겠지. 더는 반짝이지도, 두근거리지도 않는 날들이 분명 올 것이다.

몸을 웅크린 채 우울한 생각들을 이어 나가던 아진은 벗지 않은 코트에서 핸드폰이 울리는 걸 느끼며, 주머니로 손을 뻗었다. 액정에 뜨는 주호의 이름을 본 아진은 애써 밝은 얼굴로 전화를 받았다. 그가 제 얼굴을 보는 것도 아닌데, 우울한 표정으로 전화를 받고 싶지 않았다.

[안 잤어요?]

"네."

[그런데 목소리가 왜 이렇게 우울해?]

겨우 '네.' 라고 한 마디 했을 뿐인데 단번에 제 기분을 캐치해내는 그였다.

"아니에요."

[무슨 일 있어요?]

태준과 만났던 일을 주호에겐 밝히지 않을 생각이었다. 별일도 아닌데, 혹시나 그가 신경 쓸까 봐 걱정이 되었기에.

"없어요. 그냥 좀 우울한 생각이 들어서요."

[무슨 우울한 생각?]

"우리도 언젠가 이 감정에 무뎌지는 날이 오겠죠?"

아진은 창에 비치는 제 모습을 보며 조심스레 주호를 향해 물었다.

[안 올 거 같은데.]

한 치의 망설임도 없이 수화기를 타고 흘러들어 오는 주호의 대답에 아진은 웃음을 삼켰다. 자신만만한 태도가 딱 그다워서.

[우리 아버지랑 어머니는 지금도 아주 사이가 좋아요. 아버지가 어머니를 무척 사랑하시거든. 그래서 어머니를 위한 특별한 추억을 많이 만들어 주려고 늘 노력해요, 아버지가. 이번 해외

봉사활동도 그런 의미에서 떠나신 거고. 30년을 넘게 봐 왔지만 참으로 한결 같아요, 두 분 다. 특별한 추억들이 평범한 일상을 감싸면서, 평범한 일상마저 특별하게 만드는 거죠. 우리도 그렇게 살면 돼요. 아들은 아버지 닮는다잖아. 궁금하죠? 내가 선사할 특별한 추억이?]

그의 언변엔 사람을 끌어당기는 힘이 있었다. 주호가 팥으로 메주를 쑨다 해도 믿을 것 같았다. 그러기에 아진은 궁금해졌다. 그가 선사할 특별한 추억들이.

"네. 궁금하네요."

[그런 의미에서 이번 주말에 특별한 추억 만들러 갈래요? 마침 월요일까지 쉬는 황금연휴기도 하고.]

"네?"

[여행 가요, 우리. 특별한 추억 만들러.]

거부할 수 없는 달콤한 속삭임이 귓가에 들려왔다. 심장이 두근거리는.

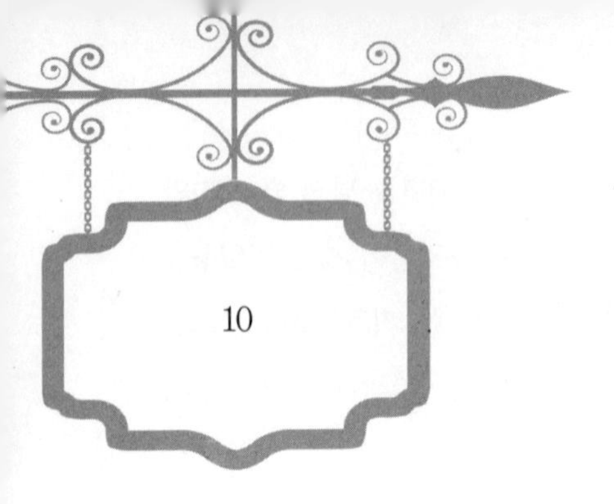

여행의 목적지는 부산, 낭만을 살리기 위해 이동수단으론 기차를 선택했다. 저번 요리에 대한 보답으로 기차에서 함께 먹을 도시락은 아진이 직접 준비했다. 인터넷을 열심히 뒤져, 마음에 드는 피크닉 도시락 레시피를 찾은 아진은 밤늦게 마트를 향했다.

유부초밥과 과일 샐러드, 샌드위치 재료를 산 아진은 냉장고에 재료들을 정리하기 시작했다. 때마침 집에 도착한 정욱은 식탁 위에 놓인 재료들을 보고 눈을 동그랗게 떴다.

"이게 다 뭐야? 공부하느라 힘든 동생을 위해 도시락 싸 주려고?"

공부가 아니라 연애하느라 힘든 거 다 알고 있었다. 그래도 평일엔 열심히 공부하는 걸 알기에 아진은 별말 하지 않았다.

"이제 넌 챙겨 줄 사람 있잖아."

네 것이 아니란다, 라는 말을 슬쩍 돌려 하며 아진은 냉장고에 재료를 채워 넣었다.

"미영 누나가 해 주는 요리 먹어 본 적 있어?"

식탁 의자에 앉으며 정욱이 아진을 보며 물었다. 그러고 보니 미영이가 해 준 음식을 먹은 적은 없는 것 같다. 저번에 집에 와서 요리를 할 때도 아진은 식사를 하고 와 먹지 않았기에 딱히 맛본 기억이 없었다.

"왜? 별로야?"

정욱의 표정을 보아하니 딱 그러했다.

"사람이 완벽할 수는 없지. 그래도 괜찮아. 사랑하니까."

주호 만만치 않은 팔불출 끼를 뽐내는 정욱을 보며 아진은 팔에 돋은 닭살을 박박 문질렀다.

"요리는 내가 배우면 돼."

"그래. 요리하는 남자 멋지더라."

허리에 하얀 에이프런을 두르고 있던 주호를 떠올리며 아진은 입가에 미소를 지었다.

"그 남자가 요리를 잘하나 보지?"

미영을 통해 아진과 주호가 연애한다는 이야기를 전해 들었나 보다. 눈을 날카롭게 빛내며 묻는 정욱을 향해 아진은 가볍게 고개를 끄덕였다.

"엄청."

"칫. 선수 아니야?"

"쪼끄만 게, 못 하는 소리가 없어."

아진은 슬그머니 정욱을 흘겨보며 냉장고 속 재료를 다시 한 번 점검했다. 빠진 게 없는지 꼼꼼하게 살펴본 아진은 만족한 얼굴로 냉장고 문을 닫았다.

"참, 나 내일부터 2박 3일 여행 가."

"그 남자랑?"

의자에서 일어나서 방에 들어가려던 정욱이 화들짝 놀라며 물었다.

"왜?"

"진도가 너무 빠른 거 아니야? 그런 남자 조심해야 한다, 누나."

"그런 거 아니야."

"아니긴, 뭐가 아니야! 내 말 들어. 여행은 너무 빨라."

"그런 거 아니래도."

아진은 손사래를 치며 재빨리 방으로 들어왔다. 그런 거 아니라고 말은 하면서도 아진 역시 혹시나, 하는 생각은 하고 있었다. 짐을 챙기기 위해 침대 위에 꺼내 놓은 속옷을 보며 아진은 어색한 미소를 지었다.

"그래. 이건 만약을 대비하기 위해서지."

여성스러운 디자인의 속옷을 가방에 챙기며 아진은 나지막하게 혼잣말을 중얼거렸다. 누가 듣는 것도 아닌데 얼굴을 왜 이렇게 붉어지는지 모르겠다.

같은 시간, 주호는 부산 갈 때마다 묵던 호텔에 전화로 예약을 하고 있었다.

"네. 바다가 잘 보이는 방으로 준비해 주세요. 아, 방은 두 개로 잡아 주시고요. 네, 그럼 내일 가도록 하겠습니다."

전화를 끊은 주호가 아쉬운 얼굴로 책상 앞에 놓인 거울을 바라보았다.

"방은 하나로 잡을 걸 그랬나."

혼잣말을 중얼거리던 주호는 재빨리 제 머리를 쥐어박았다.

"도대체 무슨 생각을 하는 거야? 이러니까 다 남자는 늑대라고 하지."

주호는 마음을 가라앉히며 핸드폰을 열어 아진 몰래 찍은 그녀의 사진을 바라보았다. 그 사진을 보니 음흉한 생각으로 더럽혀진 마음이 조금은 맑아지는 기분이…….

"들긴 뭐가 들어! 아, 사진 보니까 더 위험해, 위험해."

주호는 서둘러 핸드폰을 내려놓으며 고개를 휘휘 내저었다. 불끈 달아오른 몸을 진정시키기 위해 애를 쓰며.

❈

각기 다른 이유로 조금은 피곤해 보이는 두 사람이 서울역에서 만났다.

아진은 아침 여섯 시부터 일어나 도시락을 준비하느라 바빴고, 주호는 어제 밤늦게까지 잠을 이루지 못해 힘들었다. 하지만 서로 얼굴을 마주 보자마자 언제 피곤했냐는 듯이 환하게 웃는 두 사람이었다.

“부산 가 본 적 있어요?”

기차에 올라타자마자 주호가 아진을 향해 물었다.

“어렸을 때 한 번 가 보고 못 가 봤어요. 인터넷 살펴보니까 그때랑 많이 변했던데요?”

“맞아요. 그럼 광안대교도 못 봤겠네요?”

“네. 광안리는 가 본 것 같은데. 그땐 광안대교가 생기기 전이었어요.”

“전 자주 갔어요. 할아버지 고향이 부산이거든요.”

“아, 정말요?”

“네. 난 서울에서 태어났지만. 아진 씬 고향이?”

“전 대구요.”

아진의 대답에 주호가 씩 웃었다.

“그래서 미인이구나? 대구가 미인이 많기로 유명한 거 알죠?”

“금시초문인데요.”

“대구가 사과랑 미인으로 유명하잖아요.”

“여름에 무지 더운 걸로도 유명하죠.”

주호가 가볍게 고개를 끄덕였다. 그러더니 아진이 테이블 위에 올려놓는 도시락으로 눈을 돌리는 그였다.

"진짜 도시락 쌌어요? 아침 일찍 나오려면 피곤했을 텐데."

"간단하게 준비했어요. 기대는 하지 마세요."

나름 인터넷을 보고 멋을 내 본다 했는데, 이미 주호의 플레이트 실력을 본 적이 있는 아진이었기에 자신이 없었다. 긴장한 얼굴로 기차 테이블 위에 도시락을 풀어 놓자 주호는 감탄 어린 눈으로 도시락을 살펴보았다. 색색깔의 과일로 멋을 낸 과일 샐러드부터, 문어 모양 비엔나와 함께 놓인 유부초밥, 한 입에 쏙 먹을 수 있는 미니 샌드위치까지 하나씩 맛을 보던 주호가 엄지손가락을 추켜세웠다.

"진짜 맛있어요. 내가 아진 씨 요리 솜씨는 잘 알지. 저번에 옥상에서 한 번 먹어 봤잖아요."

태준을 위해 쌌던 도시락을 떠올리던 주호는 살짝 인상을 찌푸렸다.

"물론 그 도시락 원래 주인을 생각하면 씁쓸하지만. 뭐, 지난 일이니까요."

주호는 상큼한 미소를 지으며 젓가락으로 유부초밥을 들어 아진을 향해 내밀었다.

"아진 씨도 먹어요."

아진은 손을 들어 입 주변을 가리며 조심스레 입을 열었다. 그가 건네주는 초밥을 입으로 받아먹으며 아진은 수줍게 웃었다.

"아, 먹는 모습도 예쁘다."

손을 들어 제 머리를 쓰다듬는 주호를 아진은 슬그머니 흘겨보았다. 눈은 웃고 있는 채로.

"지금 놀리는 거죠?"

"아닌데. 진짜 예뻐서 그러는 건데?"

"무조건 다 예쁘대."

"그럼 어떡해요? 정말 다 예쁜데."

아진은 또다시 닭살이 돋아나는 제 팔로 손을 뻗었다. 닭살 좀 돋으면 어떤가. 이렇게 행복한 것을.

※

부산에 도착해서야 주호가 방을 두 개 잡았다는 걸 알고 아진은 조금 놀랐다. 세상에 이런 남자가 있을까? 사귀는 여자와 여행 오면서 방을 두 개 잡다니. 그게 웃기기도 하고, 귀엽기도 해서 자꾸 웃음이 나왔다.

그래 놓고 제 방문 앞에서 아쉬운 듯 한참을 꼼지락거리던 주호를 떠올리며 아진은 또다시 웃음을 삼켰다.

"알면 알수록 귀엽다니까."

혼잣말을 중얼거리던 아진은 짐을 깔끔하게 정리해 놓고 바다가 보이는 발코니로 나갔다.

"전망 끝내주죠?"

해운대가 한눈에 다 들어오는 끝내주게 좋은 전망에 눈을 동그랗게 뜨고 있는데, 귓가에 익숙한 목소리가 들렸다. 고개를 돌려 옆을 보자, 옆 방 발코니에 나와 있는 주호의 모습이 보였다.

"네. 진짜 멋있어요."

"이따 밤엔 저기 가서 스파해요. 열 시까지 하는데 바다 보면서 할 수 있는 야외 스파예요."

발코니 아래로 보이는 야외 스파를 가리키며 주호가 아진을 향해 설명했다.

"와, 기대돼요."

"수영복은 챙겨 왔어요?"

그러고 보니, 수영복은 미처 생각하지 못했다. 아직 쌀쌀한 봄이라 수영은 계획에 없었기에.

"괜찮아요. 호텔에서 빌려주니까."

"그러면 되겠네요."

"그럼 일단 관광부터 하고 오죠. 이기대공원부터 갈까요?"

이번 여행 계획은 부산에 대해 잘 아는 주호가 세웠다. 이기대공원에 스카이워크가 설치되었는데 바닥이 유리로 된 짧은 다리를 걸을 수 있다고 한다. 그 밑으로 보이는 아찔한 절벽과 푸른 바다가 절경이라는 주호의 설명을 들으며, 렌트한 차를 타고 두 사람은 이기대공원으로 향했다.

황사가 온다고 해서 걱정했는데, 다행히 날씨가 끝내주게 맑았다. 주차장에서 내려 스카이워크가 있는 짧은 오르막을 오르자, 아름다운 오륙도의 풍경이 한눈에 들어왔다.

"와, 너무 예뻐요."

부산 바다 하면 도시 가운데 있는 화려한 바다만을 생각했는데, 오륙도는 꽤나 한적한 풍경을 자랑했다.

푸른 바다 위에 솟아 있는 크고 작은 바위들을 감상하며, 두 사람은 스카이워크를 향했다. 유리의 훼손을 막기 위해 거기서 제공하는 부드러운 덧신을 신발 위에 신어야 했다.

"높은 데 안 무서워해요?"

살짝 긴장한 얼굴로 주호가 아진을 보며 물었다.

"네. 오히려 좋아해요. 놀이기구도 스릴 있는 거 즐기고요."

"그런 거 전혀 안 좋아하게 생겼는데."

하얀 얼굴이 더욱 하얗게 질린 걸 보니, 이 남자 고소공포증이 있는 것 같았다.

"무서우면 저 혼자 갔다 올까요?"

아진의 물음에 주호가 재빨리 고개를 저었다.

"저런 위험한 곳에 아진 씨 혼자만 보낼 수 없죠."

1분 정도의 짧은 거리라, 그리 위험해 보이지 않는데 이 남자 눈엔 길고 무시무시한 곳으로 보이나 보다.

"손잡을까요?"

아진이 내미는 손을 붙잡으며 주호는 그제야 씩 웃었다.

"높은 데 가는 사람들 잘 이해가 안 됐는데, 이제 좀 이해가 되네요."

손을 마주잡는 것만으로도 활력을 되찾은 모양이다. 씩씩하게 먼저 걸음을 옮기는 주호를 따라, 아진도 천천히 걸음을 옮겼다.

"왜 오륙도인 줄 알아요?"

유리로 된 바닥을 보기 무서운지 주호가 아진에게 시선을 고정한 채 물었다.

"음, 글쎄요."

"저기 보이는 크고 작은 바위들이 동쪽에서 보면 여섯 개, 서쪽에서 보면 다섯 개여서 그렇게 이름 붙였대요."

"신기하네요."

아진은 유리를 통해 보이는 푸른 바다를 감상하며 주호의 설명에 귀를 기울였다. 저와 여행 온다고 제법 여러 가지 알아보고 조사한 듯했다. 그런 주호의 배려가 고마워 아진의 마음은 절로 따뜻해졌다.

"휘우, 뭐 별거 아니네."

스카이워크를 벗어나고 나서야 주호가 보조개가 쏙 들어가는 상큼한 미소를 지었다. 남자의 허세가 사랑스럽다니. 이것도 다 주호여서 가능한 것 같았다.

"그럼 다음 목적지로 가 볼까요? 본격 먹방 투어. 이제부터 시작됩니다."

가이드 톤으로 저를 안내하는 주호를 따라 아진은 차에 올라탔다. 완공된 지 얼마 안 된 멋스러운 부산항대교를 지나, 남포동으로 향했다. 일단 제일 먼저 깡통시장을 구경하기로 한 두 사람은 좁은 골목골목을 누비고 다녔다.

"한국전쟁 이후, 외국 물품이 거래되던 게 유래가 되어 깡통시장이라 불렸대요. 지금은 먹거리 장터로 더 유명해졌지만."

주호의 설명을 들으며 더욱 시장 깊숙이 들어가자, 싸고도 맛있는 먹거리들이 쭉 펼쳐졌다. 그중에서 제일 유명한 매콤한 비빔당면과 얼큰한 유부주머니를 맛본 두 사람은 사람들이 줄을 길게 서 있는 부산 어묵집으로 갔다. 택배로 보낼 수도 있다는 아주머니에 말에 아진은 두 상자를 사서 하나는 자신의 집으로, 하나는 부모님이 살고 있는 대구 집으로 보냈다.

깡통시장을 벗어나 좀 더 아래로 내려오자, 부산 국제시장이 그 모습을 드러냈다. 최근에 개봉한 영화로 인해 더 유명해진 국제시장은 서울의 남대문 시장이나 동묘 시장과 비슷한 느낌을 풍겼다.

사람 사는 냄새가 물씬 풍기는 국제시장을 지나 부산 국제영화제가 개최되는 장소로 유명한 BIFF광장 거리로 걸음을 옮겼다. 전 세계 유명한 영화인들의 핸드프린팅을 구경하며, 좋아하는 배우 손바닥 위엔 직접 손도 대 보았다.

"재미있어요?"

어린아이처럼 신이 나 어쩔 줄 모르는 아진을 주호가 다정하게 내려다보았다.

"네. 팀장님은 좋아하는 배우 없으세요?"

저만 신이 났던 것 같아 민망한 기분이 들어 넌지시 주호에게 질문을 던졌다.

"내가 좋아하는 사람은 오직 당신뿐이거든. 나중에 핸드프린팅 해서 나한테 하나 줘요. 매일 손 마주 대고 자게."

하여튼 방심을 하면 안 되었다. 갑작스럽게 날아 들어오는 닭살 멘트에 아진은 조용히 고개를 내저으며, 다시 핸드프린팅에 시선을 집중했다.

어느새 걷고 또 걷다 보니, 또다시 출출해진 두 사람이었다.

"부산에 왔으면 회랑 조개구이를 먹어야지."

두 사람은 다시 차를 타고, 태종대 자갈마당에 있는 유명한 조개구이집을 향했다. 천막이 쳐진 조개구이집 중 한 집을 골라 들어간 두 사람은, 제일 작은 사이즈를 주문했다. 연탄불 위에서 지글지글 익어 가는 조개들을 명성에 맞게 엄청난 맛을 자랑했다.

부산에만 있다는 도수가 낮은 순한 맛 소주를 한 잔 마시며, 아진은 미안한 얼굴로 주호를 바라봤다.

"술 못 마셔서 어떡해요?"

아진의 물음에 주호는 싱긋 웃었다.

"괜찮아요. 술 안 마셔도 당신한테 취하는데, 뭐."

나날이 멘트가 일취월장했다. 어디 따로 학원 다니는 게 아닌가, 의심이 될 정도로 말이다.

"그래. 만족스러운 여행 되고 있습니까?"

잘 익은 조개를 제 앞에 놓아주며 주호가 궁금하다는 듯 물었다.

"네. 정말 고마워요. 여태껏 다녀 본 여행 중에 최고예요."

"다행이네요. 내일은 더 특별한 곳으로 모시죠. 술은 적당히 마셔요. 스파해야 하니까."

"네."

워낙 술이 순해서 술술 들어가는 것이 단점이라면 단점이었다. 하지만 바다를 보면서 즐기는 스파를 포기할 수 없기에, 딱 세 잔만 마시고 잔을 덮었다. 혼자 술을 마시는 게 찔리기도 했기에.

※

밤 아홉 시가 다 되어 호텔로 돌아온 방에서 간단한 짐을 챙겨 곧장 야외 스파로 향했다. 호텔에서 빌린 수영복을 갈아입고, 그 위에 하얀 브이넥 셔츠를 걸쳐 입었다. 그런데 하얀색을 선택한 것이 아무래도 실수였던 것 같다.

뜨끈한 스파에 몸을 담그자마자 몸에 착 달라붙은 셔츠 덕분에 수영복을 입은 그녀의 몸의 굴곡이 적나라하게 드러나고 있었다. 밤바다를 보며 하는 스파가 좋긴 좋았는데, 훤히 비치는 제 몸이 여간 신경 쓰이는 게 아니었다.

그건 주호 역시 마찬가지인 듯했다. 힐끗 아진을 보던 주호는 곧장 바다로 시선을 돌리고는 묵묵히 뜨거운 물에 몸을 담그고 있을 뿐이었다. 평상시 말 많은 그답지 않게 아진에게 말 한 마디 걸지 않았다.

끝내 10시가 되어 직원들이 퇴장을 알리고 나서야, 두 사람은 스파에서 빠져나왔다. 그나마 몸을 가려 줄 샤워가운이 있어서 다행이었다.

"개운하네요."

어색한 분위기를 깨고자 아진이 먼저 주호를 향해 말을 걸었다.

"그, 그렇죠? 분위기도 좋고."

"네. 저기 들어가 있으니까, 마치 외국에 있는 듯한 기분이 들어요."

"그러니까요."

어색하게 대화를 이어 나가던 두 사람은 각자 샤워장으로 흩어졌다. 그나마 제 옷으로 갈아입고 나오니 마음이 편했다.

"오늘 많이 돌아다녀서 피곤하죠?"

먼저 샤워를 마치고 나와 아진을 기다리고 있던 주호가 그녀를 향해 물었다.

"조금요."

"들어가서 얼른 자요. 스파까지 했으니까 푹 잘 수 있을 거예요."

"네."

조금 기분이 묘하긴 했다. 자신이 섹시한 매력이 너무 약한가? 아쉬운 눈빛 하나 없이, 호텔 방 앞에서 손을 흔들고 제 방으로 들어가 버리는 주호의 뒷모습을 보며 아진은 나지막한 한숨을 내쉬었다.

소중히 대해 주는 건 고맙긴 한데, 무언가 조금은 비참한 기분이 들기도 했다. 애인과 여행을 와서 독방 신세라니.

문을 닫은 주호는 거친 숨을 몰아 내쉬었다.

"휴우. 위험했다, 위험했어."

적나라하게 내비치는 아진의 몸매 곡선은 지독하게 매혹적이었다. 그 몸을 마주한 순간 제 분신인 남성은 우뚝 서고 말았다.

몸에 꽉 달라붙는 래쉬가드 특성상 흥분한 제 몸을 그대로 아진에게 들킬 것 같아, 애써 딴생각을 하느라고 얼마나 힘들었는지 모른다. 그럼에도 불구하고 한 번 성이 난 남성은 좀처럼 진정할 생각을 하지 않았다.

"왜 이렇게 섹시한 거야?"

스파에 있던 아진의 모습을 떠올리는 순간, 또다시 그의 남성은 단단해지고 있었다.

"훠우, 미치겠네."

초조한 얼굴로 방을 서성이던 주호는 침대 위에 쓰러지듯 누웠다. 마음 같아선 당장 아진의 방에 쳐들어가고 싶었다. 그런 뜻으로 온 여행이 아닌데. 타락한 생각만이 가득한 제 머리를 쥐어뜯으며 주호는 괴로워했다.

그때 국제전화가 왔음을 알리며 주호의 핸드폰이 울어 댔다. 이 시간에 전화할 녀석은 딱 한 녀석밖에 없었다. 미국에 있는 절친한 친구 동우의 얼굴을 떠올리며 주호는 반가운 얼굴로 전화를 받았다.

"오랜만이다?"

[그동안 좀 바빴다. 한국은 밤이겠네?]

"그렇지."

[뭐 하고 있어?]

"아, 부산이야."

[부산?]

부산이라는 주호의 말에 동우는 놀란 목소리로 되물었다.

"말했잖아. 나 아진 씨랑 잘됐다고."

[그래서 여행 온 거야? 야, 끊어. 내가 괜히 방해했네. 같이 있을 텐데.]

걱정 가득한 동우의 목소리에 주호가 나지막하게 한숨을 내쉬었다.

"그럴 필요 없어."

[왜? 싸웠어?]

"아니. 애초에 방을 두 개 잡았거든."

[누가? 아진 씨가?]

바람둥이 사전에 방 두 개는 용납할 수가 없는지, 동우의 목소리가 한층 높아졌다.

"아니, 내가."

[등신.]

과격한 단어가 동우의 입에서 터져 나왔다.

"야, 그래도 등신은 좀 심하잖아."

[더 심한 욕하려다 참았어. 야, 끊어. 너랑 통화하다가 바보 병 옮아. 머저리 같은 자식.]

그러고는 정말로 전화를 끊어 버리는 동우였다. 끊겨진 전화를 멍하니 보다 주호는 콧잔등을 잔뜩 찌푸렸다.

"늑대들이 득실거리는 사회. 문제다, 문제."

혼잣말을 중얼거리던 주호가 이내 처량한 얼굴로 베개에 얼굴을 묻었다. 이 순간만큼은 자신도 늑대가 되고 싶다, 생각을 하며.

※

아무래도 주호가 많이 피곤했던 모양이다. 조식 시간을 넘기도록 일어날 생각이 하지 않는 그를 좀 더 자도록 두고, 아진은 호텔 정원을 산책했다. 바다가 보이는 산책로를 따라 한참을 걷다 돌아왔지만, 주호는 아직도 일어날 기미가 없었다.

혹시 어디가 아픈 건가, 하는 걱정에 아진은 조심스레 그의 방 벨을 눌렀다. 응답이 없어 카운터에 가서 마스터키를 얻을 생각을 하고 있는데, 다행히 아진이 막 돌아서는 순간 문이 열렸다.

여전히 잠에 취한 눈으로 문을 열던 주호는 아진을 보며 화들짝 놀라더니 객실 벽에 걸린 시계를 올려다보았다.

"벌써 11시가 넘은 거예요?"

"네. 어디 아픈 건 아니죠?"

"네. 그냥 잠을 늦게 잤더니. 아, 미안해요. 조식은 먹었어요?"

"그냥. 저도 밥 생각 별로 없어서요."

주호가 미안해하지 않도록 아진은 차분한 목소리로 말했다.

"금방 준비하고 나갈게요. 국밥 먹을 줄 알아요?"

"네. 좋아해요."

"다행이네요. 잘 아는 국밥집 있어요. 거기로 가요."

부산이 돼지국밥으로 유명하다는 건 알고 있었다. TV에서 볼 때마다 궁금했기에 아진은 망설임 없이 고개를 끄덕였다.

빛의 속도로 준비를 끝마친 주호는 잠시 후, 아진의 룸 문을 두드렸다.

"배 많이 고프죠?"

차로 걸어가며 주호가 걱정스러운 목소리로 물었다.

"아니요. 괜찮아요. 원래 아침을 잘 안 먹어서."

"그래서 말랐구나. 어제 스파에서 보니까 뼈밖에……."

스파 이야기를 꺼내던 주호는 화들짝 놀라며 입을 다물었다.

"아, 아니. 몸은 말랐는데, 가슴은 또 안 그렇더라고요."

변명의 말을 내뱉는다는 게 점점 더 제 무덤을 파고 있는 그였다. 자신답지 않은 횡설수설하는 모습이 답답했는지, 주호는 나지막하게 한숨을 내쉬고는 묵묵히 운전에 열중했다.

역시 어제 그 스파를 하는 게 아니었다. 스파를 한 이후, 둘 사이엔 설명하기 힘든 어색한 기류가 흐르고 있었다.

"국밥 먹고, 오늘은 해동용궁사 가 볼까요?"

"아, 그 바다 위에 있다는 절이요?"

"네."

"좋아요. 가 보고 싶었어요."

오늘 돌아볼 여행지에 대해 이야기를 나누며 어색함을 극복해 나가던 두 사람의 차는 어느새 국밥집 앞에 멈춰 섰다. 점심시간 땐 줄을 길게 서서 먹을 정도로 인기가 많은 집이라고 하던데, 다행히 그 시간보다 조금 빨리 가서 몇 안 남은 자리 중 하나를 차지할 수 있었다.

"부산 올 때마다 꼭 들르는 집이에요."

돼지국밥 두 그릇을 주문하자, 얼마나 지나지 뽀얀 국물에 돼지국밥 두 그릇이 나왔다. 주호는 아진의 그릇에 새우젓과 부추, 그리고 소면을 넣어 주었다.

"먹어 봐요."

"잘 먹겠습니다."

수저를 들어 국물을 떠먹은 아진은 얼큰하면서도 시원한 돼지국밥 맛에 푹 빠져들었다. 이 집이 맛집이라 불리는 이유를 먹어 보는 순간 알 수가 있었다.

"부산에서 먹은 음식 중 제일 맛있어요."

"오길 잘했네. 많이 먹어요."

주호는 뿌듯한 시선으로 아진을 바라보았다.

맛있는 식사를 마치고, 두 사람의 차는 곧장 해동용궁사를 향해 달려갔다. 주말이라 그런지, 용궁사를 찾는 차들이 어찌나 많은지 꽤 긴 시간을 소비해 절에 도착할 수 있었다. 하지만 그럴 만한 가치가 있는 곳이었다.

길게 서 있는 십이지 상을 시작으로 계단을 타고 점차 아래로 내려가자, 푸르른 바다가 눈앞에 펼쳐졌다. 하지만 그 바다보다도 먼저 두 사람의 시선을 잡아끈 것이 있었으니, 바로 행운의 동전 점이었다.

멀리 보이는 동그란 그릇 안으로 동전을 넣으면, 행운이 이루어진다는 이야기에 사람들은 너도나도 할 것 없이 동전들을 던지고 있었다.

한눈에 보기에도 그릇이 꽤 멀리 있기에 집어넣기가 힘들어 보여 아진은 지레 포기를 했다.

"대신 내가 넣으면, 내 행운 아진 씨가 가져요."

씩 웃으며 동전을 꺼내 든 주호가 멀리 있는 그릇을 향해 동전을 내던졌다. 그런데 단번에 그릇 안으로 동전이 들어가는 게 아닌가. 두 사람은 환호성을 지르며 서로를 끌어안았다. 그러면서 조금 남아 있던 어색한 기류가 모조리 사라져 버린 두 사람이었다.

길고 긴 계단을 내려가, 여의주를 물고 있는 용 동상도 구경을 하고, 아름다운 바다도 원 없이 봤다. 한 가지 소원은 꼭 이루어준다는 글귀에 두 사람은 조용히 각자 소원을 빌었다. 당신이 행복하길. 서로를 꼭 닮은 소원이 마음속에서 조용히 울려 퍼졌다.

용궁사에서 워낙 긴 시간을 소비했기에, 호텔로 돌아왔을 땐 이미 밤이 깊어 있었다. 내일이면 다시 서울로 돌아가야 했기에 둘 다 아쉬운 기분이 드는 건 어쩔 수가 없었다.

"들어가서 푹 쉬어요."

주호가 다정한 손길로 아진의 머리를 쓸어 넘기며 그녀의 방 앞에서 작별을 고했다.

"네. 잘 자요."

아쉬운 얼굴로 주호에게 인사를 건넨 아진은 방으로 들어왔다. 어제 미리 사서 넣어 둔 맥주를 냉장고에서 꺼낸 아진은 곧장 발코니로 걸어갔다. 해운대의 반짝이는 야경을 눈으로 감상하며 아진은 아쉬운 마음을 달래기 위해 맥주를 마셨다.

그때 저와 마찬가지로 맥주를 들고 발코니로 걸어 나오는 주호의 모습이 아진의 눈에 들어왔다. 서로를 보며 웃음을 터트린 두 사람은 발코니 사이를 가로막고 있는 낮은 철창 사이로 자연스레 다가섰다.

"짠 할래요?"

맥주 캔을 가볍게 흔들며 하는 아진의 제안은 주호는 조용히 자신의 캔을 부딪쳐 왔다.

"그때 생각나네요. 팀장님이 같이 한 잔 하면서 맥주 캔 들고 있는 손 찍어서 보낸 거요."

“맞아요. 그때 진짜 같이 마시는 듯한 기분 들었는데.”

서로를 따뜻한 시선으로 바라보던 두 사람이었다.

그때 펑, 펑, 하는 소리와 함께 아름다운 불꽃이 하늘에 수놓아졌다.

“와, 뭐 하나 봐요.”

“그러게요.”

“예쁘다.”

불꽃에서 시선을 떼지 못하고 중얼거리는 아진의 볼을 향해 주호가 손을 뻗었다.

“당신이 더 예뻐.”

이번엔 주호의 닭살 멘트에 웃어 보이지도, 그렇다고 몸서리치지도 못했다. 조금씩 제게 다가오는 그의 얼굴에 아진은 조용히 눈을 감았다. 제 입술에 와 닿는 말캉거리고 보드라운 감촉에 슬며시 입을 벌리자, 그의 혀가 입 속을 침범했다.

단숨에 그녀의 혀를 찾아 세차게 빨아 당기는 그의 입술에 아진은 정신이 혼미해지는 기분이 들었다. 몇 모금 안 마신 맥주 때문이 아니라, 그에게 취해 가고 있었다.

그건 주호 역시 마찬가지였나 보다. 오랫동안 아진의 입술을 놓아줄 생각을 하지 않고, 세차게 빨아 당기고 있었다.

서로의 뜨거운 숨결과 숨결이 섞이고, 혀가 얼얼해지는 느낌이 날 때까지 길고 긴 키스는 이어졌다. 그러다 뜨거운 숨을 토해 내며 천천히 입술이 떨어지는 두 사람이었다.

"싫으면…… 문 열어 주지 마요."

욕망으로 일렁거리는 검은 눈이 저를 향했다. 그러고는 그대로 발코니에서 사라지는 그였다. 잠시 후, 제 방 문을 두드리는 가슴 덜컹거리는 노크 소리가 들려왔다. 천천히 문 앞으로 다가간 아진은 떨리는 손길로 문을 열었다.

"열었으면 이제 도망 못 가요."

주호가 그녀의 어깨를 붙잡은 채, 붉은 입술에 뜨거운 키스를 퍼부었다. 어느새 문이 닫히고 두 사람의 몸은 침대를 향해 돌진하고 있었다. 침대 위에 아진을 눕힌 주호는 천천히 그녀의 이마부터 입을 맞추며 내려오기 시작했다.

사랑받고 있구나, 이 남자에게 사랑을 받고 있구나.

떨리는 입술 끝에서 느껴지는 그의 사랑에 아진의 눈가엔 어느새 눈물이 맺혔다. 서툴기 짝이 없는 손짓이었지만, 제 몸을 조심스럽게 매만지는 그의 손길에서 저를 향한 마음이 느껴졌다.

어느새 똑같이 나체가 되어, 서로의 몸을 뜨겁게 탐하며 두 사람은 천천히 절정을 향해 나아갔다.

"사랑해요."

그리고 절정에 와 닿는 그 순간 아진의 입에선 처음으로 사랑한다는 말이 터져 나왔다. 그의 입술에서 그의 손끝에서 저와 맞닿은 그의 육체에서 절실하게 느껴지는 그 사랑에 가슴이 벅차올라 저절로 저 말이 튀어나왔다.

"사랑합니다."

땀에 젖은 아진의 머리를 다정하게 쓸어 넘기며 주호 역시 거친 숨과 함께 그녀를 향한 고백의 말을 토해 내고 있었다. 그렇게 두 사람은 서로를 향한 뜨거운 사랑을 확인하고 있었다.

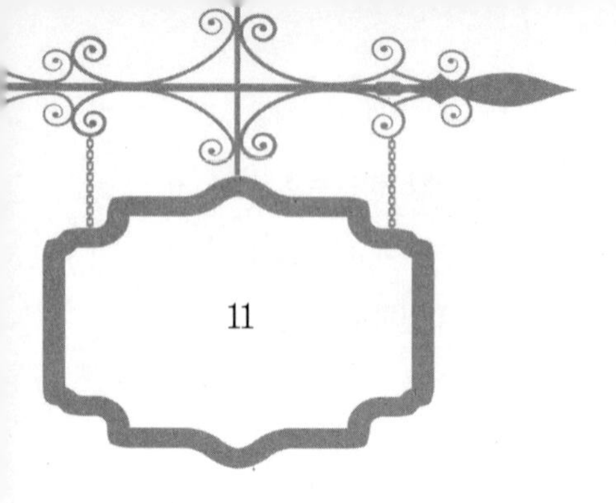

11

여행의 여운이 채 가시지 않은 주호는 콧노래를 흥얼거리며 집으로 들어섰다. 어깨에 메고 있는 가방을 내려놓으며 더욱 신나게 콧노래를 흥얼거리던 주호는 불을 켜자마자 깜짝 놀라 뒤로 물러섰다.

"하, 할아버지!"

거실 소파에 누워 잠들어 있던 창선의 모습에 화들짝 놀랐던 주호는 떨리는 가슴을 진정시키며 그를 불렀다.

"여기 왜 계세요?"

잠에서 깬 창선이 눈을 느릿하게 깜박이다, 날카롭게 부릅떴다.

"왜긴 왜야! 네 녀석 보려고 왔지. 어딜 그렇게 싸돌아 댕기는 게야?"

"여행 좀 다녀왔어요."

"여자랑?"

정곡을 찌르는 창선의 물음에 주호는 씩 웃으며 고개를 끄덕였다. 어차피 아진에 대해 숨길 생각이 없었다. 한국에 없는 부모님을 대신해 할아버지인 창선에게 먼저 인사 시켜야겠다, 생각은 하고 있는 중이었다.

"듣자 하니 아주 이상한 여자를 만난다면서?"

싱긋 웃으며 아진에 대해 떠올리고 있던 주호는 청천벽력 같은 할아버지의 물음에 인상을 찌푸렸다.

"설마 다흰이 만났어요? 다흰이가 또 이상한 소리 했죠?"

회사에 이상한 소문 퍼트려 사람 골치 아프게 하더니 이번엔 할아버지를 찾아가 헛소리를 내뱉은 듯했다. 한마디 할까 하다 관심 주면 더 귀찮게 할 것 같아 무시하고 있었더니. 점점 도를 지나치는 다흰이었다.

"걔 말 무시해요, 할아버지. 아직도 다흰일 그렇게 몰라요?"

"쯧쯧. 모자란 놈."

창선의 중얼거림에 주호는 발끈한 얼굴로 그를 바라보았다.

"됐습니다. 어차피 제가 무슨 말을 해도 안 믿을 거잖습니까? 저도 더는 할아버지 이야기 듣고 싶지 않……."

창선이 테이블 위로 내던지는 사진을 보는 순간 주호의 표정이 딱딱하게 굳었다. 오피스텔 앞에서 태준과 함께 서 있는 아진의 사진에 주호는 검은 눈을 느릿하게 깜박였다. 최태준, 이 자식! 또 아진을 찾아갔나 보다. 그런데 왜 아진은 아무 말도 하지 않았을까?

나지막한 한숨을 내쉬던 주호는 이내 고개를 내저었다. 그녀 성격을 짐작컨대, 제가 걱정할까 봐 일부러 숨긴 듯했다. 아진의 입장이 되어 생각을 마친 주호는 차분한 눈으로 창선을 쳐다보았다.

"이 사진 뭡니까? 일부러 사람 붙였어요, 아진 씨한테? 아니면, 이것도 유다흰 작품입니까?"

"그 사진 속 남자와 꽤 오랜 시간 만났다더구나."

"그것도 다흰이한테 들었겠네요. 유다흰이 그런 말은 안 하던가요? 지가 이 남자 꼬셔서 둘 사이 갈라놓았단 이야기 말이에요."

"그럴 리가 있어? 남자라곤 너밖에 모르는 다흰이가."

철딱서니 없는 다흰의 말만 믿고 아진을 만나기 전부터 그녀에게 선입견을 내비치는 창선이 그저 답답할 따름이었다.

"일단 한 번 만나 보세요. 만나 보시면 분명 생각이 바뀌실 겁니다. 저 못 믿으세요? 이래 봬도 할아버지 손자 눈 엄청 높거든요?"

"싫다. 다흰이랑 잘해 보라는 거 아니야. 그래도 좀 괜찮은 여자 만나야 하지 않겠니? 네 품격에 맞는."

"저한테 과분한 여자예요."

"그 여자가 단단히 널 홀린 모양이구나."

말을 해 봤자 제 입만 아플 것 같았다. 주호는 고개를 가볍게 내저으며 답답한 마음이 담긴 시선으로 창선을 바라보았다.

"다른 여자 만날 생각 없습니다. 그렇게 아시고, 그만 돌아가세요."

"주호야."

"진심으로 사랑합니다. 이 여자 아니면 안 돼요, 저는. 그럼 피곤해서 먼저 올라가 보겠습니다. 살펴가세요."

창선에게 고개를 숙이고 주호는 제 방이 있는 이 층으로 걸음을 옮겼다. 신경질적인 걸음으로 방 안에 들어온 주호는 지친 얼굴로 침대에 앉았다. 아진의 입장을 이해하면서도, 태준과 그녀가 만났던 게 신경이 쓰이는 건 어쩔 수가 없었다.

그때 주호의 핸드폰이 울려 댔다.

"네, 아진 씨."

액정에 뜨는 아진의 이름에 주호는 반가운 얼굴로 전화를 받았다. 안 그래도 그녀의 위로가 필요한 시점이었다.

[잘 들어갔어요?]

"네. 아진 씨는 뭐하고 있어요?"

[자려고 누웠어요. 그런데 무슨 일 있어요? 목소리가 안 좋은데.]

티를 안 내려고 노력했건만, 대번에 제 상태를 알아채는 아진의 물음에 주호는 머쓱한 얼굴로 머리를 쓸어 넘겼다.

"아무 일도 없어요. 좀 피곤했나 봐요."

[그럼 얼른 자요.]

"네."

태준에 대해 아무것도 묻지 않으려고 애쓰며 전화를 끊으려고 했다. 그런데 저도 모르게 끝내 그에 대해 묻고 말았다.

"아진 씨."

[네?]

"혹시, 혹시 말이에요. 최근에 최태준 과장 만난 적 없었어요?"

여기까지 묻던 주호는 인상을 찌푸렸다. 못났다, 이주호. 옛 연인에게 질투나 하고.

"아, 아니. 저번에 리조트에서 하는 거 보니까 쉽게 안 물러날 눈치여서요."

[사실은 한 번 찾아온 적이 있었어요.]

망설임 없이 제게 솔직하게 말해 주는 아진에게 고마운 감정과 미안한 감정이 동시에 들었다.

[그때처럼 그러진 않았고요. 그냥 미안하다 말하고 싶었대요. 그게 다였어요. 알면 걱정할까 봐 말 안 했는데. 굳이 애써 숨길 일은 아닌 것 같아서요.]

"고마워요."

[네? 뭐가요?]

이해가 안 된다는 듯 되묻는 아진의 목소리에 주호는 어색한 미소를 지었다.

“솔직하게 말해 줘서요. 사실은 나 여전히 그 남자가 신경 쓰여요. 당신이 사랑했던 남자니까.”

[이젠 신경 안 쓰셔도 돼요. 저한텐 팀장님뿐이니까요.]

아진의 차분한 목소리에 마음이 따뜻해졌다. 어젯밤 들었던 사랑한다는 말보다 지금 이 말에 더 심장이 두근거렸다.

❈

점심시간, 형 태호로부터 걸려 온 전화를 받으며 주호는 옥상으로 향했다. 약속하지 않았지만, 옥상에서 잠시 함께 시간을 보내는 게 두 사람에겐 꽤 익숙한 일이 되었다. 물론 사람들이 많을 땐 떨어져 서서 전화로 통화하는 게 다였지만.

오늘은 그나마도 태호에게 방해를 받아 할 수가 없었다.

[진짜 괜찮은 여자 맞아?]

“그렇다니까. 조만간 정식으로 소개시켜 줄 테니까 할아버지가 뭐라 말하든 무시해. 할아버지도 직접 만나 보시면 생각이 달라지실 거야.”

[아예 만날 생각도 없으시던데.]

“내 결혼식 땐 만나게 되겠지.”

할아버지가 반대해도 주호는 물러설 생각이 없었다.

[너 너무 강하게 나가는 거 아니냐? 할아버지가 너 꽃뱀에 단단히 물린 것 같다고 엄청 걱정하시던데.]

수화기를 타고 넘어오는 태호의 말에 주호는 인상을 잔뜩 찌푸렸다.

그런데 그 순간 바람을 마주하고 서 있는 아진의 모습이 주호의 눈에 들어왔다. 단정하게 묶은 머리가 바람을 따라 이리저리 흔들렸다. 부드러운 손짓으로 앞머리를 넘기는 그 모습이 얼마나 예쁜지 입가에 절로 미소가 지어졌다.

"그렇게 예쁜 꽃뱀이 있다면 백 번이라도 물려 주겠다."

[단단히 빠졌군.]

"알면 끊어. 형이랑 통화할 시간 없어. 내 여자 볼 시간도 모자라니까."

서둘러 전화를 끊은 주호는 뒤에서 아진을 지켜보며 그녀를 향해 전화를 걸었다. 생긋 웃으며 제 전화를 받는 그 모습이 어찌나 예쁜지, 옥상에 사람들만 많지 않았다면 당장 달려가 꼭 끌어안고 싶었다.

"오늘따라 더 예쁘네."

주호의 나지막한 속삭임에 아진이 몸을 뒤로 돌렸다. 사람들 사이에서 주호를 찾아낸 아진은 사랑스러운 눈웃음으로 화답했다.

[오늘따라 더 멋지시네요.]

어느새 저를 닮아 능청이 늘어 가는 그녀였다. 능청스러운 아진의 칭찬에 주호는 경쾌한 웃음을 터트렸다. 곧이어 아진의 고운 웃음소리가 수화기를 타고 넘어왔다.

아무 말도 하지 않은 채, 전화기를 들고 서로를 사랑스러운 눈빛으로 바라보는 두 사람이었다. 나른하고, 따뜻한 서로의 숨소리에 귀를 기울인 채.

집 앞에 도착한 주호는 아진에게 전화를 걸 생각을 하며, 주머니에서 핸드폰을 꺼내 들며 차에서 내렸다. 경쾌한 발걸음으로 대문을 향해 걸음을 옮기는데 반갑지 않은 얼굴 하나가 보였다.

"진짜 뻔뻔하구나, 유다흰."

스스로 한 짓이 있어 제 앞에는 못 나타날 줄 알았는데, 다흰은 태연한 얼굴로 저를 보고 서 있었다.

"보고 싶어서 왔어."

"나한테 험한 말 듣고 싶지 않으면 그만 가라. 어차피 말귀 못 알아먹는 너한테 열 내기 싫으니까."

"김아진이 그렇게 좋아?"

대문을 여는 주호를 향해 다흰이 뾰족한 목소리로 물었다. 주호는 그녀의 말을 철저하게 무시한 채 대문 안으로 걸음을 옮겼다.

"오빠 할아버지가 절대 허락 안 할걸."

다급하게 저를 향해 말하는 다흰을 무시한 채, 주호는 대문을 닫았다.

"포기해. 나랑 결혼 안 하면 안 했지. 그 여자랑 하는 꼴은 절대 못 보니까."

주호는 고개를 설레설레 내저으며 다흰의 목소리가 들리지 않는 집 안으로 피신했다. 확 고성방가로 신고할까, 하다가 유 회장 얼굴을 봐서 꾹 참았다. 관심받기 좋아하는 망상증 환자에겐 그저 무관심이 최고의 약이었다.

이렇게 짜증이 치솟을 땐 힐링이 필요했다. 핸드폰을 열어 여행 갔을 때 찍은 아진의 사진을 한 장씩 넘겨 보던 주호는 입가에 상큼한 미소를 지었다. 아, 사진 보고 있으니까 진짜 얼굴이 보고 싶어졌다.

헤어진 지 불과 30여 분밖에 안 되었는데, 보고 싶어 미칠 것만 같았다. 할 수만 있다면 하루 빨리 제 곁에다 데려다 놓아, 헤어지는 일 없이 종일 그 얼굴을 보고 싶었다.

"왜 이렇게 예쁘냐, 당신."

다정한 눈길로 사진을 보며 중얼거리고 있는데, 갑자기 태호의 이름이 뜨며 핸드폰이 울려 댔다.

"요즘 다들 나한테 왜 이리 관심이 많은지."

요 근래 자주 전화를 걸어 오는 태호를 떠올리며 주호는 통화 버튼을 눌렀다.

"왜?"

[까칠하기는. 깜박하고 말 안 한 게 있어서.]

"뭔데?"

[내일 같이 점심 먹자고.]

기다리고 기다렸던 주말이었다. 아진과의 데이트를 위해 스케줄을 다 짜 놓았건만.

"약속 있는데."

[미뤄. 다음 주에 할아버지 생신인 거 알지?]

알고 있었다. 매년 할아버지 생신 땐 식구들 다 함께 모여 밥을 먹곤 했으니까. 이번엔 부모님이 외국에 계시기에 형네 부부와 주호가 대신해서 생신을 챙겨 드릴 예정이었다.

"다음 주 수요일 아니야?"

[그날 중요한 약속이 잡히셨대. 그래서 내일 같이 점심 먹기로 했어. 장소랑 시간은 문자로 찍어 줄게.]

"그래? 알았어. 아진 씨 데려가면……."

[할아버지 생일 날 뒷목 잡고 쓰러지는 거 보고 싶냐?]

수화기 너머 들려오는 태호의 잔소리에 주호는 콧잔등을 찌푸렸다.

"알았어, 알았어. 나도 뭐, 그런 불편한 자리에 아진 씨 데려가기 싫다. 내 여자 고생하는 건 못 보지, 또 내가. 끊어."

원래 아진과 서울 근교로 나들이를 갈 계획이었는데, 그 계획을 전면 취소해야 할 것 같았다.

"아, 일요일은 비 온다고 했는데. 아쉽네."

아진에게 전화하기 위해 핸드폰을 들며 주호는 아쉬운 얼굴로 중얼거렸다.

✻

태호가 문자로 알려 준 장소에 도착한 주호는 인상을 찌푸렸다. 무언가 싸한 느낌이 들었다. 평상시 한식을 즐겨 먹는 할아버지의 식성을 배려해 식사는 꼭 한식당을 예약하곤 했는데, 어울리지 않게 프렌치 레스토랑이라니.

한눈에 보기에도 고급스러워 보이는 레스토랑 문을 열고 들어가자, 지배인으로 보이는 자가 다가와 고개를 숙였다.

"이주호 님 맞으십니까?"

"네, 그런데요."

"안내해 드리겠습니다."

지배인의 안내를 따라 2층 안쪽 자리에 배정된 주호는 이마를 긁적였다.

"아직 안 왔습니까?"

"네. 오시면 안내해 드리겠습니다."

지배인이 자리를 뜨고, 곧이어 웨이트리스가 다가와 주호의 잔에 물을 따라 주었다. 테이블 사이사이 벽이 놓여 있어, 아늑한 느낌을 주는 것이 꼭 맞선 전문 레스토랑 같은 느낌을 풍겼다. 아닌 게 아니라, 옆을 둘러보자 맞선이 진행 중인 몇몇 커플들이 보였다.

"아무래도 내가 당한 것 같은데."

불길한 느낌에 몸을 일으키는데, 누군가 제 앞에 멈춰 서는 게 보였다. 고개를 들자 얌전해 보이는 한 여자가 제게 고개를 숙이며 인사를 건네는 게 보였다.

"이주호 씨? 처음 뵙겠습니다. 전 한지아라고 합니다."

망할 영감탱이.

주호는 속으로 욕설을 내뱉으며 어색한 미소를 지었다. 그때 지이잉, 소리와 함께 핸드폰으로 메시지가 전달되었다.

〈미안, 브라더. 할아버지 협박에 어쩔 수가 없었다. 할아버지가 무조건 한 시간은 채우고 일어나래. 안 그랬다간 계속 이런 상황을 마주치게 될 거라 전하시란다. 그러니까 그냥 눈 딱 감고 한 시간만 앉아 있어. 그러면 한동안은 잠잠하실 거야.〉

입으로 바람을 불며 주호는 앞머리를 날렸다. 그래, 한 시간만 자리를 지키면 된다 그거지. 무슨 말을 하든지 그건 제 자유였다.

❈

처음 다휜의 전화를 받았을 때만 해도 믿지 않았다. 주호가 맞선을 보고 있다니.

[궁금하면 와 보든가요.]

라는, 다휜의 도발에 아진은 궁금증을 끝내 이기지 못하고 레스토랑 앞에 오고 말았다. 주호는 어떤 상황에서든 저를 믿어 주었는데, 그를 믿지 못하는 제 자신이 한심스럽게 느껴졌다.

"역시 왔네요."

그냥 돌아갈까, 생각을 하고 있는데 다휜이 비웃는 듯한 얼굴로 그녀를 향해 다가왔다.

"들어갈까요? 지금 막 그 여자와 만났던데."

자신만만한 다횐의 표정을 보아 하니, 그가 맞선을 보고 있는 건 사실인가 보다.

"자신 없으면 돌아가요. 오늘 오빠가 만나는 여자가 어떤 집안 딸인 줄 알아요? 법조계에서 아주 유명한 집안이에요. 대대로 판검사를 지낸. 당신이랑 상당히 수준 차이 나죠?"

도대체 다횐은 왜 제게 이렇게까지 하는지 알 수가 없었다. 주호와 사귀던 사이도 아니고, 단지 어렸을 때부터 알았단 이유로 이렇게 참견하는 건 도가 지나친 것 같았다. 물론 그런 그녀에게 휘둘려 이 자리에 나온 자신이 할 말은 아니었지만.

"그냥 갈래요?"

비웃듯 저를 보며 묻는 다횐을 향해 아진은 고개를 내저었다.

"들어가서 보고 참고하도록 할게요. 할아버님이 어떤 여자를 마음에 들어 하시는지."

솔직히 말하면 조금은 비참했다. 다횐으로부터 그의 할아버지가 저를 탐탁지 않아 한다는 말까지 전해 들은 터라, 의기소침해질 수밖에 없었다.

하지만 다횐이 보고 싶어 하는 모습이 바로 그런 제 모습이란 걸 알기에 아진은 애써 당당한 걸음으로 레스토랑 안으로 들어섰다.

"조용히 따라와요."

재빨리 아진을 뒤쫓아 들어온 다힌이 그녀를 향해 나지막하게 말하고는 곧장 2층으로 걸음을 옮겼다. 한눈에 보기에도 고급스러워 보이는 레스토랑 전경에 아진은 벌써부터 숨이 막히는 기분이었다.

평범한 제 집안이 부끄러운 적은 없었다. 대기업 다니는 저를 자랑스러워하는 부모님을 알기에 항상 당당하려고 노력했다. 그런데 이곳은 또 전혀 다른 세상 같았다.

“저 여자예요. 한눈에 봐도 품격의 차이가 느껴지죠?”

이 층 계단 입구에 멈춰 선 다힌이 맞은편 제일 안쪽에 앉아 있는 여자를 가리키며 말했다. 주호의 모습은 벽에 가려져서 보이지 않았다. 대신 그와 마주 보고 앉아, 미소를 짓고 있는 여자의 모습은 너무나 선명하게 제 눈에 들어오고 있었다.

다힌이 말이 맞았다. 처음 보는 여자지만 품격이 느껴졌다. 입고 있는 옷이 고급스럽다거나 그런 것이 아닌, 행동 하나하나에서 우아함이 느껴지는 그녀였다. 할아버지가 원하는 손주 며느리는 저런 여자였구나.

“가까이 가 보죠. 어차피 벽에 가려져 안 보이니.”

다힌은 잔뜩 신이 난 얼굴로 나지막하게 속삭이며 그들의 바로 뒷자리로 아진을 안내했다. 도대체 제 스스로가 무슨 짓을 하고 있는지 모르겠다. 몰래 주호를 뒤쫓아 와 훔쳐보기나 하고. 점점 더 제 자신이 한심하게 느껴져 견딜 수가 없었다.

저를 비웃는 다힌의 앞에서도 표정 관리가 잘 되지 않았다. 그녀가 보고 싶었던 모습이 바로 이런 모습이란 걸 알면서도 위축이 되고 말았다. 어쩌면 그의 집안에 대해 처음 알게 된 날부터 위축이 되어 있었는지도 모른다. 그도 저처럼 평범한 집 자식이었으면 좋았을 텐데.

그때 부드러운 주호의 목소리가 귓가에 파고들었다.

"제가 많이 사랑하거든요."

"와, 대단해요. 정말 첫눈에 반하는 사랑이 있다니."

"그 날짜까지 잊지 못해요. 2010년 5월 3일. 면접장에서 곤경에 처한 사람을 도와주는 그 여자 모습이 무척이나 예뻤어요. 그땐 사실 첫눈에 반한지도 몰랐었는데. 솔직히 웃기잖아요. 스치듯이 본 여자한테, 그것도 말 한 마디 나눠 보지도 못한 여자한테 첫눈에 반하다니."

"로맨틱해요."

맞선 보는 여자와 나누는 주호의 대화에 아진의 심장이 세차게 두근거렸다. 아직까지 풀지 못했던 숫자의 비밀도 풀리는 순간이었다.

하지만 심장이 두근거릴수록 미안한 감정 또한 커져만 갔다. 긴 시간 동안 저를 이토록 사랑해 주는 주호를 믿지 못하고, 이 자리에 나왔다니.

"칫. 유치하긴."

주호와 맞선녀가 나누는 대화가 마음에 안 드는지 다흰이 입을 삐죽이며 중얼거렸다.

"지아 씨도 이런 사람 만나길 바랍니다. 심장이 먼저 반응하는 사람이요."

"그랬으면 좋겠어요. 사실 전 용기가 없었거든요. 집안 반대를 무릅쓸. 그런데 주호 씨 보니까 그러고 싶어졌어요."

"분명 그럴 수 있을 겁니다. 그럼 전 먼저 일어날게요. 제 뒤에 운명의 그녀가 와 있어서."

예상하지 못한 주호의 말에 아진이 화들짝 놀란 표정으로 뒤를 돌아보았다. 그러자 자리에서 몸을 일으킨 주호가 천천히 아진을 향해 걸어왔다.

"어, 어떻게 알았어요?"

놀란 얼굴로 묻는 아진을 향해 주호가 씩 웃었다.

"잊었어요? 당신 나한테 숨소리조차 신경 쓰이는 사람인 거. 숨소리만 듣고 단번에 알았죠. 내 뒤에 있는 거."

아진은 고개를 푹 숙였다.

"미안해요."

"오히려 기뻐요. 질투해 줘서."

주호가 아진의 머리를 손을 뻗어 그녀의 머리를 다정하게 쓰다듬었다.

"눈꼴시어서 못 봐 주겠네."

코웃음을 치며 중얼거리는 다흰을 주호는 차가운 눈빛으로 바라보았다.

"너야말로 이제 더는 못 봐주겠다. 아진 씨 잠깐만요."

주호는 주머니에서 핸드폰을 꺼내 누군가에게 곧장 전화를 걸었다.

"유 회장님."

그의 입에서 흘러나오는 단어에 다흰의 얼굴이 하얗게 질려 갔다.

"회장님 손녀 때문에 도저히 못 참겠어서요. 네, 회장님도 아시죠? 손녀 따님이 이상한 소문내고 다녔던 거. 웬만하면 회장님 얼굴 봐서 참으려고 했는데, 자꾸 제 한계를 자극하네요. 제 사표 받으실래요? 아니면 손녀 교육 다시 시키실래요? 네, 알겠습니다. 그럼 회장님 믿고, 딱 한 번만 더 참습니다."

주호가 전화를 끊자마자 다흰의 전화가 시끄럽게 울어 댔다. 다흰은 잔뜩 굳은 얼굴로 핸드폰을 들고 일어섰다.

"어, 할아버지. 아, 아니야. 안 돼, 카드 끊으면. 할아버지, 할아버지!"

다급한 목소리로 할아버지와 통화하는 다흰의 목소리를 듣던 두 사람은 서로를 마주 보며 조용히 웃었다.

"오늘 데이트 못 해서 우울했는데, 데이트하러 갈까요?"

"네, 좋아요."

서로의 손을 꼭 붙잡은 채, 두 사람은 계단을 내려갔다.

"그런데 정말 면접장에서 저보고 첫눈에 반한 거예요?"

"아진 씨가 알아낼 때까지 비밀로 하려고 했는데."

"그걸 어떻게 맞춰요. 누가 날 보고 있을 거라곤 생각도 못 했는데.”

“아마 저 말고도 많을걸요. 그날 당신 모습 정말 예뻤으니까.”

“오늘은 닭살스러운 멘트도 다 이해할게요.”

“와우, 원 없이 해야지.”

다정한 대화를 나누는 두 사람의 눈빛은 봄 햇살처럼 따사로웠다.

❈

월요일, 회사에 출근하던 아진은 평상시보다 훨씬 북적이는 로비를 보며 고개를 갸웃거렸다. 무슨 일이 있는 걸까? 사람들이 몰려 있는 곳으로 슬쩍 가 보자 청소팀 옷을 입고, 걸레질을 하고 있는 다흰의 모습이 보였다.

“뭘 봐요? 사람 청소하는 거 처음 봐요!”

앙칼진 목소리로 저를 구경하는 사람들에게 소리치던 다흰은 창피하긴 한지, 더욱 깊숙이 고개를 숙였다.

“뭘 그렇게 보고 있어요?”

사람들의 구경거리가 된 다흰을 놀란 눈으로 보고 있는데, 뒤쪽에서 익숙한 주호의 목소리가 들려왔다.

“아, 어떻게 된 건가 해서요.”

여전히 고개를 푹 숙인 채 분노의 걸레질을 하고 있는 다흰을 가리키며 아진이 주호를 향해 물었다.

"회장님 명령. 이번엔 유다횐 버릇 고치려고, 당당히 마음먹으신 듯해요. 회장님이 그만두라고 할 때까지 회사에 나와 청소를 하든지, 집에서 쫓겨나든지 둘 중 하나 선택하라고 하셨다네요. 물론 금전적 지원도 끊어 버리고."

유다횐 자존심에 이런 선택하기 쉽지 않았을 텐데. 역시 세상에서 돈보다 무서운 건 없나 보다. 사람들이 저를 보는 게 자존심이 상하는지 이를 악물고 있는 모습을 보고 있자니, 조금은 통쾌하긴 했다.

"그런데 아마 저 성격에 일주일도 못 버틸 걸?"

"그러게요."

주호와 아진의 예상대로 다횐은 사흘도 못 버티고 청소 일을 그만두었다. 회장실이 떠나가게 울었다는 게 들리는 후문이었다. 미국으로 돌아가서 다시 제대로 경영 수업을 받는다는 조건으로 다횐은 회사에서 해방될 수가 있었다.

"최소한 10년은 걸릴 거예요. 유다횐 인간 되려면. 아니, 10년 안에 되긴 하려나."

주호의 예언대로 아진은 그날 이후, 아주 오랫동안 다횐을 볼 수 없었다. 로비에서 청소를 하던 다횐의 모습이 그녀에 대한 마지막 기억이었다.

아침 출근을 하려고 집을 나서던 아진은 집 앞에 서 있는 노년의 신사 모습에 눈을 동그랗게 떴다. 주호의 집에서 사진을 구경할 때 분명 봤던 얼굴이었다. 그의 할아버지임을 단번에 눈치챈 아진은 서둘러 고개를 숙였다.

"안녕하세요."

공손히 고개를 숙여 인사를 건네는 아진을 창선은 여전히 못마땅한 눈으로 바라보았다.

"내가 누군지 아는 눈치구먼."

"네. 사진으로 뵌 적 있습니다."

"일단 들어가서 얘기했으면 좋겠는데. 출근 시간인 거 아니까 긴 시간 빼앗지 않겠네."

"네. 들어오세요."

아진은 서둘러 문을 열고 창선과 함께 집 안으로 들어갔다. 홀로 식탁에 앉아 식사를 하던 정욱은 놀란 눈으로 아진을 바라봤다.

"누나, 누구셔?"

정욱의 물음에 아진은 고개를 내젓는 걸로 대답을 대신했다. 다행히 눈치 빠른 정욱은 더는 묻지 않았다. 창선을 거실 소파로 안내하곤 주방 쪽으로 걸음을 옮겼다.

"차 좀 드릴까요? 아니면 주스……."

"됐으니 이리 와서 앉게."

창선의 부름에 아진의 그의 앞에 가, 공손히 무릎을 꿇고 앉았다. 저를 보는 눈빛만으로도 그가 자신을 어찌 생각하는지 알 수 있었다.

"내 긴말 하지 않겠네. 주호랑 헤어져 주게."

"하, 할아버님."

"그럼 이만 내 뜻을 전했으니, 일어나겠네. 길게 얼굴 봐서 좋을 사이도 아니니."

아진의 대답을 끝까지 듣지도 않고, 창선은 소파에서 몸을 일으켰다. 아진이 재빨리 일어나 뒤쫓았으나, 손을 들어 저지하는 그였다.

"다신 얼굴 볼 일 없었으면 좋겠구먼."

"어른 뜻을 거스르는 것 같아 죄송하지만……."

"죄송할 짓 안 하면 되는 게야. 더 이상 아무 말도 하지 말게."

매서운 창선의 눈빛에 아진은 쉽사리 말을 꺼내기가 어려웠다.

"할아버님. 꼭 할아버님 마음에 드는……."

"그런다고 달라지는 것 없네. 이만 가 보겠네. 다시 한 번 말하지만, 얼굴 보는 일 더는 없길 바라네."

그 말을 남기고 현관문을 쾅, 닫고 사라지는 창선이었다. 현관문 앞에 망연자실한 얼굴로 서 있는 아진 곁으로 정욱이 재빨리 다가왔다.

"뭐야? 저 괴팍한 할아버지는? 이주호인가 뭐시기인가, 하는 그 남자 할아버지야?"

아진이 당하는 모습에 화가 났는지 정욱의 목소리가 한층 높아져 있었다.

"조용히 해, 정욱아. 어른한테 함부로 말하는 거 아니야."

"누나는 화도 안 나? 바보야? 말할 기회도 안 주고, 누나에 대해 제대로 알아볼 생각도 안하고 무작정 싫다는 사람한테 예의는 무슨 예……."

매서운 아진의 눈빛에 정욱은 조용히 입을 다물었다.

"알았어. 듣는 것도 아닌데, 욕 좀 하면 어떻다고."

"김정욱. 누나가 제일 싫어하는 게 뭔지 알지?"

"알아. 예의 없고, 버릇없게 구는 거."

"그래. 알면 됐어. 예의만 갖추고 살아도 어디 가서 욕 안 먹어."

"하여튼 신사임당이 따로 없다니까."

한숨을 푹 내쉬며 중얼거리는 정욱의 어깨를 아진은 가볍게 두드렸다.

"가서 밥마저 먹어. 누나 때문에 놀라게 해서 미안해."

"지금 내 걱정할 때야? 하여튼 착해 빠져 가지고는."

아진은 씁쓸한 미소를 지었다. 막상 창선을 마주하고 나니 두려웠다. 끝까지 자신을 마음에 들어 하지 않으면, 어찌해야 할까. 어른들 말은 잘 거역하지 않는 아진이었지만, 창선의 뜻만큼은 따라 줄 수가 없었다. 그녀가 할 수 없는 유일한 일이 바로 주호와 헤어지는 일이었으니까.

⁂

자리를 뜬 줄 알았던 창선이 아진의 집 현관문 앞에 서 있었다. 방음이 잘 안 되는 현관문을 통해 흘러나오는 정욱과 아진의 대화를 들으며 창선은 자신도 모르게 흐뭇한 미소를 짓고 있었다.

"사실은 엄청 마음에 드시죠? 직접 보니까."

아진의 집에는 들어가지 않았지만, 창선과 함께 이곳에 온 태호가 스리슬쩍 그의 눈치를 살피며 물었다.

"마음에 들긴, 뭐가."

속내를 들킨 게 민망했는지, 낮게 헛기침을 내뱉은 창선이 엘리베이터 앞에 서서 버튼을 눌렀다.

"꽃뱀이랑은 거리가 멀어도 너무 먼데요? 요즘 아가씨 같지 않네. 말하는 것만 들어 봐도. 주호가 왜 반했는지 알겠어요."

"쯧. 일면만 보고 사람을 어찌 판단하누."

"그러는 할아버지는 왜 일면만 보고 사람을 반대해요? 주호 말 들으니 옛 애인이랑은 진작 정리된 것 같던데. 알고 보니까 그 애인이 일방적으로 찬 거래요. 그래 놓고 다흰이 만났답니다, 그 남자가."

때마침 도착한 엘리베이터를 타며 태호과 창선을 향해 조심스레 설명했다.

"알고 있어, 이놈아. 내가 그 정도 정보력도 없을까 봐?"

"그럼 역시 테스트인 거죠? 일부러 반대하는 척하면서, 어떤 아가씨인지 알아보실 생각?"

의중을 들킨 게 민망한지 창선이 낮게 헛기침을 내뱉었다.

"역시 맞구나. 주호 맞선 보게 한 건, 주호 테스트한 거고. 이번엔 이 아가씨 테스트 중?"

"거참, 말 많구나. 누가 형제 아니랄까 봐. 어찌 그리 주호 녀석이랑 말 많은 건 똑같은지."

창선이 혀끝을 쯧쯧 차며 1층에 도착한 엘리베이터에서 내렸다.

"그러다 저 아가씨가 진짜 주호랑 헤어지면 어쩌려고 그래요?"

"그럼 인연이 거기까지밖에 안 되는 거지."

"하여튼 참 매번 며느리 어렵게 뽑으셔. 우리 아내한테도 그러시더니."

"원래 집에 사람 들이는 일은 신중해야 하는 거야."

"네, 네. 알겠습니다."

창선의 고집을 잘 아는 태호였기에 조용히 머리를 조아렸다. 그가 결코 나쁜 뜻으로 하는 일은 아니라는 걸 알기에.

※

점심도 제대로 못 먹는 아진을 미영은 걱정 어린 눈으로 바라봤다.

"이 팀장님 할아버지가 반대한다며?"

아마도 정욱한테 대충 이야기를 들은 듯했다. 아진은 쓴웃음을 지으며 고개를 끄덕였다.

"K병원 원장이란 이야기 들을 때부터 걱정되더니. 휴, 왜 하필 그렇게 집안이 빵빵하다니."

"그러게."

조금만 더 평범했으면 좋을 텐데. 주호와 헤어져 달라 말하던 창선의 얼굴을 떠올리며 아진은 무거운 한숨을 내쉬었다.

"정욱이 많이 화가 났더라고. 이 팀장님 번호 알려 달라고 난리 났었어."

"그래서?"

"안 알려 주면 회사로 찾아오겠다 그래서, 그냥 내가 사무실 번호 알려 줬거든. 아마 지금쯤 만나고 있을 거야."

아까 오전 중에 누군가와 통화를 하던 주호의 모습이 떠올랐다.

"어디서?"

"몰라. 그건 나한테도 안 가르쳐 주더라."

다혈질인 정욱이 무슨 말을 할지 벌써부터 눈앞이 깜깜해졌다.

❈

긴장된 얼굴로 자신을 보는 주호를 정욱은 매서운 눈으로 바라보았다.

"우리 누나랑 헤어져요."

이미 예상했던 말인지, 주호가 씁쓸한 미소를 지으며 이마를 긁적였다.

"누나랑 똑같은 얼굴을 하고서 그렇게 말하니 무섭네요."

"장난하는 거 아닙니다. 그쪽 집안만 반대하는 줄 알아요? 나도 처음부터 당신 마음에 안 들었어."

아진을 차갑게 대하던 창선을 떠올리며 정욱은 신경질적인 목소리로 말했다. 그제야 정욱이 왜 이리 화를 내는지 주호는 이해한 듯했다.

"혹시 우리 할아버지 찾아갔었어요?"

저를 보며 다급하게 묻는 주호를 보니, 정말 몰랐던 모양이다.

"왔었다면요?"

여전히 삐딱한 시선으로 그를 보며 되묻는 정욱을 보며 주호는 무거운 한숨을 내쉬었다.

"아진 씨 많이 아팠겠네."

아진을 걱정하는 진심 어린 그의 말투에 정욱은 조금 마음이 풀렸다. 적어도 아진을 향한 그의 마음만큼은 진심인 것 같았다.

"진짜 우리 누나 사랑해요?"

정욱의 물음에 주호가 입가에 부드러운 미소를 지었다.

"네."

한 치의 망설임 없이 대답하는 주호를 보는 정욱의 눈빛은 아까보다 많이 풀려 있었다.

"얼마큼이나요?"

"제 자신보다 더 사랑합니다."

유치한 제 질문에도 진지하게 답해 주는 주호가 은근히 믿음직스럽게 보이기도 했다.

"그러면 좀 잘해요. 우리 누나 안 아프게. 우리 누나도 우리 집에선 귀한 딸이거든요."

"압니다. 나한테도 세상 누구보다 귀한 사람이니까."

자꾸 보다 보니 좀 멋있는 것 같기도 하다. 사내 인기투표에서 늘 1위를 차지한다더니, 괜히 1위를 하는 게 아니었다.

"진짜 그쪽 믿어도 됩니까?"

재차 확인을 하는 정욱을 보며 주호는 확신에 찬 눈빛으로 그를 바라보며 고개를 끄덕였다.

"믿어도 됩니다."

"좋아요. 한 번은 믿어 보죠. 우리 누나 아프게 하지 마요."

"네. 참, 아직 식사 전이죠? 여기까지 나왔으니 맛있는 것 좀 대접하고 싶은데."

"돼, 됐습니다."

상큼한 주호의 미소에 이상하게 저도 모르게 그를 따라 미소를 짓게 될 것 같았다.

"미안해요. 취향 정도는 미리 알아 뒀어야 하는 건데. 미래의 처남한테 내가 너무 무심했네."

"처, 처남이요?"

"네. 누나랑 결혼하면 정욱 씨가 처남이 되는 거잖아요."

"아, 뭐 그렇긴 한데."

잠시 망설이는 얼굴로 주호를 보던 정욱이 까만 눈을 반짝였다.

"정말 뭐든지 다 사 주는 겁니까?"

"네. 뭐든 말만 해요."

"그럼 한우 먹어도 돼요?"

주호가 커피숍 의자에서 먼저 일어났다.

"가죠. 제가 아주 맛있는 한우집 알아요."

이제 보니 아주 괜찮은 사람 같았다. 정욱은 흐뭇한 얼굴로 주호를 뒤따라 일어서며 그에 대한 평가를 다시 한 번 고쳤다. 괜찮은 사람에서, 아주 괜찮은 사람으로.

점심시간이 끝나고 나서야 주호는 회사로 돌아왔다. 전화를 걸어도 받지 않고. 혹시 정욱과 치고받고 한 건 아닌지 걱정스러운 눈으로 살펴보았지만, 다행히 깔끔한 외관으로 봐서는 그러지는 않은 것 같았다.

"어머, 팀장님. 소고기 드셨죠?"

평소 개 코임을 자랑하는 지은이 코를 킁킁거리며 주호를 향해 물었다.

"아, 역시 과장님은 못 속이겠네요. 다음에 다 함께 가요. 고기가 아주 맛있더라고."

"소고기는 언제든지 대환영입니다."

지은을 보며 미소 짓던 주호가 아진을 향해 시선을 돌렸다.

"김아진 대리."

"네."

"외근 나가죠. 갑작스러운 미팅 스케줄이 잡혀서."

"네? 아, 네."

눈을 찡긋 하는 주호를 보니, 제게 할 말이 있어서 만든 스케줄 같았다. 코트와 가방을 챙겨 들고 아진은 주호를 따라 사무실을 나섰다.

지하 주차장에 가서 그의 차에 올라탄 아진은 조용히 그를 올려다보았다.

"진짜 외근 가는 거 맞아요?"

"당연히…… 아니죠. 그동안 열심히 일했잖아요. 한 번씩 이렇게 땡땡이 쳐도 돼요. 가죠."

차를 운전하는 주호를 보며 아진은 어색한 미소를 지었다. 사무실에서 열심히 일할 같은 팀 직원들을 생각하니 양심에 찔렸다.

"주말에 추가 근무시킬 테니까 너무 양심에 찔려 하지 말아요."

제 속을 귀신같이 읽는 그였다. 아진은 조금은 마음이 편해져 생긋 웃었다.

"정욱이 만났다면서요?"

"오, 정보통이 누구예요? 처남은 나랑 있을 때 아진 씨 전화 안 받던데."

"처, 처남요?"

"네. 이제부터 그렇게 부르기로 했어요."

둘이 치고받고 할 줄 알았는데, 친근한 사이가 되어서 돌아왔다니. 어이가 없기도 하고, 웃기기도 했다.

"우리 할아버지 다녀갔다면서요?"

이번엔 주호가 아진을 향해 물었다.

"네."

"미안해요. 내가 할아버지 만나서 잘 얘기할게요."

주호의 말에 아진은 조용히 고개를 내저었다.

"그건 좋은 방법이 아닌 것 같아요. 제 스스로 노력해 볼게요. 할아버님 마음에 들 수 있도록."

조용하지만, 단호한 아진의 목소리에 주호는 말없이 그녀의 손을 붙잡았다.

"저 상처 많이 안 받았으니까, 걱정하지 마요."

"진짜 매력의 끝을 모르겠다니까."

차가 신호를 걸린 틈을 타 주호가 따뜻한 시선으로 아진을 바라보았다.

"약한 거 같으면서도 강하고 강한 거 같으면서도 약해서, 당신한테서 눈을 떼지 못하겠어."

"지금은 강한 여자 모드예요. 원래 소중한 걸 지키고 싶을 때 사람은 강해지거든요."

"할아버지도 곧 아진 씨 좋아할 거예요."

"그러면 좋겠어요."

"분명 그럴 거야. 나랑 보는 눈이 비슷하시거든. 내 말 믿어요."

주호 말을 듣고 있으니 조금 용기가 나는 것 같았다. 아직은 겁이 나긴 했지만.

※

할아버지가 일요일마다 대중교통을 이용해 산에 간다는 정보를 주호로부터 입수한 아진은 아침 일찍부터 창선의 집 앞에서 그를 기다렸다. 9시쯤 되자, 커다란 대문이 열리며 배낭을 메고 지팡이를 든 창선이 걸어 나왔다.

"할아버님."

아진은 용기를 내 서둘러 창선을 향해 다가갔다. 아진을 보고 살짝 놀란 눈치를 보이던 창선은 이내 그녀에게 아무 말도 하도 않은 채 걸음을 옮겼다.

"젊어 보이신다 생각했는데, 그게 다 취미로 산을 타시는 덕분인가 봐요. 저도 산 무척 좋아하는데. 같이 가도 되죠, 할아버님?"

아진의 물음에도 창선은 아무런 답이 없었다. 버스 정류장에 와서 버스에 올라타는 창선을 따라, 아진도 버스에 탔다. 빈자리에 혼자 앉아 버리는 창선 앞에 선 아진은 조용히 미소 지었다.

"다행히 오늘은 날씨가 좋아요. 그렇죠, 할아버님?"

"크흠."

낮게 헛기침을 내뱉을 뿐, 창선은 역시 아무 말도 하지 않았다. 하지만 아진은 꿋꿋하게 계속 창선에게 말을 걸었다.

"북한산 가는 거 맞으시죠? 저도 몇 번 가 봤어요. 대구에 있을 땐 팔공산 자주 올라갔었어요. 다음에 대구 가실 일 있으면, 제가 한 번 안내해 드릴게요."

평상시 조용한 아진답지 않게 창선에겐 열심히 말을 걸고 있었다. 창선이 살갑게 구는 사람들을 좋아한다는 정보를 주호가 제공해 주었기에, 그에게 말을 걸기 위해 최선을 다하고 있었다.

그때 버스 문이 열리며 한 할머니가 짐을 많이 가지고 타는 게 보였다. 아진은 창선과 대화하고 있다는 것도 잊고, 본능적으로 할머니를 향해 다가갔다.

"할머니 제가 도와 드릴게요."

무거운 할머니 짐을 받아 든 아진은 빈자리 옆에 짐을 내려놓았다. 할머니는 그 자리에 가서 앉으며 연신 아진을 향해 고맙단 말을 건네고 있었다.

"뭘요. 당연한 일을 한 걸요."

할머니에게 몸을 숙여 인사를 건넨 아진은 다시 창선의 곁으로 돌아왔다. 방금 전까지 흐뭇한 미소를 지으며 아진을 지켜보던 창선은 얼른 창밖으로 시선을 돌렸다.

"김밥 좋아하세요? 할아버님이랑 같이 먹으려고 넉넉하게 쌌는데, 이따 꼭 저랑 같이 드셔야 해요. 안 그러면 아까운 음식 버려야 하잖아요."

"버릴 순 없지."

그 말이 끝이긴 했지만, 제 말에 동의해 준 창선이 고마워 아진은 환하게 웃었다.

"좋아하는 음식 있으세요? 다음번에 산에 갈 때 제가 준비할게요."

창선은 또다시 아무런 말이 없었다. 하지만 일단 점심을 같이 먹기로 한 것만으로 만족하며, 아진은 부드러운 눈빛으로 창선을 바라보았다.

봄의 기운이 물씬 느껴지는 산은 무척이나 아름다웠다. 분홍빛 진달래로 물든 길을 따라 올라가며, 아진은 맑은 공기를 한껏 들이마셨다. 창선과 친해지기 위해 따라나선 산행이었지만, 산을 오르는 것이 아진은 진심으로 즐거웠다.

"감사해요, 할아버님. 할아버님 덕분에 좋은 풍경 많이 보고 가요."

천천히 산을 오르는 창선의 뒤를 따르며 아진이 그를 향해 감사의 뜻을 전했다.

"팀장, 아니, 주호 씨도 산 좋아하면 좋을 텐데. 물어보니 산은 별로 안 좋아한다더라고요."

"힘든 거 싫어해서 그래."

그에게서 대답을 들을 거라 예상하지 못하고 말한 거였기에 아진은 놀란 눈으로 그를 보다, 이내 입가에 따뜻한 미소를 지었다.

"네. 어디 오르는 건 질색이래요."

"쯧. 젊은 놈이 벌써부터 그래서 어따 써? 이게 뭐가 힘들다고."

"한 번 와 보면 생각이 바뀔 텐데 말이죠."

"그렇지!"

어느새 창선은 적극적으로 아진의 말에 동의를 하고 있었다.

"다음엔 제가 한 번 같이 가자 해 볼게요."

"뭐, 그러든가. 아가씨 말은 듣겠지."

잠깐이긴 했지만, 주호에 관한 이야기를 주고받으면서 조금은 가까워진 두 사람이었다. 그 뒤로 한참을 더 오르다, 계곡이 나오는 곳에 자리를 잡고 아진이 함께 싸 온 김밥을 나누어 먹었다. 말은 하지 않았지만, 창선은 아진의 음식 솜씨가 꽤 마음에 든 눈치였다. 제법 많은 양의 김밥이 그의 입 안으로 순식간에 사라지고 있었으니까.

⁂

'다음엔 유부초밥이 좋겠구나.' 하고 헤어질 때 창선이 했던 말을 떠올리며, 아진은 새벽부터 일어나 유부초밥과 과일 도시락을 준비했다. 유부초밥과 함께 마실 된장국을 보온병에 담고 있는데, 식탁 위에 올려 둔 그녀의 핸드폰이 울어 댔다.

"네."

액정에 뜨는 주호의 이름에 아진은 반가운 얼굴로 전화를 받았다.

[오늘도 진짜 갈 거예요?]

"가야죠. 도시락도 다 쌌는걸요."

[아, 할아버지 덕분에 정작 우리는 데이트도 못 하게. 이게 뭐야.]

할아버지에게도 질투를 내비치는 주호의 말투에 아진은 웃음을 삼켰다.

“나 진심으로 할아버님한테 예쁨받고 싶어요.”

[나한테만 예쁨받으면 됐지, 뭐.]

“팀장님한테 소중한 사람이잖아요, 할아버님.”

도시락을 가방에 넣으며 아진은 부드러운 목소리로 주호를 향해 말했다.

[그렇긴 하지만. 나한테 제일 소중한 사람은 당신이라는 거. 잊지 말아요.]

“고마워요. 덕분에 힘이 나네요.”

[할아버지가 괴롭히면, 꼭 나한테 말해요. 알겠죠?]

“네. 잘 다녀올 테니 걱정 마요.”

주호와의 전화를 끊은 아진은 바쁘게 짐을 챙겨 집을 나섰다. 그와 통화를 하다 보니 시간이 조금 지체가 되고 말았다. 혹시 창선이 먼저 갔으면 어쩌지, 하는 걱정을 하며 아진은 택시를 잡아탔다.

택시를 타고 가는 동안에도 아진은 불안한 시선으로 계속해서 시계를 봤다. 그런데 설상가상, 엎친 데 덮친 격으로 길마저 막혔다. 일요일 아침부터 이렇게 길이 막힐 거라 예상을 하지 못했던 아진이었기에 마음은 더더욱 초조해졌다.

"기사님, 여기요."

창선의 집 앞에 도착을 한 아진은 서둘러 지갑을 열어 돈을 꺼내 택시 기사에게 전해 주었다. 그런데 그때 대문 앞을 서성이고 있는 창선의 모습이 아진의 눈에 들어왔다. 혹시 저를 기다리고 있는 걸까?

반가운 마음에 아진은 서둘러 택시에서 내려 창선을 향해 달려갔다.

"할아버님."

큰길 쪽을 쳐다보고 있던 창선은 뒤쪽에서 들리는 아진의 모습에 화들짝 놀라며 뒤를 돌아보았다.

"커흠. 나도 막 나왔다네."

기다렸다 말하기 민망했는지, 창선이 낮게 헛기침을 내뱉으며 말했다.

"네. 다행이에요. 할아버님 놓치는 줄 알고 얼마나 놀랐는지 몰라요. 가요, 할아버님."

아진은 안도하는 마음에 적극적으로 창선의 팔짱을 꼈다. 그녀가 팔짱까지 껴 올 거라 예상을 못했는지, 창선은 순간 당황한 표정을 지었다.

"아, 죄송해요. 불편하면 뺄까요?"

"안 불편하니. 됐다."

말투가 예전처럼 퉁명스럽지도 않았다. 조금씩 저에게 마음의 문을 열고 있는 듯한 창선의 모습에 아진은 마음이 따뜻해지고 있었다.

✠

그 뒤로 몇 번 더 창선과 함께 산에 다니며 아진은 많은 대화를 나누었다. 사실 할아버님보다 돌아가신 할머님, 즉 창선의 아내가 산을 더 좋아했다는 것도, 산을 하도 좋아해 죽어서도 실컷 다니라는 뜻에서 북한산 나무 밑에 유골을 뿌렸다는 것도, 그래서 늘 일요일마다 창선이 북한산에 오른다는 걸 알게 되었다.

"많이 보고 싶으시겠어요."

할머님을 뿌렸다는 소나무 앞에 선 아진이 조심스레 창선을 향해 물었다.

"그래서 이리 주말마다 오는 게지. 이렇게라도 보려고. 원래 우리 집안 남자들이 외골수야. 한 번 사랑에 빠지면 평생 한 여자만 봐."

벌써 할머님이 돌아가신 지 30년이 넘었다는데, 한 주도 안 빼먹고 산에 오르는 창선을 보아하니 그 말은 사실인 듯했다.

"그래서 더 신중하게 여자를 보게 되는 거야. 그 녀석들의 성향이 어떤지 알기에."

무슨 말인지 알 것 같았다. 반대하는 척하면서 일종의 테스트를 해 본 거라는 것도, 그가 말해 주지 않았지만 알 수 있었다.

"저는 아직도 마음에 안 드세요?"

아진은 수줍게 미소 지으며 창선을 향해 물었다.

"몰라도 돼."

퉁명스레 답하고 뒤돌아서는 거 보니, 역시 쉬운 어르신은 아니었다. 하지만 퉁명스러운 말투와 다르게 속정이 깊은 사람이라는 걸 아진은 이미 알고 있었다.

❈

창선과 산에 가야 하는 일요일 아침, 아진은 도저히 침대에서 몸을 일으킬 수가 없었다. 어젯밤 으슬으슬하고 춥더니만, 기어코 감기에 걸려 버리고 말았나 보다. 열이 펄펄 끓는 머리에 손을 뻗으며, 침대에서 일어나려고 애를 써 보았지만 몸이 지독하게 말을 듣지 않았다.

"누나. 매형이 왜 전화……!"

주호와 함께 한우를 먹으러 간 이후로 아주 절친한 사이가 된 두 사람은 서로를 이미 매형, 처남이라 부르고 있었다. 주호와 통화를 하며 아진의 방에 들어오던 정욱은 아파 보이는 누나의 모습에 깜짝 놀라 말을 멈추었다.

"누나! 괜찮아?"

[누나? 누나가 왜?]

정욱의 외침에 수화기 너머 주호 역시 걱정스러운 목소리로 외쳤다.

"괜찮아. 전화 이리 줘."

아진은 다 죽어 가는 목소리로 말하며 정욱을 향해 손을 내밀었다.

"네, 저예요."

목소리를 간신히 쥐어짜 내며 아진은 수화기 너머 주호에게 말을 건넸다.

[목소리가 왜 이래요? 아파요?]

"……네. 감기인가 봐요."

[그냥 감기가 아닌 것 같은데? 나랑 같이 병원 가요. 내가 당장 갈…….]

"괜찮아요. 괜히 왔다가 옮으면 안 되니까. 내일 강연도 있잖아요."

[그래도.]

"할아버님한테 연락 좀 해 주실래요? 아무래도 오늘은 산에……."

[지금 산이 문젭니까? 내가 연락할 테니까 걱정 말고, 푹 쉬고 있어요. 내가 금방 갈 테니까.]

하여튼 이 고집을 누가 꺾을까.

"오지 마요. 내 말 들어요. 안 그러면 나 토요일 데이트도 안 할 거예요."

일요일에 아진이 산에 가면서 두 사람이 유일하게 데이트를 할 수 있는 날이 바로 토요일이었다.

[무슨 그런 무서운 협박을!]

"알면 오지 마요. 나 좀 자면 괜찮을 거예요."

말은 그렇게 하고 있었지만, 사실 전화할 힘도 없었다. 이미 반쯤 눈을 감고 주호를 향해 말한 아진은 그의 대답을 끝까지 듣지 못한 채, 열에 취해 잠에 빠져들고 있었다.

잠시 후, 손등에서 느껴지는 따끔한 느낌에 아진은 천천히 눈을 떴다. 그러자 걱정스러운 눈으로 저를 내려다보고 있는 창선의 모습이 보였다.

"할아버님?"

놀란 아진이 서둘러 몸을 일으키려고 하는데, 창선의 손에 의해 저지당했다.

"누워 있어. 링거 놓았으니, 좀 나을 거야."

창선의 말에 손등을 보자 링거 바늘이 꽂혀 있는 게 보였다.

"사, 산엔 안 가셨어요?"

저 때문에 한 번도 안 빼먹고 가던 산에 못 갔을까 봐 아진은 걱정이 되었다.

"산보다 내 손주 며느리가 더 중요하니까."

창선의 말을 바로 이해하지 못한 아진이 느릿하게 눈을 깜박였다.

"할아버님?"

"그 사람도 이해할 거야. 아마 살아 있었으면 너 보고 무척 좋아했을 게다. 딱 그 사람이 원하던 며느리상이거든, 네가."

창선이 다정한 손길로 아진의 팔을 토닥였다.

"그동안 괴롭혀서 미안했다, 아가."

창선의 사과에 아진의 눈에선 어느새 눈물이 흘러내리고 있었다. 괴롭다고 생각한 적 한 번도 없었다. 오히려 창선과 함께 산을 오르는 그 시간이 무척이나 즐거웠다.

"저 허락해 주셔서 감사합니다."

아진은 몸을 일으켜 창선에게 고개를 숙이며 말했다.

"내가 더 고맙지. 괴팍한 노인네 상대한다고 고생 많았어. 앞으로 우리 주호 잘 부탁하네."

커다랗고 높은 산 하나를 넘은 기분이었다. 드디어 창선에게 인정받았다는 사실에 아진은 몸이 아프다는 사실조차 잊고 있었다.

✲

창선이 놓아주고 간 링거를 맞고 몸이 훨씬 괜찮아진 아진은 주호로부터 걸려 온 전화를 한결 편안한 표정으로 받았다.

[우리 할아버지가 아진 씨한테 푹 빠졌어요.]

"다행이에요."

[나한테 잘하라고 어찌나 잔소리를 하는지. 누가 보면 내가 아니라, 아진 씨가 할아버지 손녀인 줄 알겠어.]

"저도 할아버님 정말 좋아요."

오전에 집에 다녀가셨던 창선을 아진은 행복한 얼굴로 떠올렸다.

[나보다?]

유치하게 할아버지한테까지 질투를 하는 주호의 말에 아진은 웃음을 터트렸다.

"네, 라고 하면 화낼 거죠?"

[잘 아네. 내가 제일 좋아야 해요. 알았죠? 그다음에 누굴 좋아하든 관심 없어, 난. 내가 1번이면 돼.]

이 남자의 독점욕을 누가 말리겠는가.

"팀장님이 1번이에요."

[아, 기분 좋다. 참, 할아버지가 아진 씨랑 영화 보라고 용돈도 주셨어요. 돌아오는 토요일에 영화 볼까요? 요즘 일도 바쁘고, 할아버지 때문에 정신없어 제대로 된 데이트도 못 했는데.]

"좋아요."

[오케이. 몸도 안 좋을 텐데, 얼른 자요.]

"네. 이젠 괜찮으니까 걱정 안 하셔도 돼요."

[다행이네요. 그럼 꿈에서 봅시다.]

달콤한 인사를 끝으로 전화는 끊어졌다. 아진은 핸드폰을 품에 꼭 끌어안은 채 나른한 미소를 지었다.

"꿈에서 꼭 만나요."

라고, 중얼거리며.

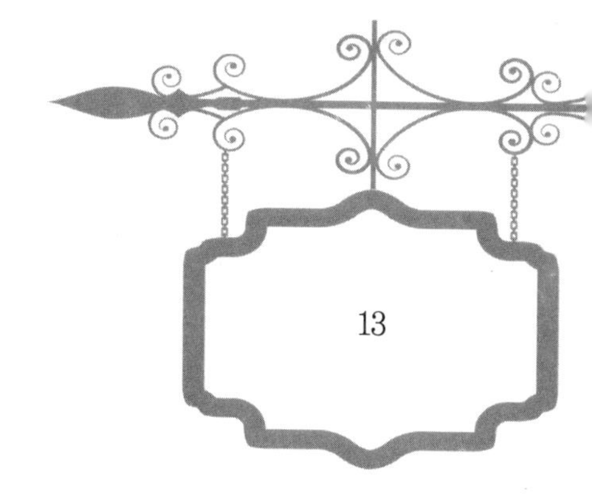

모처럼 여유로운 주말 데이트를 하기 위해 아진과 주호 두 사람은 영화관을 찾았다.

"마실 것 좀 사 올게요. 영화 뭐 볼지 고르고 있어요."

"네."

아진은 고개를 끄덕이며 상영작들을 천천히 살펴봤다. 차분한 성격의 아진답지 않게 스펙터클한 영화를 좋아했다. 액션, 블록버스터, SF, 거기에 공포물까지 별생각 없이 볼 수 없는 영화는 무엇이든 좋았다.

화려한 액션 영화와 판타지 영화 중 무엇을 볼까 고민하고 있는데, 누군가 제 어깨를 붙잡는 게 느껴졌다. 주호인가, 하는 생각에 웃으며 뒤를 돌아보던 아진은 제 앞에 서 있는 하영의 모습에 화들짝 놀랐다.

"하영 씨?"

"영화 보러 왔어요? 데이트?"

하영의 물음에 아진은 재빨리 고개를 내저었다.

"아, 아니요."

자신도 모르게 거짓말을 한 아진은 어색한 얼굴로 하영을 올려다보았다.

"김 대리님도 혼자 오셨구나. 오늘 여기서 우리 팀 사람들 많이 만나네요."

혹시 주호를 본 걸까?

"하 대리님도 만났거든요. 혼자 영화 보러 왔다기에 같이 보자 했는데, 김 대리님도 같이 봐요. 이거 볼 거죠?"

방금 전까지 아진이 유심하게 보고 있던 액션 포스터를 가리키는 하영이었다.

"그, 그게……."

확실하게 대답을 못 하고 있는데 팝콘과 음료수를 들고 제게 다가오는 주호의 모습이 보였다. 아진이 재빨리 눈으로 신호를 보냈건만 주호는 잘 못 알아듣는 눈치였다.

"왜요? 무슨 일 있어요?"

끝내 제 앞으로 다가와 묻던 주호는 아영과 마주 보고 서 있는 하영을 발견하고 당황한 표정을 지었다.

"어머, 팀장님!"

하영의 목소리 톤이 한 톤 더 높아졌다. 주호의 얼굴은 아진

못지않게 하얗게 질려 갔고.

“하, 하영 씨가 왜 여기에?”

“저도 영화 보러 왔죠. 혹시 두 분이서 같이 온 거?”

주호의 손에 들린 팝콘과 음료수를 본 하영의 눈이 동그랗게 떠졌다.

“아니에요. 사실 팀장님이랑 저도 우연히 만나서. 이렇게 된 거 같이 보면 어떻겠냐고, 팀장님이 그러셔서.”

아진이 주호에게 눈짓으로 사인을 보냈다. 그러자 주호도 고개를 자연스럽게 끄덕이며 씩 웃었다.

“그렇게 된 겁니다. 하하, 이 영화관 우리 회사에 상 줘야겠어요. 여기서 다 만나다니. 참 신기하네요.”

다시 여유를 되찾은 주호를 보며 하영도 의심을 거두는 눈치였다.

“그러게 말이에요. 아, 하 대리님도 저기 오네요.”

커피를 들고 걸어오는 민우를 향해 하영이 손을 흔들었다.

“하 대리도 있었던 겁니까?”

사고였지만, 민우와 아진이 우연히 입을 맞춘 이후엔 대놓고 그에게 악감정을 표하는 주호였다. 그러기에 민우의 등장이 주호에겐 전혀 반갑지 않은 일이었다.

“그러니까요. 신기하죠. 한 사람 마주치기도 힘든데, 이렇게 우연히 네 사람이 마주치다니.”

속사정을 모르는 하영만 신이 났다.

"이렇게 된 거 다 함께 영화 봐요. 어우, 신나!"

제일 신이 나 보이는 하영의 지휘 아래, 네 사람은 나란히 영화관 안으로 들어섰다. 홀로 로맨스 영화를 택한 주호를 빼고, 나머지 세 사람의 의견을 따라 액션 영화를 보기로 결정 났다.

통로 쪽이 좋다는 하영 순으로 아진, 주호, 민우가 한 줄에 쭉 앉았다. 그나마 아진과 바로 옆에 붙어 앉게 된 것만으로도 위안이 되었는지, 굳어 있던 주호의 표정이 조금이나마 풀렸다.

"커피 좋아하죠?"

물론 그 평화가 그리 길게 가진 못했지만.

주호가 막 아진에게 음료를 건네려는 순간, 민우가 제 손에 들고 있던 커피를 아진에게 내밀었다.

"무슨 소리! 영화 볼 땐 탄산이지."

주호가 콧잔등을 찌푸리며 민우를 향해 말했다.

"저도 팀장님 의견에 동의. 김 대리님 커피 드실 거면, 탄산은 제가 마실게요."

주호의 손에 들린 탄산을 향해 하영이 손을 내밀었다. 안 줄 수도 없는 상황이었기에 주호는 어두워진 얼굴로 하영을 향해 탄산을 건네주었다.

"그런데 하 대리님 마시려고 사 온 거 아니에요?"

한 잔뿐인 제 손에 들린 커피를 내려다보며 아진이 민우를 향해 물었다.

"괜찮아요. 팀장님 거 같이 마시면 되니까. 같이 마셔도 되죠?"

민우의 물음에 주호는 인상을 팍 쓰며 하나 남은 음료를 민우를 향해 내밀었다.

"혼자 다 마셔요. 난 생각 없으니까."

그러면서 주호는 팝콘을 입 안 한가득 집어넣으며 민우를 노려보았다. 그러다 이내 사레가 들려 켁켁거리긴 했지만.

한 입 빨던 음료수를 민우가 내밀자 주호는 재빨리 고개를 내저었다.

"입 댄 걸 누구 주는 겁니까?"

"뭐, 어떻습니까? 같은 남자끼리."

"그래서 더 싫거든요."

조용한 민우답지 않게 주호와 있으니 말이 많아지는 것 같았다. 투덕거리는 두 사람이 은근히 귀여워서 아진은 미소를 지으며 둘을 바라보았다. 잠시 후, 영화가 시작되고 나서야 조용해지는 두 사람이었다.

액션 영화는 생각보다 잔인했지만, 꽤 화려한 볼거리가 있어 재미 면으론 괜찮았다. 하지만 영화보다도 주호의 표정 변화가 더욱 재미있었다. 피가 튀길 때마다 표정이 어찌나 일그러지는지. 그러면서도 스크린에서 눈을 못 떼는 그 모습이 귀엽기도 했고, 사랑스럽기도 했다.

따뜻한 시선으로 주호를 조용히 지켜보던 아진은 그를 지켜보는 또 다른 시선을 느끼며 시선을 돌렸다. 그러자 제 눈빛만큼이나 따사로운 눈빛으로 주호를 보고 있는 민우가 보였다.

혹시? 머릿속에 스치는 생각을 무시하며 아진은 작게 고개를 저었다. 그때 허공에서 민우와 시선이 부딪쳤다.

순간 놀란 눈으로 아진을 보던 민우가 이내 입가에 의미를 알 수 없는 묘한 미소를 지었다. 마치 제가 생각하는 것이 맞다는 듯 인정을 하는 그 미소에 아진의 심장은 빠르게 뛰었다.

영화가 끝나고, 이대로 헤어지기 아쉽지 않냐며 하영이 술 한 잔을 제안했다. 졸지에 네 사람은 영화관 근처에 호프집으로 자리를 옮겼다.

"너무 조용히 술만 마시니까 마치 회식 자리 같네요."

말이 없는 세 사람을 둘러보며 하영이 턱에 손을 괸 채 한마디 했다.

"그러게요."

동조조차 안 해 주는 두 남자를 대신해 아진이 하영을 향해 말했다.

"우리 그냥 마시기 심심한데 게임하면서 마실까요? 진 사람이 술 마시기, 어때요?"

하영이 눈을 반짝이며 게임을 제시했다. 다들 조용히 술만 마시기 그랬는지, 하영의 뜻에 동의한다는 듯 고개를 끄덕였다. 그래서 손가락 접기 게임을 시작했다.

"남자 접어!"

민우와 주호의 손가락이 네 개씩 접혀 있는 걸 보고 하영이 재빨리 그들을 공격했다.

“와, 하영 씨 게임 잘하네요.”

자연스럽게 분위기를 리드하며 게임을 진행하는 하영을 보며 아진이 박수를 쳤다. 여자인 아진은 하영의 도움을 받아, 거의 술을 안 마시며 이 게임에 참여할 수가 있었다. 벌써 연거푸 몇 잔째 남자들만 술을 마셨다.

“제가 좀 하죠. 자자, 얼른들 마시고. 다시 할까요?”

하영의 재촉에 두 남자는 빠르게 술잔을 비웠다. 혼자 사는 사람 접어, 라는 아진의 공격에 그녀를 제외한 모든 사람들이 손가락을 접어야만 했다. 물론 식구랑 같이 사는 사람 접어, 라는 민우의 공격에 이내 아진도 손가락을 접어야만 했지만.

이번 판은 꽤 팽팽히 진행이 되어, 하영을 제외한 나머지 사람들의 손가락은 모두 네 개씩 접혔다.

“자, 비장의 질문 나갑니다.”

제 차례가 된 하영이 사람들을 천천히 둘러보았다.

“이 자리에 좋아하는 사람이 있다, 접어.”

이 말을 하며 하영이 먼저 당당하게 손가락을 접었다.

“난, 뭐 잘생긴 사람은 다 좋아하니까. 두 분 다 좋아요.”

하영의 농담에도 아진과 주호는 막상 손가락을 쉽게 접지 못하고 있었다. 그랬다간 둘 사이가 걸릴 것 같아서. 그런데 오히려 민우가 당당하게 손가락을 접었다. 그걸 본 주호의 표정은 눈에 뜨이게 일그러졌다.

"여기에 좋아하는 사람 있어요?"

그게 아진일 거라 확신을 하는지 주호의 표정은 딱딱하게 변했다.

"네, 있습니다."

"역시 그럴 줄 알았어."

주호는 속이 타는지 앞에 놓인 맥주를 단숨에 삼켰다.

"어? 팀장님은 안 걸렸잖아요."

"아, 게임 그만해요. 그냥 마시죠. 술 마시고 싶은데 게임해서 걸려야만 마실 수 있으니 답답해서 그래요."

이미 주량을 훌쩍 넘겨 보이는데 민우의 폭탄선언에 신경질이 났는지, 연신 술을 마시는 그였다.

"팀장님. 적당히 드세요."

"괜찮아요. 나 안 취했어요."

취한 사람이 취했다고 하는 거 봤는가. 이미 얼굴을 벌겋게 달아올라서는 안 취했다 우기는 주호를 보며 아진은 나지막하게 한숨을 내쉬었다.

그런데 또 묘하게 취한 모습이 귀여웠다. 하얀 얼굴은 뺨만 붉어지고, 입술은 틴트라도 칠한 것마냥 더욱 붉어져 있었다. 이리저리 바삐 움직이는 손짓도 살짝 풀린 눈도 예쁘장한 그의 얼굴과 은근히 잘 어울렸다.

"팀장님 술 취하니까 진짜 귀엽지 않아요?"

제게만 들리게 속삭이는 하영의 말에 아진은 미소 지으며 고개를 끄덕였다. 보는 눈은 다 같구나, 생각하면서.

하지만 역시 민우의 눈빛은 하영의 눈빛과는 또 달랐다. 하영은 그저 주호를 귀엽게만 보고 있는 것 같은데, 민우의 눈엔 좀 더 복잡한 감정이 느껴졌다.

이 자리에 좋아하는 사람이 있다고 한 것도 왠지 주호인 것 같은 느낌이 들었다. 여자 라이벌들도 넘쳐 나도록 많아 신경이 쓰이는데, 이제 남자까지. 매력적인 남자를 애인으로 두니 여러 가지 골치 아픈 상황들이 많이 발생하는 것 같았다.

"잠시 편의점 좀 다녀올게요."

술 취한 주호를 위해 숙취해소 음료라도 사 와야 할 것 같았다. 자리에서 일어나 밖으로 나온 아진은 상쾌한 공기를 마시며 기지개를 폈다. 바로 근처에 위치한 편의점으로 빠르게 걸음을 옮긴 아진은 숙취해소 음료와 아이스크림 몇 개를 사서 편의점 밖으로 나왔다.

총총걸음으로 호프집 앞으로 뛰어가던 아진은 그 앞에 서 있는 민우를 발견하고 그에게 다가갔다.

"왜 나와 있어요?"

"담배 좀 피우려고요."

"아."

아직 불을 붙이지 않은 담배를 보이며 하는 민우의 말에 아진은 천천히 고개를 끄덕였다.

"그런데 왜 아무것도 안 물어봐요?"

민우의 물음에 아진은 느릿하게 눈을 깜박였다.

"네?"

"눈치챘잖아요, 내 감정."

무얼 말하는지 알 것 같았다. 머쓱한 얼굴로 이마를 긁적이던 아진은 고요한 눈으로 민우를 바라보았다.

"팀장님……."

잠시 말을 멈춘 아진이 나지막하게 숨을 내쉬었다.

"좋아해요?"

"네. 좋아합니다."

짐작만 하고 있던 확인 사살 받던 그 순간, 갑자기 두 사람 사이로 주호가 끼어들었다. 그러더니 거칠게 민우의 멱살을 쥐어 잡는 그였다.

"내 여자한테 무슨 수작이야!"

술에 취해 발음은 반쯤 꼬여서 우렁차게 내 여자라 외치는 주호를 아진은 놀란 눈으로 바라볼 수밖에 없었다. 그도 그럴 것이 주호와 함께 호프집 밖으로 나온 듯한 하영이 그 뒤에 서 있었던 것이다.

"팀장님. 오해예요."

아진이 얼른 주호를 말려 보았지만 이미 늦었다. 오히려 주호는 저를 품에 끌어당겨 꼭 끌어안았다.

"이 여자 내 여자야! 내가 사랑하는 여자라고. 알아?"

당당하게 사랑을 외치는 주호 덕에 아진의 얼굴은 붉어졌다.

서둘러 손을 뻗어 아진은 주호의 입을 틀어막았다.

"팀장님이 많이 취한 것 같으니까 먼저 갈게요."

아진은 술 취한 주호를 호프집 안으로 끌고 들어가, 재빨리 가방을 챙겨 나왔다. 조용한 비밀 연애도 다 끝이 나고 말았다. 하영이 목격했으니, 내일 분명 소문이 파다하게 날 것이다.

"김아진, 내 여자야. 내 여자라고!"

제 손에 입을 틀어 막혀서도 연신 저 말을 중얼거리는 주호를 보며 아진은 조용히 고개를 내저었다. 월요일에 출근해서 놀라지나 마요, 팀장님.

⁂

술 취한 주호를 혼자 두고 갈 수가 없어, 아진은 그의 집에서 잠을 청했다.

아침에 일찍 일어나 술 취한 그의 해장을 위해 냉장고에 있는 콩나물을 찾아내 시원한 콩나물국을 끓였다. 막 밥솥에 안친 밥이 다 되었을 때쯤 속이 쓰린지 가슴을 만지며 주방으로 내려오는 주호의 모습이 보였다.

"어? 여기서 잤어요?"

주방에 있는 아진을 발견한 주호가 눈을 동그랗게 뜨며 물었다.

"네. 술 취한 사람 두고 갈 수가 없어서요."

"미안해요. 나 어제 많이 마셨죠? 그래도 내가 주사는 없는데. 별일 없었죠?"

슬그머니 제 눈치를 살피는 주호를 보며 아진은 어색한 미소를 지었다.

"별일…… 있었죠."

"네?"

"일단 앉아요. 해장부터 하고 얘기해요."

밥과 국을 푼 아진이 주호의 앞에 놓아주었다. 속이 많이 쓰렸는지 콩나물국을 보고 얼굴이 환해진 주호가 서둘러 의자에 앉아 식사를 하기 시작했다.

"와, 국이 예술이네. 속이 다 풀리는 기분이에요."

지금 국에 감탄할 때가 아니라는 걸 이 남자는 전혀 모르는 눈치였다. 아진이 후식으로 내온 커피를 마시며 주호는 그제야 궁금하다는 눈빛으로 그녀를 바라보았다.

"무슨 일 있었는데요? 내가 혹시 하 대리 한 대 쳤어요? 어제 딱 그런 기분이었거든."

"하 대리 저 안 좋아해요."

"무슨 소리. 남자는 남자가 보면 알아요. 아, 조금만 덜 매력적으로 태어나지 그랬어요? 어디 불안해서 살겠나, 내가."

민우의 감정을 제가 말해서는 안 되었다. 그건 그의 대한 예의가 아니었으니까.

"어쨌든 하 대리님 신경 쓸 필요 없어요. 어차피 우리 사귀는 거 내일 회사 가면 다 퍼져 있을 거예요."

"왜요?"

"공개하셨거든요."

"누가?"

본인이 한 짓이 전혀 기억에 없는지 주호는 검은 눈을 느릿하게 깜박이며 물었다. 아진은 낮게 한숨을 내쉬며 조용히 손가락을 들어 주호를 가리켰다.

"내가? 내가 공개했다고요? 언제? 아니, 물론 나는 공개하고 싶지만. 그래도 아진 씨가 싫어하니까."

"어쩔 수 없죠, 이미 공개된 거."

"진짜 공개됐어요?"

"네. 하영 씨가 알았거든요. 하 대리님도 알고."

어차피 프로젝트가 끝나면 공개할 생각을 하고 있었다. 그걸 주호가 강력하게 원하기도 했으니까.

"미안해요. 아, 프로젝트 끝날 때까진 참으려고 했는데."

"괜찮아요. 계속 숨기기도 그랬어요. 조금 불편해지겠지만 감수해야죠."

"그래요. 걱정 말아요. 내가 알아서 다 할게. 당신 불편하지 않도록."

"뭘요?"

"있어요. 그런 게. 나만 믿어."

씩 웃으며 한쪽 눈을 찡긋하는 주호를 보며 아진도 끝내 미소

지을 수밖에 없었다. 회사 사람들의 갖은 관심에 시달려야 하겠지만, 주호와 함께라면 견딜 수 있을 것 같았다.

※

평상시보다 조금 늦게 회사에 출근한 아진은 조심스레 사람들의 눈치를 살폈다. 주호 역시 다른 날보다 늦는지 아직 자리에 없었다.

"좋은 아침. 오늘은 좀 늦게 왔네?"

인사를 건네는 지은을 향해 아진은 어색한 미소를 지으며 고개를 숙였다. 그런데 사람들 반응이 생각보다 덤덤했다. 아니, 아예 주호와 아진의 사이에 대해서 모르는 눈치였다. 혹시 하영이 안 왔나, 하고 책상을 쳐다보았지만, 그녀의 가방과 코트가 자리에 놓여 있었다.

어떻게 된 일이지, 하고 고개를 갸웃거리고 있는데 지잉, 하고 핸드폰에 문자가 오는 소리가 들렸다. 핸드폰을 들어 확인을 하자 하영으로부터 메시지가 도착해 있었다.

〈휴게실에서 잠시 만나요.〉

하영의 메시지에 아진은 가방과 코트를 내려놓고 서둘러 사무실을 빠져나갔다.

"여기요."

휴게실 안쪽에 자리 잡고 있던 하영이 손을 들어 아진을 반겼다.

“아, 하영 씨.”

“보는 눈 많으니까 옥상으로 자리 옮길까요?”

하영의 물음에 아진은 천천히 고개를 끄덕였다. 같이 엘리베이터를 타고 옥상에 오른 두 사람은 사람들과 떨어진 구석에 가서 자리를 잡았다.

“비밀로 하고 계셨던 것 맞죠?”

하영이 생글거리는 얼굴로 아진을 향해 물었다.

“네? 아, 네.”

“저도 소문 안 낼게요. 두 사람이 비밀로 하던 건데 소문나 봤자 좋을 것 없잖아요.”

평상시 말이 많은 하영이라 금방 소문이 퍼질 거라 생각했는데, 꽤 진중한 그녀의 성격에 놀랐다. 이래서 사람은 이미지만 보고 판단하면 안 되는 건가 보다.

“고마워요.”

“고맙긴요. 어쨌든 부러워요. 팀장님같이 멋진 분이랑 연애도 하고.”

“하영 씬 연애 안 해요?”

“안 하는 게 아니라 못 하는 거죠. 제가 눈이 좀 높거든요. 비밀로 해 주는 대신 나중에 팀장님처럼 멋진 사람 저 소개시켜 줘야 해요. 알겠죠?”

아진은 미소 지으며 고개를 끄덕였다.

"그럴게요. 하영 씨 덕분에 한시름 놓았어요."

"하 대리님도 비밀 지킬 거예요. 소문내고 다니는 사람 아니잖아요."

"네. 고마워요, 두 사람 다."

"뭘요. 이런 거 소문내는 사람들이 이상한 거죠. 그만 내려갈까요?"

아진은 고개를 끄덕이며 먼저 걸음을 옮기는 하영을 뒤쫓았다. 근데 그때 마침 옥상으로 올라온 민우와 마주쳤다.

"잠시 저랑도 얘기 좀 하죠."

대충 저와 비슷한 얘기를 할 거라 생각했는지 하영이 민우를 따라가 보라며 손짓했다. 방금 전 하영과 함께 얘기를 나누던 자리로 간 아진은 조용히 그를 바라보았다.

"알고 있었습니다. 두 사람 만나는 거."

"미안해요."

"뭐가요? 제가 이 팀장님 좋아해서요?"

민우의 물음에 아진은 이마를 긁적이며 고개를 끄덕였다.

"어차피 짝사랑이었습니다. 김 대리 아니어도, 가망성 없는 사이였어요. 이 팀장님 전혀 이쪽 성향 아니니까."

민우의 잘생긴 옆모습이 어쩐지 쓸쓸하게 느껴졌다.

"그런데 안 징그러워요?"

저를 고요한 눈빛으로 내려다보며 민우가 물었다.

"뭐가요?"

"보통 나 같은 사람 보면 징그러워하던데."

"사람 좋아하는 게 징그러울 일인가요. 남들과 다를 뿐이지, 틀린 건 아니잖아요. 그래서 편견 같은 거 없어요."

아진을 보며 민우가 조용히 미소 지었다.

"왜 이 팀장님이 김 대리 좋아하는지 알 것 같네요. 사실은 그게 궁금해서 늘 지켜봤어요. 어떤 점이 그 사람 마음에 든 건지 궁금해서. 그러다 보니 지금은 이 팀장님보다 김 대리에 대해 더 많이 알게 되어 버렸네요."

자신이 커피를 좋아하는 걸 아는 것도, 넘어질 뻔했을 때 부축해 준 것도 모두 우연은 아니었나 보다. 물론 그런 민우의 행동에 주호는 그가 자신을 좋아한다 오해하고 있었지만.

"조만간 정리할 거예요, 이 감정."

민우의 말에 아진은 조용히 고개를 끄덕였다.

"그래도 내가 좋아했던 사람이니까, 이 팀장님 행복하게 해 주세요."

"노력할게요."

"뭐, 김 대리 옆에만 있어도 행복해 보이긴 하지만. 내려갈까요? 분명 오자마자 김 대리 찾을 텐데."

"네."

아진과 민우는 천천히 함께 옥상을 빠져나왔다.

"화장실 좀 들렀다 갈게요. 먼저 들어가요. 또 우리 함께 있는 모습 보면 이 팀장님 화가 날 테니까."

7층에 도착한 엘리베이터에서 내리며 민우가 아진을 향해 말했다.

"네."

그런 민우의 배려가 고마워 아진은 생긋 웃으며 고개를 끄덕였다. 여러 가지로 마음이 복잡했었는데, 다행히 다 잘 마무리가 된 것 같았다.

아진은 가벼워진 발걸음으로 사무실 문을 열고 들어갔다. 그러자 손에 커피를 한 잔씩 들고, 주호 곁에 서 있는 직원들의 모습이 보였다. 웃음을 참는 듯한 눈빛으로 아진을 보는 사람들이.

"다시 한 번 당부드리지만 잘 부탁드립니다. 김 대리 너무 놀리지 말아요."

주호의 말에 사람들은 모두 웃음을 터트렸다. 이게 무슨 말일까?

"비밀 지켜 주려고 했는데 소용이 없게 되어 버렸네요."

하영이 손에 든 커피를 가볍게 흔들며 아진을 향해 말했다.

"네?"

"둘이 사귄다며? 축하해. 이야, 이 팀장님 사귀는 여자가 누군지 궁금했는데. 그게 김 대리일 줄이야."

지은이 아진의 곁으로 다가와 가볍게 그녀의 어깨를 두드렸다.

"걱정 말라고. 회사엔 비밀로 해 줄게."

과묵한 기술팀 최 과장도 아진을 향해 한마디를 던졌다.

"내가 다 설명했어요, 우리 사이."

칭찬받길 원하는 강아지마냥 입가에 생글거리는 미소를 지으며 주호가 아진을 향해 다가왔다.

"내가 왔을 땐 이미 늦었어요. 팀장님이 모두 공개하고 난 후더라고요."

하영이 아진이 이해하기 쉽게 한마디 덧붙였다. 대충 추리를 해 보니 하영과 제가 옥상에서 이야기를 나누는 사이 주호가 직원들에게 둘 사이를 공개해 버린 모양이다. 그것도 커피까지 손에 하나씩 들려 주며.

"아, 부럽다. 아니지. 사실 사내연애가 마냥 좋지만은 않거든."

지은의 말에 주호가 휘휘 손을 내저었다.

"우린 마냥 좋을 겁니다."

"글쎄요. 저 좀 보시죠, 팀장님."

아진이 주호의 곁으로 다가가 재빨리 그의 팔을 붙잡아 끌었다.

"아, 공개하니까 좋네요. 이렇게 대놓고 붙어 다닐 수 있고."

아진에게 끌려 사무실을 벗어나면서 끝까지 주호는 입을 다물 생각을 하지 않았다.

"뭐예요?"

사무실 밖 한적한 곳으로 주호를 데려간 아진이 그를 향해 물었다.

"왜요? 우리 사이 이미 공개된 거 아니었어요? 아진 씨가 하도 걱정해서 내가 뇌물 좀 먹였는데. 잘 좀 봐 달라고."

아마도 그 뇌물이 커피인 듯했다.

"잘했죠?"

이 남자를 누가 말리겠는가. 아진은 하도 어이가 없어, 허탈한 미소를 지었다.

"걱정 안 해도 돼요. 다들 우리 결혼할 때까지 비밀 지켜 준다고 했으니까. 그런데 공개하니까 편하네. 이참에 아예 다 공개할까요? 회사에서도 맘 편하게 데이트 좀 하게."

"그러기만 해 봐요."

"왜? 좋은 생각 같은데."

"일만 하죠. 회사에선."

"와, 너무해."

투덜거리는 주호를 보며 아진은 끝내 웃음을 터트렸다. 이 남자와 함께 있으면 조용할 틈이 없었다. 하지만 어느새 이런 소란스러움이 좋아져 버렸다. 주호를 닮은 이 소란스러움이.

14

K TV 프로젝트를 성공리에 마치고, 팀은 멋지게 해산했다. 그와 동시에 주호는 회사에 아진과의 연애를 공개했다.

배 아파하는 여직원도, 남직원도 많았지만 그래도 잘 어울리는 두 사람을 축복하는 분위기가 더 강했다. 또 하나 달라진 게 있다면 서로를 부르는 호칭의 변화였다.

주호는 늘 그녀 이름 뒤에 붙이던 '씨' 자를 빼고 이제 자연스레 이름을 부르기 시작했다. 물론 회사에선 김 대리란 호칭을 쓰긴 했지만. 아진은 좀 오래 걸리긴 했지만, 긴 시간 노력 끝에 주호를 오빠, 라고 부르는 데 성공했다.

처음 아진이 주호를 오빠라고 불러 주던 날, 그가 얼마나 신이나 하던지 회사 사람들은 그의 허파에 바람이 든 게 아니냐며, 심각하게 토론을 벌이기도 했다.

"그래서 이번 네 생일에 너희 오빤 뭘 해 준데?"

주호와 연애를 공개했지만, 아진은 점심은 늘 미영과 함께 먹었다. 그게 오랜 습관이 되어 훨씬 편했기에. 대신 주호와는 식사를 마치고 나서, 옥상에서 만나 오붓하게 데이트를 즐겼다.

"몰라. 그러고 보니 나 생일인 것도 말 안 했다."

미영의 물음에 아진이 입가에 미소를 지으며 답했다.

"당연히 알겠지. 넌 생일 날 제대로 이벤트해 줬잖아."

"쉿. 그 얘긴 그만하자."

처음 맞이하는 생일엔 특별한 이벤트를 해 줘야 한다는 미영과 지은, 하영의 닦달에 어쩔 수 없이 준비한 이벤트였다. 제 몸이 들어갈 정도로 커다란 박스 안에 케이크를 들고 숨어 있다가, 짠 나타나는 이벤트를 그의 집 앞에서 벌였었다. 물론 주호는 무척이나 감동받았지만, 사실 아진에겐 잊고 싶은 기억이었다.

더운 여름 날, 그 박스 안에서 얼마나 괴로웠던지. 그래서 주호에게 무리한 이벤트를 시키고 싶지 않았다.

"됐어. 이벤트라는 거 받기에도 부담스럽고, 하기엔 더 부담스러운 거야. 난 그런 거 필요 없어."

그냥 오붓하게 데이트하며, 영화 한 편 보고, 맛있는 밥 한 끼 먹는 걸로 만족했다. 더군다나 생일이 토요일이니 데이트하기엔 더욱 좋았다.

"원래 오가는 이벤트에 사이가 더 돈독해지는 거다?"

"너도 이벤트 적당히 해. 그러다 골병 난다."

얼마 전, 정욱이 좋아하는 걸 그룹 댄스를 배우다가 삐끗한 미영의 다리를 내려다보며 아진이 한마디 했다.

"난 정욱이가 기뻐한다면 더 한 것도 할 수 있다, 뭐."

저희 못지않은 팔불출 커플이었다. 이럴 때 보면 둘의 나이 차가 별로 느껴지지가 않았다. 물론 속사정은 다르겠지만. 가끔 정욱의 친구들과 어울릴 때면, 미영이 얼마나 힘들어하는지 잘 알기에 아진은 고맙고, 또 미안했다.

"난 그냥 소소하게 축하하는 게 좋아."

주호가 이벤트를 한다고 해도 뜯어 말릴 생각이었다. 하지만 전혀 예상하지 못한 일이 곧 벌어졌다.

"토요일에 선약이 있다고요?"

늘 그렇듯 식사를 하고, 옥상에서 주호를 만나 커피를 마시던 아진이 눈을 동그랗게 뜨며 물었다.

"응. 아주 중요한 약속."

이 남자, 제 생일을 아예 몰랐다. 그렇다고 중요한 약속이 있다는데, 제 생일이 더 우선이라고 어린아이처럼 떼를 부릴 수도 없었다.

"그런데 왜? 토요일 날 나랑 데이트하려고 했어?"

씩 웃으며 묻는 주호를 향해 아진은 어색한 얼굴로 고개를 끄덕였다.

"뭐, 네. 주말엔 항상 같이 보냈으니까."

"가끔 떨어져서도 보내자고. 그래야 서로가 더 소중해지지 않겠어?"

보조개가 움푹 들어가는 상큼한 미소가 얄미웠다. 이 남자는 절대 안 변할 줄 알았는데, 역시 세상에 변하지 않는 남자는 없는 걸까. 제게 무관심해진 듯한 주호의 태도에 아진은 괜스레 풀이 죽었다.

"세상에 그걸 그냥 뒀어?"

이지은 과장이 주축이 되어, 프로젝트가 끝난 이후에도 종종 지은과 하영, 그리고 아진이 두 사람에게 소개시켜 줘서 친해진 미영까지 넷이 종종 회사 근처 호프집에 술을 마시며 친목을 다졌다.

그들에겐 늘 스스럼없이 고민을 털어놓는 편이었기에 아진은 제 생일을 잊은 주호에 대한 서운함을 넌지시 드러냈다.

"와, 팀장님 그렇게 안 봤는데 너무하네요."

흥분해서 외치는 지은을 이어, 하영도 한마디를 거들었다.

"그러게. 사귀고 나서 처음으로 맞이하는 생일을."

미영 역시 주먹을 불끈 쥐며 고개를 끄덕였다. 저보다 더 서운해하는 사람들의 반응에 아진은 손을 휘휘 내저었다.

"괜찮아요. 제가 말 안 한 것도 있으니까. 그냥 우리끼리 이번 토요일에 만날까요?"

생일 날 혼자 집에서 보내기 싫어, 아진은 사람들을 보며 물었다. 그러자 지은이 제일 먼저 머쓱한 얼굴로 아진을 바라보았다.

"미안. 그날 간만에 남편이랑 오붓하게 뮤지컬 보러 가기로 해서. 우리 딸 친정 엄마가 봐주시기로 했거든."

"김 대리님 저도 소개팅이 있어서. 여기서 유일하게 저만 솔로잖아요. 이번 기회에 솔로 탈출하고 올게요."

하영 역시 혀를 쏙 내밀며 아진을 향해 말했다. 마지막 희망인 미영 역시 그녀의 눈을 피하기 바빴다.

"뭐? 아니, 나는 너 당연히 이 팀장님이랑 보낼 줄 알았지. 그래서 정욱이랑 나는 빠져 주는 게 예의인 거 같아. 일부러 여행가 주려고 한 거다, 뭐. 이미 펜션 예약도 끝났고."

끝내 생일은 혼자 보내야 하나 보다. 미안해하는 사람들을 보며 아진은 애써 밝게 웃는 얼굴로 고개를 저었다.

"괜찮아요. 다른 친구들 만나면 돼요."

"진짜 괜찮은 거지?"

넌지시 저를 떠보는 지은의 물음에 아진은 미소를 유지한 채 고개를 끄덕였다. 그녀의 미소에 그제야 사람들은 안심을 하는 눈치였다.

"생일 날 못 놀아 주는 대신 오늘 여긴 내가 쏜다."

화끈한 지은의 말에 하영과 미영은 박수를 쳤다.

"역시 멋져요."

"꺅, 언니 최고."

라는, 칭찬의 말을 던지면서.

✲

할 것 없는 생일 날 아침엔 왜 이리 일찍 눈이 떠지는 건지. 거실로 걸어 나와 소파에 우두커니 앉아 TV를 켠 채 아진은 멍하게 앉아 있었다. 혹시 저를 놀라게 해 주려고 주호가 모른 척을 한 게 아닐까, 기대를 해 보았지만 어젯밤에 통화할 때까지도 영 모르는 눈치였다.

"누나, 생일 축하해."

때마침 여행 가방을 어깨에 메고 나오던 정욱이 선물이 담긴 상자를 아진에게 내밀었다.

"그런데 매형은 정말 몰라? 아, 우리 매형이 그럴 사람이 아닌데."

이 와중에도 주호 편을 드느라 정신이 없는 정욱을 보며 아진은 생긋 웃었다. 주호를 잘 따르는 정욱이 내심 고마워서.

"선물 고맙다. 돈도 없을 텐데."

"좋은 건 아니야. 나중에 사시 붙으면 진짜 좋은 거 사줄게."

최근에 사시를 목표로 학구열을 불태우고 있는 정욱을 잘 알고 있었다. 최근엔 주말에도 미영을 거의 안 만나고 공부에 몰두하고 있었다. 아마도 이번 여행은 그렇게 노력했던 정욱에게 주는 미영의 선물일 것이다.

"그래. 얼른 가 봐. 늦겠다."

"응. 누나도 재미있게 보내."

아진은 집을 나서는 정욱을 향해 손을 흔들었다. 커피를 한 잔 마실까 해서 주방으로 가 보니, 정욱이 끓여 놓은 걸로 추정되는 미역국이 놓여 있었다.

"그래도 영 외로운 생일은 아니네."

이렇게 챙겨 주는 가족이 있다는 것만으로도 아진은 고마웠다. 물론 주호와 함께했다면 더욱 기뻤겠지만. 자신이 먼저 생일이라 밝힐 수도 있었지만, 중요한 약속이 있다는 주호에게 그러기가 미안했다. 분명 제 생일인 걸 알면 그 약속을 취소할 텐데.

아닌가? 주말에 너무 붙어 지냈다며 조금 떨어져 지내자는 주호의 말을 떠올리며 아진은 인상을 찌푸렸다.

"농담이겠지."

농담일 거라 결론을 내린 아진은 정욱이 끓여 놓은 미역국에 밥을 먹었다. 원래 생일 같은 거 별로 관심 없었는데, 이번 생일엔 왜 이리 허전한 마음이 드는지 알 수가 없었다.

정욱으로부터 받은 선물을 풀어 보자, 가을에 잘 어울리는 세련된 디자인의 머플러가 나왔다. 그 머플러를 보자, 충동적으로 바람을 쐬러 가고 싶어져 아진은 집을 나섰다.

예전에 자주 가던 대학로 주변을 서성이며 연극이나 한 편 볼까, 하고 고민하고 있는데 누군가 제 어깨를 붙잡는 게 느껴졌다. 깜짝 놀라 뒤를 돌아보자 저를 가만히 내려다보고 있는 민우의 모습이 보였다.

"어, 하 대리님?"

"여기서 혼자 뭐 해요? 오늘 생일 아닌가?"

민우까지 오늘이 제 생일인 걸 알 줄은 몰랐다. 그런데 어째서 제일 알아주었음 하는 주호만 생일인 걸 모르는지.

"어떻게 알았어요?"

"메신저에 뜨잖아요."

"아……."

그러고 보니 주호가 제 생일을 모른다는 건 말이 안 되었다. 그럼 알면서도 중요한 약속을 잡은 걸까?

"둘이 싸웠나? 잘 만나는 거 같더니."

아진이 민우의 비밀을 알게 되면서 둘은 편한 친구 사이가 되었다. 그 고백 이후, 얼마 지나지 않아 마음을 정리했다며, 새로운 사람을 만난다고 아진에게 말했던 그였다.

"그러는 하 대리님은 왜 혼자예요?"

"사실은 그 녀석 연극 보러 왔어요. 연극배우거든요. 만나는 녀석이."

"아, 정말요?"

"네. 할 일 없으면 같이 볼래요?"

민우의 물음에 아진은 웃으면서 고개를 끄덕였다. 어차피 시간도 보낼 겸 연극 한 편 볼 생각이었으니까.

"보려면 시간 남았으니까 커피나 한 잔 해요."

"네."

아진은 민우를 따라 소극장 1층에 있는 커피숍으로 들어섰다.

"커피는 제가 살게요."

연극 티켓은 민우가 샀기에, 아진이 얼른 카운터로 걸어가며 말했다. 차가운 외모와 다르게 달달한 커피를 좋아하는 민우의 취향을 알기에 제가 마실 아이스 아메리카노와 함께 달달한 카페모카를 주문했다.

"뭔가 굉장한 이벤트 준비 중이지 않을까요, 팀장님?"

아진으로부터 커피를 받아 들며 민우가 넌지시 말했다. 메신저를 보고 생일을 알았다고 말한 이후, 눈에 뜨이게 안 좋아진 아진의 표정이 신경 쓰였나 보다.

"괜찮아요. 기대도 안 하니까."

"기대해 봐요. 내가 아는 팀장님은 그럴 사람이니까."

자신이 알던 주호 또한 그랬다. 특별한 추억을 많이 만들자는 그의 다짐처럼, 늘 예상하지 못한 일들로 자신을 기쁘게 해 주곤 했는데.

"다 마셨으면 들어갈까요? 곧 연극 시작할 것 같은데."

민우의 말에 아진은 고개를 끄덕이며 자리에서 일어났다. 연극은 생각보다 훨씬 더 재미있었다. 가족 이야기를 다룬 연극이라 그런지 가슴이 뭉클해지기도 하고, 애써 참으려고 노력했지만 눈물도 찔끔 났다.

"좋은 연극 보여 줘서 고마워요."

"내 애인 연극 좋게 봐 줘서 나야 고맙지. 그럼 조심해서 들어

가요.”

“네.”

그래도 나쁘지 않은 하루였다. 재미있고, 감동적인 연극도 보고. 연극을 보고 나니, 엄마 생각이 나서 아진은 핸드폰을 꺼내 들었다. 연극에 방해되지 않게 무음모드로 해 놓았더니, 그사이에 꽤 많은 메시지들이 들어와 있었다.

〈생일 축하해. 재미있게 잘 보내고 있지? 선물은 월요일에 줄게.〉

지은으로부터 도착한 생일 축하 메시지에 이어, 하영의 메시지도 들어와 있었다.

〈생일 축하해요, 김 대리님. 오늘 한 소개팅은 꽝! 이럴 줄 알았으면 김 대리님이나 만날 걸 그랬어요. 행복한 생일 보내시고요. 월요일에 만나요.〉

소개팅이 실패로 돌아갔다는 하영의 메시지를 넘기자, 이번엔 펜션 앞에서 다정한 모습을 연출하고 있는 미영과 정욱의 사진이 보였다.

〈우리끼리 놀러 와서 미안. 생일 진심으로 축하하고! 다음엔 같이 오자. 여기 너무 좋다.〉

라고, 적힌 미영의 메시지와 함께. 따뜻한 시선으로 메시지를 읽어 내려가던 아진은 다음 메시지를 보는 순간 눈을 커다랗게 떴다. 대구에 있는 엄마와 아빠, 그리고 주호가 다정하게 서서 찍은 사진이 아진의 눈에 들어왔다.

이게 도대체 어떻게 된 일일까? 중요한 일이 있다던 사람이 왜 여기에 가 있는 걸까?

〈너 낳아 줘서 진심으로 고맙다고, 이 멋진 남자가 와서 인사하더라. 너랑 결혼하고 싶다던데 집에는 왜 아무 말 안 했니? 어쨌든 엄마는 적극 찬성. 아버지도 마음에 드신 눈치야. 성격도 서글서글하고, 얼굴도 잘생겼고. 고마워, 이렇게 멋진 사위 만들어 줘서. 네 생일 날 오히려 내가 호강하네.〉

엄마의 메시지를 읽는 순간 아진의 눈엔 눈물이 차올랐다. 주호가 대구에 계신 부모님을 찾아갔을 거란 예상은 아예 하지 못했기에, 그 감동은 더욱 컸다.

아진은 손을 들어 눈물을 닦으며, 서둘러 엄마에게 전화를 걸었다.

[응, 아진아.]

엄마의 밝은 목소리가 수화기를 타고 들려오자 가슴이 뭉클해졌다.

"그 사람은?"

[두 시간 전쯤 갔어. 너한테 간다면서. 사람 참 괜찮더라. 대뜸 들어와 절부터 하는데, 예의도 바르고. 내 선물도 얼마나 많이 사 왔는지 몰라. 너 낳아 줘서 진심으로 고맙고, 감사하대.]

"응. 고마워요, 엄마. 나 낳아 줘서."

그래서 그 사람 만날 수 있게 해 줘서.

[그래. 나도 고맙다, 딸. 예쁘게 커 줘서.]

"조만간 그 사람이랑 한 번 더 내려갈게요."

[응. 연락해 봐. 지금쯤 서울 도착했을 걸. 너 얼른 보고 싶다고, 비행기 타고 간다던데.]

"그래요? 알겠어요, 엄마. 끊어요."

[그래, 딸. 행복한 생일 보내. 딸 덕분에 엄만 오늘 행복한 날이었어.]

"네, 엄마."

아진은 따뜻한 미소를 지으며 전화를 끊었다. 제게 이렇게 큰 행복을 준 주호를 어서 보고 싶었다. 아진은 곧장 주호의 번호를 눌렀다. 신호음이 울리는 짧은 시간조차 왜 이리 길게 느껴지는지 모르겠다.

[장모님이 벌써 연락했나 보네?]

웃음기 묻어 나오는 주호의 목소리가 수화기를 통해 들려왔다.

"어디예요?"

[지금 집. 씻고 지금 너희 집 가려고 했어.]

"기다려요."

[응?]

"내가 갈게요."

전화를 끊은 아진은 서둘러 지나가는 택시를 향해 손을 내밀었다. 때마침 서는 택시에 올라, 목적지를 말한 아진은 설레는 표정으로 차창 밖을 바라봤다. 심장이 주호로 인해 세차게 두근거리고 있었다.

✻

막 샤워를 했는지 촉촉해진 머리를 수건으로 털며, 주호가 현관문을 열었다.

"내 이벤트가 감동적이긴 했나 봐. 이렇게 바로 달려오……!"

아진은 팔로 곧장 그의 목을 감싸고, 그의 부드러운 입술에 제 입술을 포갰다. 눈을 동그랗게 뜨던 주호는 이내 눈을 감으며 나른한 신음을 흘렸다.

"오늘 생일은 넌데 선물은 내가 받는 기분이네."

아진이 천천히 입술을 떼자, 주호가 다정한 손길로 그녀의 머리를 쓰다듬으며 말했다.

"어떻게 우리 부모님을 찾아갈 생각을 했어요? 사람 감동받게."

"성공했다. 너한테 생일 선물로 감동을 주고 싶었거든."

말조차 예쁘게 하는 주호가 미치도록 좋아, 아진은 또다시 그의 입술에 입을 맞추었다.

"계속 자극하면 곤란해, 아가씨. 아직 갈 곳이 남았거든."

"어디 또 가요?"

"기다려. 금방 준비하고 나올 테니."

이 층 방으로 올라간 주호는 10분 정도 시간이 지나서 내려왔다. 고급스러운 블랙 슈트를 차려입은 그는 아진을 향해 손을 내밀었다.

"가 볼까?"

풍기는 분위기가 심상치가 않았다. 도대체 어딜 가기에 그러는 걸까? 그 의문은 머지않아 풀렸다.

주호의 차를 타고 도착한 곳은 둘이 예전에 처음 함께 온 레스토랑이었다.

"뭐예요? 여기 오자는 거였어요?"

"응. 들어가자."

주호가 아진의 어깨를 감싸며 레스토랑 안으로 안내했다. 그러자 꽃으로 가득 장식된 실내가 제일 먼저 눈에 들어왔다. 그와 동시에 우아한 악기 연주가 귓가에 들려왔다.

"뭐예요? 설마 여기 빌린 거예요?"

눈을 동그랗게 뜨며 묻는 아진을 보며 주호는 다정한 미소를 지었다.

"오늘은 특별한 날이니까."

"아무리 그래도……."

"일단 자리에 앉자."

제일 가운데 조명이 빛나는 곳으로 주호가 아진을 안내했다. 그러자 먹음직스러운 생크림 케이크가 자리에 놓여 있었다.

"촛불부터 끌까?"

주호의 손짓 한 번에 악기 연주 소리는 생일 축하 노래로 변해 있었다. 성냥에 불을 붙인 주호는 케이크 위 촛불에다 천천히 불을 붙여 주었다.

"자, 이제 불 꺼."

주호의 말에 아진은 입 안 가득 바람을 불어넣고, 단숨에 촛불을 껐다. 그러자 이번엔 또다시 연주가 바뀌었다. 결혼식 축가로 많이 불리는 노래가 레스토랑 안에 울려 퍼지자, 지배인이 조그마한 상자를 하나 들고 아진 앞에 멈춰 섰다.

"선물이 도착했습니다."

지배인이 건네는 상자를 받은 아진은 떨리는 손으로 상자를 열었다. 그러자 백금과 다이아로 만들어진 여성스러운 디자인의 결혼반지가 아진의 눈에 들어왔다.

"오빠?"

"네 생일 날 청혼하려고 준비했어. 절대 잊지 못할 날로 만들어 주고 싶어서."

아진은 반지를 꺼내 손가락에 끼워 보며 환하게 웃었다.

"정말 예뻐요."

"네가 더."

아진은 행복한 웃음을 터트리며 주호의 손을 꽉 붙잡았다. 그 덕분에 아주 특별한 생일을 보내게 되었다. 이런 엄청난 이벤트들을 숨겨 놓았으리라곤 상상도 하지 못했으니까.

"레스토랑 통째로 빌리고, 악기 연주하고, 꽃다발 가득 놓여 있는 것도 막상 내가 받으니까 좋네요. 대신 다시는 하지 마요.

이 돈으로 차라리 나 맛있는 거 많이 사 줘요."

"얼마든지. 평생 동안."

주호의 입에서 흘러나오는 평생이란 단어에 아진은 조용히 미소 지었다.

"평생 웃고 해 주고, 평생을 특별하게 해 주고, 평생 맛있는 거 사 주고. 내 평생은 오빠 때문에 행복하겠네요. 그런데 난 평생 오빠한테 뭐 해 주죠?"

"해 줄 게 있긴 하지."

"뭔데요?"

눈을 동그랗게 뜨며 묻는 아진을 주호는 다정한 시선으로 내려다보았다.

"평생…… 내 곁에 있기."

조용히 제 귀에 속삭이는 주호의 말에 아진은 경쾌한 웃음을 터트렸다. 그것만큼은 세상에서 제일 자신 있는 일이었기에.

"내 평생을 걸고 약속할게요."

아진의 대답이 끝나자마자 주호가 고개를 숙여 그녀의 입술에 입을 맞추었다. 앞에 놓인 달콤한 케이크보다 더 달콤한 키스가 오래도록 이어졌다. 서로의 평생을 약속하면서.

에필로그 1

회사에서 가까운 아파트에 신혼살림을 차린 두 사람은 집 정리에 여념이 없었다. 가구와 가전은 새로 맞춰서 따로 정리할 것이 없었지만, 각자 집에서 가져온 자질구레한 물건들을 정리하는 데 더 긴 시간이 걸렸다.

신혼여행에서 돌아오자마자 정리에 매달렸건만 휴가를 하루 남겨 놓은 이 시점에서도 아직 정리가 다 되지 않았다.

"쉬엄쉬엄하자고. 이번 주말에 또 하면 되니까."

함께 서재를 정리하던 와중, 주호가 아진의 허리를 끌어안으며 말했다.

"그래도 정리 다 해 놓아야지 마음이 편할 것 같아서요."

"이 집 어디 도망 안 가. 그러니까 걱정 말라고. 자, 잠시 쉬면서 이거나 같이 보자."

책장에 꽂아 두었던 자신의 어린 시절 앨범 하나를 꺼낸 주호가 손가락으로 앨범을 톡톡 건드렸다.

"그럴까요?"

사진 찍는 게 취미였다는 시아버님 덕분에 주호의 앨범만 해도 책장의 반을 채울 정도로 많았다. 그 덕분에 그의 어린 시절을 구경하는 재미가 쏠쏠치 않게 있었지만.

손만 닦고 거실 소파에 나란히 앉은 두 사람은 앨범을 한 장, 한 장 넘기며 주호의 어린 시절을 구경했다.

여덟 살 무렵의 주호 사진들로 모아져 있는 앨범을 보며 아진은 입가에 따뜻한 미소를 지었다. 울고 있는 모습, 웃고 있는 모습, 신나게 뛰어노는 모습, 넘어지는 모습, 자전거를 타는 모습 등등, 그의 일상생활을 엿보는 재미가 상당했다.

"여긴 어디예요?"

탐험가 같은 복장을 하고, 자그마한 배낭까지 메고 있는 주호의 사진을 가리키며 아진이 그를 향해 물었다.

"아, 여기 동물원. 난 어릴 때 동물원 가면 늘 탐험 간다고 생각했거든. 그래서 이 옷을 입혀 달라고 엄청 부모님을 졸랐대. 참, 그러고 보니 내가 말 안 한 게 있었네."

무언가 떠올랐다는 듯이 주호가 입가에 부드러운 미소를 지었다.

"뭔데요?"

제가 비밀이 없는 주호를 알기에 아진이 검은 눈을 동그랗게 뜨며 물었다.

"내 진짜 첫사랑."

"뭐예요? 첫사랑 나 아니었어요? 완전히 속았네."

아진답지 않게 입을 삐죽 내밀며 질투를 표하는 게 귀여웠는지 주호가 경쾌한 웃음을 터트렸다.

"서운해도 어쩔 수 없어요. 생각해 보니까. 그 누나가 첫사랑 맞아."

"누나? 연상이었어요?"

"응. 여덟 살 때 내가 만난 첫사랑."

여덟 살 아이가 한 첫사랑이라니. 귀여워서 웃음이 나왔다. 언제 삐졌냐는 듯이 웃음을 터트리는 아진을 보며 주호가 손을 가볍게 저었다.

"그래도 나 제법 진지했었다고. 물론 그날 이후 못 만나긴 했지만."

"지나가던 여자들에게 반하는 게 특기인가 봐요?"

"무슨 소리. 절대 아니야. 그 누나랑 당신, 딱 둘뿐이었다고."

"도대체 어떤 누나였기에 그래요?"

아진의 물음에 주호가 추억을 떠올리듯 눈을 가늘게 떴다.

"사실 여덟 살 때라 기억이 선명하진 않은데. 그래도 그 누나의 이미지는 기억이 나. 내가 동물원에서 혼자 뛰어다니다가 부모님을 잃어버린 적이 있거든."

"저런. 큰일 날 뻔했네요."

"그렇지. 다행히 그 누나의 도움으로 부모님을 찾았지만."

싱긋 웃으며 추억을 더듬는 주호를 보며 아진도 천천히 고개를 끄덕였다.

"못 잊을 만해요. 그런 기억 있으면 나도 못 잊었을 것 같아."

"그렇지? 아, 얼굴이 선명하게 기억나면 좋을 텐데. 기억이 잘 안 나는 게 아쉽다."

"그래도 질투는 좀 나는데요? 무슨 남자가 그렇게 성숙했대. 여덟 살 때 첫사랑을 경험하고. 난 첫사랑이 고등학교 때였는데."

"고등학교 때 누구? 졸업앨범에 있어? 얼굴 좀 보자. 어떤 놈이었는지."

지나간 제 첫사랑에 열을 올리는 주호를 보며 아진은 웃음을 터트렸다. 이 남자의 넘치는 질투심을 어찌 당하겠는가. 그의 사랑스러운 질투심에 아진의 입가에선 미소가 떠나지 않고 있었다.

✻

추억을 떠올릴 겸 동물원 데이트를 제안하는 주호를 따라, 무작정 집을 나섰다.

"주차하고 올게. 여기서 기다려."

자신을 정문 앞에 내려 주고 주차장으로 사라지는 주호를 향해 손을 흔들어 주고 있는데, 다른 느낌의 풍경들이 눈에 들어오기 시작했다. 어딘가 모르게 촌스러워 보이는 사람들의 옷차림에 고개를 갸웃거리던 아진은 어디선가 들려오는 '손에 손잡고' 라는 노래에 눈을 느릿하게 깜박였다.

마치 과거로 회귀한 듯한 이상한 기분에 고개를 갸웃거리던 아진은 현수막에 찍혀 있는 날짜에 눈을 동그랗게 떴다.

"88년 10월?"

화들짝 놀란 아진은 재빨리 주차장 쪽으로 걸음을 옮겼다. 혹시 동물원이 아니라, 드라마 세트장에 온 건 아닐까? 이 상황이 믿기지가 않아, 주호에게 도움을 요청할 생각이었다. 하지만 주차장에선 주호의 차를 찾을 수가 없었다. 아니, 그것뿐만 아니라 주차되어 있는 차들도 어딘가 이상했다.

"스텔라? 포니2? 프레스토?"

자동차들을 살펴보던 아진은 멍한 얼굴로 중얼거렸다. 익숙하지 않은 자동차 메이커에 아진의 머릿속은 더욱 혼란스러워지고 있었다. 도대체 어떻게 된 걸까?

"오빠. 주호 오빠! 여보!"

혹시나 그가 어디서 짠 하고 나타날까, 열심히 불러 보았지만 주호는 모습을 드러낼 생각을 하지 않았다. 부르다, 부르다 지친 아진은 다시 동물원 입구로 걸음을 옮겼다.

자신이 정말 88년도에 와 있는 걸까? 88년도면 오늘 봤던 주호의 사진 속 시절이었다. 지금 같은 캐릭터 풍선들이 아닌, 동그란 풍선들을 손에 하나씩 들고 다니는 아이들을 보며 아진은 한참 동안 멍한 표정으로 서 있었다.

"일단 들어가 볼까?"

이 상황이 믿기지 않았지만, 가만히 있어 봤자 해결되는 건 없었다. 다행히 입장료가 무료인 동물원이라, 그냥 들어갈 수가 있었다. 정말 자신이 88년도에 와 있는 건지 확인하기 위해 아진은 일단 지나가는 사람을 붙잡고 물어보기로 했다.

"저기 오늘 날짜가 어떻게 되죠?"

인상 좋은 아주머니를 붙잡고 아진은 용기를 내어 질문을 던졌다.

"10월 23일이잖아요."

별 시답지 않은 질문하는 사람 다 보겠다는 표정으로 저를 보는 아주머니에게 아진은 어색한 미소를 지어 보였다.

"년도는 어떻게?"

"젊은 아가씨가 뭘 이런 걸 다 묻는데? 1988년이잖아요. 저기도 쓰여 있구먼."

아진의 머리 위에 현수막을 가리키며 아주머니는 답답하다는 듯 말했다.

"아, 네. 감사합니다."

진짜 제가 88년도에 와 있는 게 맞나 보다. 도대체 어째서 이런 일들이 벌어진 걸까? 망연자실한 표정으로 벤치에 주저앉은 아진은 묵직한 한숨을 내쉬었다.

어떻게 해야 다시 돌아갈 수 있을까? 설마 이곳에서 계속 사는 건 아니겠지? 주호가 보고 싶어 미칠 것만 같았다.

"엄마! 아빠!"

그런데 그때 엄마, 아빠를 찾으며 제 앞을 걸어가는 어린 주호의 모습이 아진의 눈에 들어왔다. 사진 속 그 모습 그대로 탐험가 옷을 입고 있는 주호를 향해 아진은 재빨리 달려갔다. 지금의 주호가 아닌 어린 주호였지만, 그래도 반가움은 이루 말할 수가 없었다.

뛰어가 어린 주호를 품에 안은 아진은 감격 어린 눈으로 아이를 바라보았다. 현실에선 저보다 4살이 많은 남자였지만, 이곳에서 이주호는 8살의 어린 소년이었다,

"주호……니?"

아진은 조심스레 어린 주호를 향해 말을 걸었다. 그러자 방금 전까지 엄마, 아빠를 찾으며 울먹이던 주호가 눈물을 멈추고 아진을 올려다보았다.

"누나는 누구예요? 저 아세요?"

32살의 자신을 누나라고 부르는 당돌한 주호가 귀엽기도 하고 사랑스럽기도 해 아진의 입가엔 미소가 지어졌다. 낯선 시대에 떨어져 있는 건 솔직히 무서웠지만, 그 시절 주호를 마주하고 있다는 게 신기하고 가슴 떨리는 경험이었다.

"응. 잘 알아."

"우리 엄마 아는 사람이에요?"

어머님은 결혼식 날 얼굴을 잠깐 본 게 다였지만, 그래도 무척이나 좋은 인상으로 남아 있었다. 봉사활동 때문에 결혼식 날 아

침에 한국에 들어오신 분들은 결혼식을 마치고 곧장 다시 해외로 떠나셨다.

창선이 인정한 사람이면 자신들도 무조건 오케이라며, 할아버지의 의견을 존중해 주는 분들이셨다. 잠깐이었지만, 어머니에 대한 좋은 인상이 남아 있기에 아진은 주호의 물음에 따뜻한 미소를 지었다.

"응. 맞아."

"그럼 나랑 같이 우리 엄마 좀 찾아 줄래요? 제가 엄마를 잃어버렸거든요."

검은 눈에 또다시 눈물이 그렁그렁 맺히기 시작하는데 그 모습이 사랑스러워 미칠 것만 같았다. 주호는 둘 사이에 아이가 태어나면 무조건 딸이었으면 좋겠다 노래를 부르는데, 어린 주호를 마주하고 있으니 남자아이여도 상관없을 것 같았다. 무슨 남자아이가 이렇게 예쁜지.

아진은 저도 모르게 주호에게 손을 뻗어 검은 머리를 다정하게 쓰다듬어 주었다.

"그래, 걱정 마. 누나가 꼭 찾아 줄게."

아진은 어린 주호를 향해 손을 뻗었다. 그러자 주호는 팔을 들어 쓱쓱 눈물을 닦고는 씩씩한 얼굴로 아진의 손을 맞잡았다.

"손 귀엽다."

늘 저를 잡아 이끄는 큼지막한 주호의 손만 붙잡다가, 이런 자그마한 손을 붙잡고 있으려니 입가에 절로 미소가 지어졌다.

"전 귀여운 게 아니라 멋진 거예요."

자신을 보며 눈을 동그랗게 뜨며 외치는 주호를 향해 아진은 예쁜 미소를 지었다.

"그래. 멋지네."

다정한 아진의 시선에 어린 주호의 조그마한 얼굴이 순식간에 빨개졌다.

"누, 누나도 예뻐요."

벌게진 얼굴로 중얼거리는 주호의 말에 아진은 또다시 웃음이 났다. 처음엔 이곳에 떨어진 게 진짜 암담했는데, 지금은 오히려 행운이라는 생각이 들었다. 이 시절 주호를 이렇게 가까이에서 볼 수 있다니 말이다.

"고마워. 음, 그런데 엄마, 아빠를 어디서 잃어버렸어?"

"저기, 호랑이 보는 데서요."

"호랑이가 신기한가 보구나? 안 무서워?"

"그럼요! 저는 씩씩한 탐험가인 걸요!"

제 탐험가 옷을 뽐내는 주호의 모습에 아진은 경쾌한 웃음을 터트렸다. 어린 주호나 지금의 주호나 저를 웃겨 주는 건 변함이 없는 것 같았다.

"그럼 일단 거기부터 다시 가 볼까?"

아진의 물음에 주호는 해맑은 검은 눈으로 그녀를 올려다보며 고개를 끄덕였다. 두 사람은 손을 꼭 붙잡고, 호랑이 우리 쪽으로 걸음을 옮겼다.

유난히 인기가 많아 보이는 호랑이 우리 앞엔 많은 사람들이 모여 있었다. 주호가 여기서 왜 부모님을 잃어버렸는지 이해가 될 정도로 말이다.

"호랑이가 정말 인기가 많구나."

"호돌이 때문이잖아요."

"호돌이?"

주호의 대답에 아진이 눈을 느릿하게 깜박이며 되물었다. 그러고 보니 88년이면 서울 올림픽이 열리던 해였다. 아까 들려오던 '손에 손잡고' 노래도, 호랑이의 인기도 이제 이해가 되는 아진이었다.

"올림픽은 끝났지?"

올림픽이 열리던 정확한 날짜가 기억이 안 나, 아진이 느릿하게 눈을 깜박이며 물었다. 그러자 주호가 외계인을 보는 듯한 시선으로 저를 보는 게 보였다.

"이번 달에 끝났잖아요. 정확히는 10월 2일!"

"아, 그랬지."

어린 주호는 올림픽에 꽤나 관심이 많았던 소년이었나 보다. 하긴 그때 올림픽에 관심을 안 가진 국민이 있었겠는가. 올림픽이 열리던 해 아진의 나이는 불과 네 살. 그래서 사실 올림픽이 잘 기억이 나지 않았다.

그나마 아진이 알고 있는 건, 올림픽 주제가였던 '손에 손잡고' 라는 노래와 마스코트가 호돌이였다는 것, 굴렁쇠 소년이 유명했다는 정도일까?

“누나는 어떤 경기가 젤 멋졌어요?”

“나?”

금메달 딴 경기에 대해 묻는 걸까? 예상하지 못한 주호의 질문에 쉽사리 답을 못 하며 아진은 어색한 미소를 지었다.

“음. 모든 경기가 다 멋졌어. 우리 선수들이 피땀 흘려 준비한 경기인데, 하나만 뽑을 수는 없지.”

우문현답으로 아진은 간신히 상황을 모면할 수가 있었다.

“난 그래도 레슬링이 제일 멋졌어요! 조마조마해서 손을 꽉 쥐면서 봤다니까요!”

“그랬구나.”

흥분 가득한 목소리로 외치는 주호가 귀여워, 아진은 저도 모르게 또다시 그의 머리로 손을 뻗었다. 그가 툭 하면 제 머리를 쓰다듬던 게 조금은 이해가 되는 순간이었다. 사랑스러운 생명체를 향한 어쩔 수 없는 반응이라고 해야 할까?

“네!”

주호와 대화를 나누면서도 아진은 눈을 바쁘게 움직였다. 애타게 주호를 찾고 있을 어머님, 아버님의 얼굴을 찾아 주변을 둘러보았지만 이곳에선 그들의 모습이 보이지 않았다. 미아보호소로 가야 하는 걸까? 하지만 이미 주호는 엄마, 아빠를 잊은 듯했다.

“우와, 누나! 우리 곰 보러 가요!”

제 손을 붙잡고 이끄는 주호를 따라 아진은 어쩔 수 없이 곰 우리 쪽으로 뛰어가야 했다. 그러자 커다란 반달곰이 아진의 눈에 들어왔다.

"크죠?"

"응. 그러네."

"호랑이랑 곰이랑 싸우면 누가 이길까요?"

아이다운 주호의 호기심에 아진은 입가에 미소를 지었다.

"음, 글쎄. 넌 누가 이길 것 같은데?"

"전 호랑이요! 88올림픽 마스코트잖아요!"

이 당시 호랑이의 인기가 어마어마하긴 했던 것 같다.

"누나, 누나. 우리 이번엔 독수리 보러 가요!"

"응?"

"빨리요!"

저와 함께 있는 게 즐거운지 주호가 환하게 웃는 얼굴로 재촉했다. 어서 미아보호소로 가야 하건만, 해맑은 눈으로 저를 올려다보는 주호를 보면 거절을 할 수가 없었다. 눈앞에 살아 움직이는 어린 시절 주호를 더 보고 싶기도 했고.

"누나, 빨리요!"

내면의 갈등과 싸우느라 걸음이 늦춰진 아진이 답답했는지, 주호가 어느새 그녀의 손을 놓으며 먼저 독수리 우리 쪽으로 달려갔다.

"주호야, 안 돼. 그러다 넘어……!"

아진의 외침이 채 끝나기 전에 먼저 달려가던 주호가 바닥에 넘어졌다.

"주호야, 괜찮아?"

아진은 서둘러 주호를 향해 달려가, 그를 부축해 일으켰다. 무릎을 다쳤는지, 바지 사이로 피가 비치고 있었다. 넘어진 게 창피했는지 눈물을 꾹 참던 주호가 피를 보더니, 끝내 못 참고 울음을 터트렸다.

"으앙, 아파."

그런 주호를 보며 생긋 웃던 아진은 천천히 바지를 걷어 올렸다. 울퉁불퉁한 바닥이어서 그런지 무릎이 꽤 많이 까져 있었다. 상처를 보며 잠시 고민하던 아진은 제 가방 속의 밴드를 떠올렸다. 만일의 상황을 대비해 항상 챙겨 다니던 밴드를 꺼낸 아진은 따뜻한 시선으로 주호를 내려다보았다.

"괜찮아. 누나가 호 해 줄게."

아진은 주호의 상처 근처로 입술을 가져다 대 살살 입으로 불어 주었다. 그러자 살짝 붉어진 얼굴로 저를 바라보는 주호의 시선이 느껴졌다.

"왜? 아파?"

아진의 물음에 주호는 재빨리 고개를 내저었다.

"하, 하나도 안 아파요. 난 남자잖아요."

방금 전까지 아프다고 울던 주호가 씩씩한 얼굴로 주먹을 불끈 쥐었다.

"멋지네. 그럼 이제 밴드 좀 붙이자."

연고가 있으면 더 좋았겠지만, 일단 상처가 안 쓸리는 게 더 중요했다. 무릎이 까진 부위에 밴드를 붙인 다음, 의무실로 데려가 소독을 하면 될 것 같았다.

"자, 다 됐다."

주호의 무릎에 밴드를 붙인 아진은 생긋 웃으며 말했다.

"고마워, 누나."

아까보다 더욱 붉어진 얼굴로 제게 인사를 하는 주호가 사랑스러워 이대로 꼭 끌어안고 싶었다. 이 남자 과거엔 더욱 치명적이었잖아. 사람들이 하도 예쁘다고 난리를 쳐서 밖에 못 돌아다녔다던데, 그 이유를 알 것 같았다.

"그럼 일어나 볼까?"

아진이 먼저 몸을 일으켜 주호를 향해 손을 내밀었다. 그 손을 붙잡은 주호가 이젠 귀까지 빨개진 얼굴로 몸을 일으켰다.

"의무실부터 가야 할 것 같은데. 그전에 독수리 볼래?"

이왕 독수리 우리까지 온 거 독수리는 보고 가도 괜찮겠다, 싶었다. 의무실에 갔다가 아예 미아보호소까지 갈 생각이었기에 어린 주호와 마지막으로 함께 동물을 보고 싶었다.

"좋아!"

"대신, 뛰지 않기. 손잡고 걸어가자?"

"응."

제 손을 꽉 붙잡는 자그마한 손이 더욱 사랑스럽게 느껴졌다. 천천히 걸음을 옮겨 독수리 우리 앞에 선 두 사람은 커다란 독수리를 감탄 어린 시선으로 바라보았다.

“우와, 멋지다, 누나. 그렇지?”

“응, 그러네.”

“독수리는 시속 120km에서 200km 속도로 하늘을 난대. 진짜 빠르지? 거기다 무려 70년을 산대.”

독수리에 대해 꽤 해박한 지식을 가지고 있는 주호를 아진은 감탄 어린 시선으로 바라보았다. 어릴 땐 동물에 대한 관심이 많았구나. 주호에 대해 또 하나 더 배우게 되는 특별한 순간이었다.

“그럼 이제 독수리도 봤고. 의무실 갈까?”

“응. 누나랑 있으니까 정말 좋아!”

처음 본 저를 잘 따르는 주호가 아진 역시 고마웠다. 그러기에 이런 특별한 시간들도 가질 수 있었던 거니까.

“가자.”

아진이 주호의 손을 붙잡고, 동물원 지도가 그려진 안내판 앞에 멈춰 섰다. 거기서 의무실을 찾은 아진은 주호와 함께 천천히 걸음을 옮겼다.

“주호는 나중에 어떤 사람이 되고 싶어?”

이미 주호가 어떤 일을 하는지는 알고 있었지만, 어린 시절 그의 꿈이 궁금해졌다.

“음, 탐험가!”

한 치의 망설임도 없이 탐험가를 외치는 주호를 보며 아진은 웃음을 삼켰다. 이때는 정말 탐험가가 되고 싶었나 보다.

"그렇구나. 꼭 멋진 탐험가가 될 수 있을 거야."

반짝이는 아이디어로 새로운 기획을 탄생시키는 남자니까, 뭐, 비슷하긴 했다. 새로운 걸 찾아낸다는 의미에선 탐험가나 기획자나.

"응! 누나도 그때 나와 함께 모험을 떠나자!"

"그래, 그러자."

"꼭이다! 꼭 나랑 같이 일하는 거다!"

일이라면 이미 같이 하고 있었기에 아진은 미소를 지으며 고개를 끄덕였다. 그때 주호의 시선에 다른 아이가 들고 가는 솜사탕에 집중되는 것이 보였다. 단거라면 사족을 못 쓰는 건 어릴 때부터 그랬나 보다.

"먹고 싶어?"

"응? 아, 응."

이내 인정을 하며 시무룩한 표정을 짓는 주호를 보니, 사 주고 싶어졌다. 지폐는 사용할 수 없었지만, 동전은 사용할 수 있지 않을까?

"여기 벤치에 앉아서 잠시만 기다려. 다른 데 가면 안 돼. 알겠지?"

"응. 알겠어."

"그래, 착하다. 누나가 얼른 사 올게."

아진은 주호를 벤치에 앉히고, 솜사탕 가게를 찾아 뛰어갔다. 그러자 얼마 안 가 솜사탕 수레를 발견할 수가 있었다.

"아저씨, 솜사탕 얼마예요?"

"100원입니다."

솜사탕 가격이 100원이라는 데 일단 한 번 놀랐다. 쌀 거라는 생각은 하고 왔었는데 생각보다 훨씬 싼 가격에 놀랄 수밖에 없었다. 지갑을 뒤지자 1987년도 동전 하나가 보였다. 이걸 쓰면 되겠다는 생각에 아진은 입가에 미소를 지으며 동전을 내밀었다.

"하나 주세요."

"네, 여기요."

아저씨가 내미는 솜사탕을 받아 든 아진은 주호가 기다리고 있는 벤치로 걸음을 옮겼다. 그런데 그때 가족들 품에 안겨 있는 주호의 모습이 아진의 눈에 들어왔다.

"어디 갔었어! 엄마가 얼마나 찾았는지 알아?"

지금보다 훨씬 젊어 보이는 어머님의 모습에 아진은 따뜻한 미소를 지었다. 주호의 형 태호의 모습도 보였고, 그를 꼭 끌어안고 있는 젊은 시절 아버님의 모습도 보였다. 여전히 제 눈앞에 펼쳐지고 있는 이 풍경들이 믿기지 않았지만, 왠지 모르게 가슴이 뭉클해지는 순간이었다.

그때 누군가 제 이마에 따뜻한 입술을 맞추는 게 느껴졌다.

그 느낌에 천천히 눈을 뜨자, 저를 보며 싱긋 웃고 있는 잘생긴 주호의 얼굴이 눈앞에 나타났다. 현실로 돌아온 걸까?

"잘 잤어?"

제게 묻는 주호의 말에 아진은 눈을 느릿하게 깜박이며 주변을 살펴보았다. 여긴 분명 그의 차 안인데.

"피곤했나 봐. 동물원 오는 내내 자고."

"아, 꿈이었구나."

너무나 생생한 꿈에 묘한 기분을 느꼈다. 마치 꿈이 아니라 현실로 일어났던 일 같던 그런 느낌이라고 해야 할까?

"깼으면 내리자. 동물원 오고 싶어 했잖아."

"네."

먼저 차에서 내려 조수석 문을 열어 주는 주호를 따라 아진 역시 차에서 내렸다. 그러자 익숙한 2015년의 동물원 풍경들이 눈앞에 펼쳐졌다. 예전보다 훨씬 세련된 디자인의 정문, 각양각색의 캐릭터 풍선들, 줄지어 서 있는 스낵카까지. 한적했던 예전과는 너무나 다른 풍경들이었다.

"확실히 느낌이 다르네요."

"뭐가?"

"아니에요. 들어가 볼까요?"

아진은 주호와 손을 잡고 천천히 동물원 안으로 걸음을 옮겼다. 가을 소풍을 나온 귀여운 아이들이 신이 나서 동물원을 뛰어다니는 걸 보며 아진은 따뜻한 미소를 지었다.

"오빠도 예전에 저랬죠?"

"응?"

"동물 보면 정신없이 뛰어다녔을 것 같은데."

아진의 물음에 주호는 재빨리 고개를 저었다.

"무슨 소리. 난 아주 얌전한 아이였다고. 지금처럼 무게감 있는."

주호의 농담에 아진은 웃음을 터트렸다. 어린 시절 이리저리 뛰어다니던 주호의 모습이 떠올라서. 자신이 만들어 낸 환상인지, 진짜인지 알 수는 없었지만, 왠지 실제 그의 어린 시절을 엿본 듯한 느낌이 들었다.

"아, 그랬구나. 그런 사람이 동물원에서 부모님을 잃어버려요?"

"그건……. 잘 기억이 안 나."

기억이 안 난다는 말로 슬쩍 무마하려는 주호를 보며 아진은 말없이 그의 팔짱을 꼈다.

"왜? 내가 또 길 잃을까 봐?"

"네. 무슨 동물 제일 좋아해요? 호랑이?"

"어? 어떻게 알았어?"

"주로 맹수류를 좋아하나 봐요. 호랑이, 곰, 독수리 같은."

"이야~ 정확한데?"

감탄하는 주호를 보며 아진은 입가에 미소를 지었다. 어린 시절 주호의 모습이 눈앞에 선명하게 떠오르는 듯한 기분이 들었다.

"어릴 적 꿈은 탐험가였죠?"

"뭐야? 우리 엄마랑 통화했어?"

"아니요. 다 아는 방법이 있어요."

미소 짓고 있는 아진의 앞에 솜사탕 가게가 보였다. 그때 못 사준 솜사탕이 생각난 아진이 주호를 올려다보았다.

"저기 벤치에 좀 앉아 있어요."

"왜?"

"솜사탕 좀 사 오게요. 단거라면 사족을 못 쓰잖아요."

"역시 내 취향을 잘 알아."

주호는 흐뭇한 시선으로 아진을 내려다보며 그녀의 머리를 다정하게 쓰다듬었다. 그런 주호를 향해 손을 흔들고 아진은 솜사탕 가게로 뛰어갔다.

"솜사탕 하나 주세요."

꿈일지도 모르지만, 28년 전엔 미처 전해 주지 못한 솜사탕을 이제야 전해 줄 수 있게 되었다. 커다란 하얀 솜사탕 하나를 들고, 벤치에 앉아 저를 기다리고 있는 주호를 향해 아진은 천천히 걸음을 옮겼다.

"여기, 솜사탕 먹어요."

"고마워. 와, 맛있겠다."

아이처럼 솜사탕을 한 입 가득 베어 무는 주호를 아진은 부드러운 시선으로 바라보았다.

"참, 생각해 보니까."

"네?"

"그때 여기서 만난 내 비공식적인 첫사랑 말이야."

주호가 꺼내는 첫사랑 이야기에 아진은 천천히 고개를 끄덕였다.

“당신을 닮았던 것 같아.”

“네?”

“여기 앉아 있는데 갑자기 그 얼굴이 머릿속에 떠오르는 거야. 정확하게 떠오르는 건 아니지만, 당신이랑 이미지가 상당히 비슷했어.”

“그래요?”

“응. 내가 당신 같은 얼굴을 어릴 때부터 좋아했나 봐.”

씩 웃으며 하는 주호의 말에 아진은 더는 질투하지 않았다. 어쩌면 진짜로 그 사람이 저일지도 몰랐으니까.

“여기 오니까 좀 생각이 나네. 그 누나가 나 넘어졌을 때 밴드도 붙여 줬었는데.”

꿈에서 봤던 상황들이 그의 입을 통해 재연되고 있었다. 그게 신기하기도 하고, 재미있기도 해 아진의 입가에 미소는 더욱 짙어졌다.

“그때 반했죠? 얼굴 막 빨개지면서.”

“글쎄. 잘 기억이 안 나는데.”

“분명 그때 반했을 거야.”

“그런가? 에이, 과거가 뭐가 중요해. 지금은 김아진밖에 없는데.”

제 어깨를 다정하게 감싸 안는 주호를 아진은 다정한 시선으로 바라보았다. 어느새 서로를 따뜻한 시선으로 마주 보던 두 사람은 슬며시 입술을 맞추었다. 제 입술에 포개지는 따뜻하고 부드러운 그의 입술을 느끼며 아진은 달콤한 미소를 지었다. 키스에선 솜사탕의 달콤한 맛이 났기에.

"동물 구경은 다음에 하자."

약간 허스키해진 목소리로 주호가 아진의 귓가에 속삭였다.

"네?"

"지금은 더 중요한 일이 생각났거든."

주호가 먼저 벤치에서 일어나 아진에게 손을 뻗었다. 아진은 웃으면서 조용히 그 손을 마주 잡았다. 마주 잡은 이 손을 절대 놓치지 않으리라, 생각하면서.

기적 같은 일이 많이 벌어지는 이 세상, 가장 큰 기적은 바로 사랑하는 사람을 만난 것이다.

아침부터 안색이 안 좋아 보여서 걱정이더니, 회의 중간에 갑자기 입을 틀어막고 뛰쳐나가는 아진을 주호는 걱정스러운 표정으로 뒤쫓았다. 하지만 여자 화장실 안으로 들어가 버리는 아진을 계속 쫓을 수는 없어, 주호는 이마를 긁적이며 회의실로 돌아왔다.

저를 쳐다보고 있는 팀원들 시선에 주호는 머쓱한 얼굴로 쓴웃음을 지었다.

"아, 잠시 회의 쉬었다 하죠. 보다시피 김 대리가 조금 아픈 것 같아서."

주호의 말에 팀원들은 고개를 끄덕였다. 그때 아진의 옆자리라 그녀와 회사에서 길게 붙어 지내는 지윤이 조심스레 손을 들었다.

"저기, 팀장님."

"네?"

"혹시 임신 아닐까요?"

지윤의 말에 사람들의 시선이 일제히 주호를 향해 집중되었다.

"아까 보니까 김 대리님답지 않게 졸고 계시기도 하고. 원래 임신 초기에 여자들이 많이 졸려 하거든요."

계속되는 지윤의 말에 주호의 검은 눈이 반짝였다.

"미안하지만 회의 내일로 미룹시다."

서둘러 의자에서 일어나 팀원들한테 말한 주호는 재빨리 회의실 밖으로 달려 나갔다. 때마침 화장실에서 나와 회의실 쪽으로 걸어오던 아진이 그런 주호를 의아한 눈으로 바라보았다.

"왜 나왔어요?"

"병원 가자."

"네? 아니에요. 아침에 빵 먹은 게 체해서 그런지……."

"임신 가능성은? 당신 그러고 보니 날짜 지나지 않았어?"

아진의 생리 주기를 주호는 누구보다 잘 알고 있었다. 그 시기에 두통이 심한 아진을 위해 두통약도 늘 구비해 놓으며 세심하게 챙기는 그였으니까.

"그러고 보니까, 사흘 정도 지났네요."

조용히 날짜 계산을 하던 아진이 느릿하게 눈을 깜박이며 답했다.

"거봐, 내 말이 맞지? 어디부터 가야 하지? 약국부터? 아니면 병원? 잠깐만, 잠깐만. 형한테 물어볼까?"

부산하게 움직이는 주호를 보며 아진이 고개를 내저었다.

"이따가 퇴근할 때 테스트기 사 가지고 가면 돼요."

"그래도."

"초기엔 병원 가도 잘 안 나올 걸요?"

"그런가?"

"네. 회의나 계속하죠? 바쁜데."

"지금 회의가 중요해?"

잔뜩 설레 보이는 주호의 얼굴에 아진은 웃음이 났다. 이러다가 아니면 이 남자 울지도 모르겠다. 하긴, 결혼하면서부터 빨리 아이를 가지고 싶다 노래를 부르던 남자였으니까.

이런 그의 바람을 알고 아이가 빨리 찾아와 준 걸까? 만약 진짜라면 결혼 2개월 만에 아이가 찾아온 것이다.

아진 역시 설레는 얼굴로 아직은 아무 느낌이 없는 제 배를 향해 손을 뻗었다.

"그래도 지금 가 봤자 아무 소용없으니까. 회의나 마저 해요. 내일 스케줄도 바쁘면서."

먼저 회의실로 걸음을 옮기는 아진 때문에 주호는 어쩔 수 없이 회의실로 끌려 들어왔다. 때마침 회의실에서 일어서던 팀원들이 의아한 눈으로 두 사람을 쳐다보았다.

"병원 안 가십니까?"

"네. 천천히 가도 돼요."

"흠흠, 회의 계속하죠."

아진을 뒤따라 들어온 주호가 자리에 앉으며 팀원들을 향해 머쓱한 얼굴로 말했다. 그러면서도 연신 시계만 보는 것이 퇴근 시간만을 기다리는 눈치였다.

❈

약국에서 테스트기를 사 들고 집에 온 두 사람은 설명서를 꼼꼼하게 읽기 시작했다.

"그러니까 두 줄이면 임신이고, 아니면 비임신?"

"네, 그렇다네요. 그런데 아침 첫 소변이 잘 나온다던데."

"생리 예정일 지나면 아무 때나 해도 상관없대."

아진보다 더 꼼꼼하게 설명서를 읽어 보던 주호가 그녀를 향해 말했다.

"그럼 해 볼까요?"

"그래."

주호는 떨리는 시선으로 화장실 안으로 향하는 아진을 바라보았다.

"기다려요."

문을 닫으며 하는 아진의 말에 주호가 재빨리 고개를 끄덕였다. 왜 이렇게 마음이 초조하고, 설레는지 모르겠다. 화장실 주변을 빙빙 돌며 기다리는데 그 짧은 시간이 무척이나 길게 느껴졌다.

잠시 후, 살짝 상기된 얼굴로 화장실 문을 열고 나오는 아진이 보였다. 그러고는 조심스레 주호를 향해 테스트기를 내미는 그녀였다.

"임신? 임신이야?"

선명하게 나타난 두 줄을 보고 주호가 떨리는 시선으로 아진을 향해 물었다.

"네. 그런 것 같아……."

"야호!"

아진이 채 대답을 하기 전에 주호가 양팔로 아진을 번쩍 안아 들었다. 요란한 웃음을 터트리던 그는 아진의 이마부터 시작해 그녀의 입술까지 천천히 입을 맞춘 다음에야 그녀를 바닥에 내려놓았다.

"고마워, 정말 고마워. 뭐라고 말을 해야 할지 모르겠는데, 정말 고맙고. 또 사랑해."

횡설수설 떨리는 목소리로 말하는 주호를 아진은 따뜻한 시선으로 바라보았다.

"나야말로 고마워요. 내가 엄마가 되는 기쁨을 맛보게 해 줘서."

두 사람은 서로를 애틋한 시선으로 보다 또다시 입을 맞추었다. 그때 아파트의 커다란 창을 통해 눈이 내리는 바깥 풍경이 보이고 있었다.

"오빠."

"응. 눈 온다."

저를 부르는 아진의 목소리에 주호는 그녀의 어깨를 부드럽게 끌어안으며 말했다.

"하늘도 우리 아이 축복하나 보다."

"그러게요."

"아, 내친 김에 아이 태명부터 정할까?"

"태명이요?"

"응. 눈이 어때? 새하얀 눈이 오는 날, 우리에게 와 준 아이니까."

"음, 좋아요. 원래 태명은 부르기 쉬운 게 좋은 거래요."

주호가 반짝이는 눈으로 아직은 아무 변화가 없는 날씬한 아진의 배를 바라보았다.

"한 번 불러 볼까?"

"아직 듣지도 못할 텐데요, 뭐."

"눈으로 듣나. 마음으로 듣는 거지. 그렇지, 눈이야?"

몸을 숙여 아진의 배를 바라보며 주호가 달콤한 목소리로 속삭였다. 그렇게 부르고 있는 것만으로도 왠지 모르게 가슴이 뭉클해지는 기분이 들었다. 주호는 행복한 미소를 지으며 다정한 손길로 아진의 배를 쓰다듬었다.

아진을 침대 위에 눕혀 두고, 주호는 핸드폰을 들고 침대 옆에 테이블 앞에 가서 앉았다.

"전자파가 아이한테 해롭잖아."

"어차피 회사 가면 매일 컴퓨터 앞에 앉아 있는 걸요."

"참, 그렇지? 회사를 빨리 쉬어야 하나?"

"그 정도는 괜찮아요. 우리 회사 여직원들 봐요. 다들 만삭까지 일하잖아요."

"그렇긴 하지만."

걱정스러운 눈으로 자신을 보는 주호를 아진은 따뜻한 시선으로 바라보았다. 그 시선에 마음에 약해진 주호는 어쩔 수 없다는 듯 싱긋 웃으며 고개를 끄덕였다.

"그래. 일단 그건 병원 가서 상의해 보고. 내가 찾은 정보부터 알려 줄게."

"네."

"테스트기를 해 보고 일주일 정도 있다가 가는 게 좋대. 일찍 가도 아이 못 보고 오는 경우가 많다더라고."

"아, 그러면 다음 주에 가면 되겠네요."

주호는 고개를 끄덕이며 스케줄 표에 병원을 입력했다.

"병원은 할아버지 병원으로 다니자. 형이 믿을 만한 의사 소개시켜 줄 거야."

"네, 그래요."

"할아버지 아시면 엄청 좋아하시겠다. 아이 워낙 예뻐하시거든."

태호의 아이들을 보는 창선의 눈빛을 떠올리며 아진은 미소를 지었다. 증손주들을 엄청 예뻐하는 그 모습이 아직도 눈에 선했기에.

"아, 그리고 엽산을 먹어야 한다던데."

"그건 먹고 있어요."

"그래?"

"네. 아이 가지기 전부터 먹으면 좋다고 해서. 결혼하자마자 먹기 시작했어요."

"역시 당신은 준비된 엄마야."

주호는 아진을 향해 조용히 엄지손가락을 내밀었다.

"다들 그렇게 하는 걸요. 아이 계획하는 사람들이라면. 아, 사실 아이가 빨리 생기길 얼마나 바랐는지 몰라요."

설레는 아진의 표정을 보며 주호가 천천히 그녀 곁으로 다가갔다. 그러고는 부드럽게 아진을 끌어안는 그였다.

"나도. 이왕이면 당신 닮은 딸이었으면 좋겠다."

"음, 나는 당신 닮았으면 좋겠는데."

"그럼 반반씩 닮으라지, 뭐. 눈이야, 듣고 있지?"

서로의 손을 꼭 붙잡은 채 두 사람은 아진의 배로 손을 뻗었다. 어서 빨리 배 속의 새 생명이 꿈틀거리며 저희들에게 응답해 주길 바라면서.

❋

점심시간에 저를 찾아온 미영을 아진은 따뜻한 미소를 반겼다. 얼마 전, 정욱과 미영이 헤어지면서 두 사람 사이도 잠시 멀어지는 듯했으나, 아진의 노력으로 미영과의 사이는 다시 예전처럼 회복되고 있었다.

둘이 왜 헤어졌는지 정확한 이유는 알지 못한다. 미영이 먼저 이별을 고했다는 사실만을 알고 있을 뿐. 하지만 아진은 느낌으로 알고 있었다. 미영이 이별을 택한 이유가 정욱을 위해서라는 걸.

미영과 사귀면서 사실 정욱이 제대로 마음을 못 잡긴 했다. 공부도 예전보다 소홀해지고, 모든 생활의 중심이 미영이 되어 버린 제 동생의 변화를 곁에서 지켜본 아진이 제일 잘 알고 있었다.

미영을 향한 사랑이 너무 커서, 결국 그 사랑이 정욱을 갉아먹어 버리고 말았다. 미영도 아마 그것을 느꼈을 것이다. 그러기에 여전히 정욱을 사랑하면서 그를 놓아 버린 게 아닐까.

"너 임신했다며?"

정욱과 헤어지고 초췌해진 미영의 얼굴은 안쓰러운 눈으로 보던 아진이 예상하지 못한 그녀의 물음에 눈을 동그랗게 떴다.

"어떻게 알았어?"

"모르면 그게 이상한 거지. 네 남편 대단하다며? 입덧하는 너를 위해 음식 배달은 기본이요, 쿠션에 담요에 지극 정성으로 너를 보살핀다는 소문이 회사에 자자해."

임신을 안 지 사흘 만에 제 임신 소식이 회사에 퍼질 거라곤 예상을 못 했다. 조금 유별난 남편을 가진 게 죄라면, 죄일까.

민망한 기분에 이마를 긁적이는 아진을 보며 미영은 따뜻한 미소를 지었다.

"속은 좀 괜찮아?"

음식을 잘 먹지 못하는 아진을 보며 미영이 걱정스러운 눈으로 물었다.

"응. 아직은 자주 토하지는 않아. 그런데 조금씩 냄새들이 메스꺼……."

말을 하던 와중에 아진의 속이 또다시 울렁거리기 시작했다. 그대로 입을 틀어막고 화장실로 직행하는 아진을 미영이 재빨리 뒤쫓아 왔다. 속이 안 좋아 챙겨 마신 키위주스를 그대로 다 토하고, 아진은 비틀거리는 얼굴로 양변기에서 몸을 일으켰다.

"괜찮긴 뭐가 괜찮아. 입덧 때문에 죽어 가는구먼."

얼굴이 하얗게 질려서 나오는 아진을 보며 미영이 혀끝을 쯧쯧 찼다.

"이게 다 애가 건강하다는 증거래."

"누가 그래?"

"오빠가. 인터넷 찾아보고 알려 주더라고."

"하여튼 열혈 남편이라니까."

"그러게."

아진은 웃으며 가방을 열어 칫솔을 꺼냈다. 치약을 짜서 양치질을 하는데, 이번엔 치약 맛이 아진의 속을 울렁거리게 만들었다. 또다시 양변기로 달려가는 아진을 미영이 놀란 눈으로 바라보았다.

"또?"

아진은 대답할 새도 없이, 문을 닫고 위액을 토해 내기 시작했다. 엄마가 되는 건 정말 쉬운 일이 아닌 것 같았다.

퇴근을 하고 주호는 아진을 집이 아닌 병원으로 데려갔다.

"병원 사흘 뒤에나 가는 거 아니었어요?"

눈앞에 보이는 병원에 아진이 퀭한 눈으로 물었다. 입덧이 얼마나 심해졌는지, 그사이 다섯 번도 더 넘게 토한 것 같다.

"형이 일단 데려오래. 입덧 심할 땐 영양제라도 맞는 게 낫다며. 이러다 너 잡겠다."

며칠 사이에 제대로 못 먹어 핼쑥해진 아진의 얼굴로 손을 뻗으며 주호가 부드러운 손길로 쓰다듬었다.

"괜찮아요."

"괜찮긴 뭐가 괜찮아! 얼른 가 보자. 형이랑 친한 의사가 너 봐준다고 했어."

"병원 이미 끝났을 시간 아니에요?"

"특별 진료지. 이럴 때나 형 빽 써 보지. 언제 써 보겠어?"

능청스러운 미소를 짓는 주호를 따라 아진은 차에서 내려 병원으로 들어섰다. 엘리베이터를 타고 부인과가 있는 2층에 내리자, 친절한 얼굴의 여의사가 두 사람을 반겼다.

"기다리고 있었어요."

"죄송해요. 저희 때문에 퇴근도 못 하고."

"괜찮아요. 어차피 당직인 날이라."

두 사람은 여의사를 따라 진료실로 들어갔다. 기다리고 있던 간호사와 함께 초음파 기계 앞에 앉은 아진은 긴장된 얼굴로 모니터를 바라보았다. 기계를 넣고 이리저리 살펴보던 의사가 동그란 점이 있는 곳에서 기계를 멈추었다.

"여기 있네요, 아기집. 보여요?"

의사에 말에 모니터가 뚫어질 것같이 강렬한 눈으로 주호와 아진은 모니터를 바라보았다.

"네. 보여요."

"모양도 아주 예쁘네요. 다행이에요."

"아기집 모양도 중요한가요?"

주호가 궁금증을 이기지 못하고 의사를 향해 물었다.

"그럼요. 아기집 모양이 안 좋은 경우엔 유산되는 일이 종종 있어요."

"아. 저희 아기는 괜찮은 거죠?"

"네. 일단 아기집 모양은 합격. 아기집 크기를 보니, 다음 주에 오면 심장 소리 들을 수 있겠는데요?"

아기 심장 소리를 들을 수 있다는 의사의 말에 주호와 아진은 눈을 반짝였다.

"그나저나 벌써부터 입덧이 심해서 어떡해요. 그런데 그게 다 아기가 건강하다는 증거니까 참아야 해요. 그럴 수 있죠?"

의사의 물음에 아진은 미소를 지으며 고개를 끄덕였다.

"보통 14주에서 16주면 입덧이 끝나니까. 그때까지만 잘 버텨요. 얼굴 보니까 많이 안 좋네. 영양제 한 대 맞고 가고요."

"네. 감사합니다."

"뭘요. 축하드려요. 항상 몸조심하시고. 우리 같이 힘내서 예쁜 아기 만나요."

"네."

두 사람은 힘차게 대답하고 진료실을 빠져나와, 주사실로 가서 영양제를 맞았다. 마침 아직까지 병원에 남아 있던 태호도 그런 두 사람을 보기 위해 주사실로 찾아왔다.

"축하드려요, 제수씨."

"감사해요, 아주버님."

부드러운 얼굴로 아진과 인사를 주고받은 태호가 주호의 곁으로 다가와 그의 어깨를 툭 쳤다.

"축하한다. 기분이 어때?"

"날아갈 것 같아. 아진이가 내 마음 받아 줄 때보다 더 기뻐. 아, 정말 말로 설명하기 힘든 기쁨이야."

아기집을 확인하고 난 이후, 계속 저렇게 들뜬 표정의 주호였다.

"심장 소리 들으면 난리가 나겠네. 그렇죠, 제수씨?"

"그러게요."

"아, 상상만으로도 눈물 날 것 같아."

아마도 정말 울지 않을까? 평상시 주호를 생각하면 그러고도 남았다.

두 사람은 들뜬 주호를 보며 고개를 설레설레 저으면서도 따뜻한 미소를 지었다.

✻

영양제를 맞고 며칠 좀 괜찮은가 싶더니, 더 어마어마한 입덧이 몰려왔다. 회사 생활이 불가능할 정도로 입덧이 심각했기에, 끝내 아진은 회사를 그만두는 걸 선택할 수밖에 없었다. 어차피 아이가 태어나면 그만둘 생각을 하고 있었기에 조금 덜 섭섭하긴 했지만, 그래도 막상 그만둔다니 마음 한구석이 허전한 건 사실이었다.

짐을 다 챙긴 아진은 마지막으로 주호와 추억이 많은 옥상으로 올라왔다. 날씨가 춥긴 했지만, 오히려 그 차가운 공기가 입덧을 조금은 진정시켜 주는 기분이 들었다. 정말 이곳에서 많은 추억이 있었는데.

"일부러 엿들으려고 한 건 아닌데."

이 말을 하며 코를 찡그리며 다가오던 주호의 얼굴이 아직도 기억에 선했다. 제가 버린 도시락을 주호가 먹을 때만 해도, 그와 자신이 이런 사이가 될 줄은 꿈에도 몰랐었다. 아니, 뭐 이런 이상한 사람이 다 있나, 하는 생각이 제일 먼저 들었었다.

"아, 혹시 오해하려나? 내가 김 대리만 특별 대우한다고?"

"아닙니다. 잘 마실게요."

"오해해도 돼요. 오해 아니니까."

자신에게 커피를 내밀며 했던 그의 첫 고백을 떠올리며 아진은 심장을 향해 손을 뻗었다. 아직도 그때를 떠올리면 묘하게 심장이 덜컥거렸다.

"내 마음엔 끝이 없어요. 시작만 있지. 궁금하면 한 번 들어와 보든가."

팔을 활짝 벌리며 손을 까딱이던 그 모습도 떠올랐다. 그리고 그 말을 증명이라도 하듯 지금까지 변함없이, 한결같은 모습으로 저를 아끼고 사랑하는 주호였다.

"나랑 연애할래요? 평생 웃게 해 줄게."

저와 첫 연애를 시작할 때 했던 고백의 말이 귓가에 맴돌았다. 역시나 그 말처럼 자신을 늘 웃게 해 주고 있는 그였다.

그밖에도 정말 많은 추억이 머물러 있는 옥상이었다. 서로를 향한 질투가 폭발하기도 하고, 수줍은 첫 키스를 주고받기도 했던 이 옥상을 아진은 절대 잊지 못할 것 같았다.

"역시 여기 있을 줄 알았다니까."

아쉬운 얼굴로 옥상을 둘러보고 있는데 뒤에서 익숙한 목소리가 들려왔다. 늘 뒤돌아보면 그곳에 서 있는, 세상에 하나밖에 없는 제 남자가.

"왔어요?"

"여기 보물 숨겨 놓은 거 맞지? 내가 조만간 진짜 찾는다."

"보물이 있다면, 있죠."

"이제야 이실직고하네. 뭐야? 그 보물이?"

씩 웃으며 묻는 주호를 보며 아진은 말없이 웃었다. 그 보물은 바로 제 눈앞에 서 있는 이 남자였다. 이곳에 오면 언제나 만날 수 있던 세상에서 제일 반짝이는 제 보물. 그래서 절대 손에서 놓치고 싶지 않은 남자, 이주호가 아진에겐 제일 소중한 보물이었다.

그리고 이젠 그 소중한 보물과 함께 만든 또 다른 보물이 제 배 속에서 자라고 있었다. 아진은 주호를 바라보며 미소 지은 채 따뜻한 손길로 배를 쓰다듬었다.

✻

아진과 함께 다시 병원을 찾은 주호는 그녀보다 더 긴장한 얼굴로 모니터 옆에 서 있었다. 초음파 기계를 넣고 이리저리 살피던 의사가 전보다 한층 커진 아기집 앞에서 기계를 멈추었다.

"와, 역시 아기 보이네요. 여기 아기집 안에 동그란 점 하나 보이죠?"

의사에 말에 두 사람은 눈을 크게 뜨고 모니터를 바라보았다.

"네, 선생님."

"이게 바로 아기예요. 그럼 심장 소리 들어 볼까요?"

의사에 물음에 두 사람은 눈을 반짝이며 고개를 끄덕였다. 그

려자 잠시 후, 쿵쿵쿵, 하는 요란한 소리가 진료실 안에 울려 퍼졌다. 그 소리를 듣는 순간, 아진의 눈에도 주호의 눈에도 눈물이 차올랐다.

왠지 알 수 없지만, 어마어마한 감동이 몰려와 절로 눈물이 흘렀다. 저 자그마한 점 모양의 아이가 이토록 우렁찬 심장 소리를 내다니. 듣고 있으면서도 믿기지가 않았다.

"이게 정말 아이 심장 소리 맞습니까?"

"네. 조금 빠르죠. 원래 태아는 심장이 빨리 뛰어요. 걱정 안 하셔도 됩니다."

걱정보다는 감동이 더 컸다. 두 사람의 서로의 손을 꼭 잡은 채, 힘차게 뛰는 아이 심장 소리에 귀를 기울였다.

"우리 눈이 진짜 심장 소리 크더라. 그렇지?"

아진의 어깨를 감싸며 진료실을 빠져나오면서 주호가 흥분된 목소리로 물었다.

"네. 정말 신기했어요. 저번에 아기집 확인했을 때보다 더 큰 감동이었어요."

"그러게. 사실 조금 미웠었거든. 당신 입덧으로 너무 고생시켜서. 그런데 도저히 미워할 수가 없다."

"당연하죠. 입덧 정도는 얼마든지 견딜 수 있어요."

원래 말랐던 아진인 데다가, 입덧까지 심해지면서 더욱 살이 많이 빠져 병원에서도 걱정이 많았다. 그래도 다행히 아이는 잘 자라고 있다니 두 사람은 안심할 수가 있었다. 그리고 그 뒤로도 계속 감동의 순간이 찾아왔다.

"와, 팔 움직이는 거 봐."

귀여운 곰돌이 모양으로 변한 아이는 팔까지 움직이며 두 사람을 즐겁게 했고,

"이제는 진짜 사람 같아요."

처음 해 본 입체 초음파에선 제법 선명한 사람 형체에 두 사람을 눈물짓게 했다.

가슴 졸인 기형아 검사도 무사히 끝나고, 두 사람은 틈만 나면 컴퓨터를 켜 병원에서 받은 초음파 동영상을 구경하는 재미에 푹 빠졌다.

"우리 눈이는 어쩜 이렇게 예쁠까."

아직 얼굴도 잘 안 보이는 초음파를 보면서도 주호는 팔불출 면모를 잔뜩 뽐내고 있었다.

"그러니까요. 당신 닮았나 봐요."

물론 아진 역시 팔불출이 되는 건 어쩔 수가 없었다. 그만큼 눈이는 사랑스러운 존재였으니까.

✻

16주가 넘으면 안정될 거라 생각했던 입덧은 여전히 심했지만, 눈이의 성별이 딸인 걸 안 두 사람은 힘든 입덧도 견뎌 낼 힘을 얻었다. 아이를 가졌을 때부터 둘 다 사실은 딸을 더 원했었다.

아진은 주호를 닮은 예쁜 딸을, 주호는 아진을 닮은 예쁜 딸을 서로 소망하며 함께 기뻐했다.

"아이고, 잘했다. 딸이라며?"

아진의 배 속의 아이가 딸이라는 소식을 듣고 두 사람만큼이나 기뻐하는 창선이었다. 태호에게 두 명의 아이가 있었지만 둘 다 아들이었기에, 손녀는 처음으로 가지게 되는 거라 창선의 기쁨은 더욱 컸다.

"네, 할아버님."

"그래, 그래. 둘을 닮았으면 얼마나 예쁠꼬."

요즘 몸이 좀 안 좋아져서 병원을 태호에게 맡기고 집에서 안정을 취하고 있던 창선이 간만에 환한 웃음을 보이는 순간이었다.

"아이 태어나면 자주자주 찾아올게요, 할아버님."

"그래, 그래. 고맙구나."

창선이 아진의 손을 움켜잡으며 다정한 손길로 토닥였다. 할아버지와 헤어져 집으로 돌아오는 길에 두 사람은 아이용품점에 들러 쇼핑을 시작했다. 그동안 아이 성별을 몰라 살 수 없던 아이옷에 제일 먼저 관심이 갔다.

"이것 봐. 정말 예쁘지."

사랑스러운 여자 아이들 옷을 살펴보며 주호가 환한 미소를 지었다.

"그러게요. 저기 신발 좀 봐요."

"와, 정말 작다."

하얀 신발을 손바닥에 올려놓으며 두 사람은 정신없이 아이 물건을 구경했다. 그렇게 사 들고 온 아이 용품을 직접 꾸민 아이 방에 놓고, 두 사람 서로를 따뜻하게 바라보았다.

눈이가 태어나면 아무래도 아파트보다 전원주택이 나을 것 같아, 살던 아파트는 회사 사람에게 싸게 세를 놓고, 전원주택 단지로 이사를 한 두 사람이었다.

어느새 눈이의 방엔 자그마한 목마며, 침대며, 하나둘씩 아이 용품으로 가득 차기 시작했다. 어서 빨리 이 방에서 아이의 우렁찬 웃음소리와 울음소리가 들리길 바라며 두 사람은 설레는 기다림을 이어 나가고 있었다.

❈

예정일을 앞두고 있어서 제법 나온 아진의 배를 다정한 손길로 쓰다듬으며 주호는 동화책을 읽기 시작했다.

"눈사람 무센에겐 두 가지 비밀이 있어요. 하나는 녹지 않는 눈사람이라는 것이고, 또 하나는 사람이 되고 싶어 한다는 거예요. 어느 날 무센은 머나먼 생명의 섬을 찾아 항해를 떠났어요. 눈사람을 진짜 사람으로 만들어 준다는 전설의 섬으로 가기 위해서였죠."

동화책을 읽어 주던 주호는 잠시 책 읽는 걸 멈추고는 고개를 갸웃거렸다.

"왜요?"

"오늘은 왜 이렇게 태동이 없지? 평상시엔 내가 책 읽어 주면 엄청 열심히 차던 녀석이. 이상한데?"

걱정스러운 주호의 말투에 아진은 생긋 웃었다.

"자는가 보죠. 원래 잘 땐 태동 없잖아요."

"그런가?"

"네. 그러니까……. 아!"

말을 하던 아진은 배를 부여잡고 날카로운 비명을 내질렀다.

"왜? 아파?"

"네. 조금요."

조금 아프다는 사람치고는 표정이 많이 일그러져 있었다.

"진통 아니야?"

"가진통일 거예요. 요 며칠 그랬잖아요."

가진통에 낚인 적이 한두 번이 아니었기에 아진은 차분한 얼굴로 대답했다.

"일단 주기만 체크해 봐요."

핸드폰을 켜 진통주기 체크 어플을 활성화시킨 아진이 주호를 향해 내밀었다.

"어, 그래."

주호는 긴장된 얼굴로 핸드폰을 받아 들었다. 그런데 진통 주기가 점점 짧아졌다. 30분에서 20분으로, 그리고 또다시 10분 주기로 오는 진통에 주호의 표정은 점점 초조해졌다.

“진통 맞나 봐. 기다려. 일단 짐부터 챙기고.”

이런 날을 대비해 미리 싸 두었던 짐을 챙기고 주호는 곧장 태호에게 전화를 걸었다.

“응. 10분 간격이야. 병원으로 오라고? 알았어? 아, 형. 긴장돼 죽겠다.”

태호와 전화를 마치고 주호는 곧장 아진을 태우고 병원으로 출발했다. 차 안에서 식은땀을 흘리며 괴로워하는 아진을 보니 제가 다 미칠 지경이었다. 할 수만 있다면 자신이 대신 아파 주고 싶건만 그럴 수 없으니 마음의 고통이 더욱 컸다.

병원까지 가는 30여 분의 시간이 지독하게 길었다. 차라리 집 가까운 병원에 다닐걸, 하는 후회도 아주 잠깐 했다.

도착하자마자 두 사람은 함께 가족분만실로 들어갔다. 곧 태어날 아기를 위해 자궁 환경과 비슷한 환경으로 꾸며 놓은 분만실에서 아진은 고통에 가득 담긴 신음을 내질렀다.

“아진아, 여보. 이렇게 아파서 어쩌니? 아, 눈아. 엄마 고생시키지 말고. 얼른 나와라.”

주호는 아진의 손을 꼭 붙잡은 채 간절한 기도를 담아 중얼거렸다. 하지만 처음이라 그런지 자궁 문이 열리는 데 꽤 긴 시간이 소요되었다. 잠시 진통이 멈춘 순간에 저를 보며 괜찮다, 웃어 주는 아진을 보며 주호는 눈물을 펑펑 쏟았다.

“내가 더 잘할게. 진짜야. 평생 여왕처럼 모시고 살게.”

수건으로 아진의 땀을 닦아 주며 주호는 연신 그녀를 향해 말했다.

"지금도 충분히 잘하고 있어요."

주호를 보며 따뜻한 미소를 지어 주던 아진은 또다시 시작된 진통에 고통에 찬 신음을 내질렀다. 그러기를 몇 번 반복 후, 드디어 우렁찬 아기 울음소리가 들려왔다.

"으앙, 앙!"

떨리는 손으로 아기를 품에 안아 직접 탯줄을 잘라 준 주호는 감격에 찬 표정으로 아진을 바라보았다.

"정말 예쁘다, 우리 눈이."

주호의 말처럼 아이는 정말 예뻤다. 방금 태어난 아이답지 않게 올망졸망 어여쁜 이목구비에 의사와 간호사들은 두 사람에게 축하의 말을 건넸다. 아직은 돌지 않는 젖을 아이에게 물리고 아진은 행복한 미소를 지었다.

탈진할 것처럼 힘들었지만 제 젖을 찾아 무는 아이가 미치도록 사랑스러워, 몸이 힘든 것도 잘 느껴지지가 않았다.

"우리에게 와 줘서, 고마워."

아진은 아기를 향해 부드러운 목소리로 첫 인사를 건넸다.

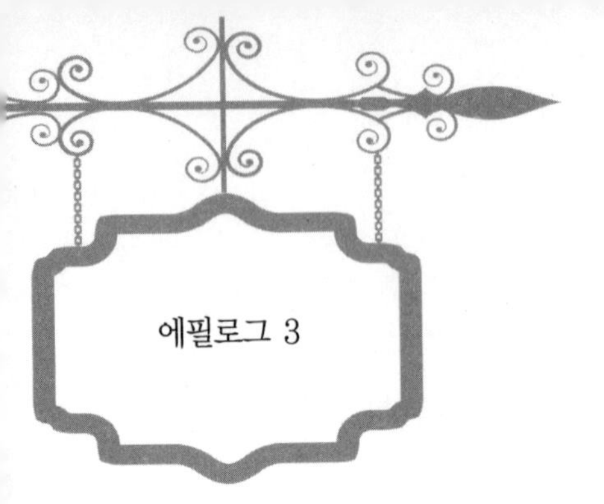

에필로그 3

나는 겨울이에요. 왜 제 이름이 겨울이냐면 말이죠.

"겨울이 네가 생긴 걸 알았던 날에 새하얀 첫눈이 내렸었어. 그래서 네 태명을 눈이라고 지었지. 아빠는 그 이름에 많은 정이 들었다면서 이름도 그걸로 하자고 했지. 큰일 날 뻔했지? 이눈. 이상하잖아. 그래서 엄마가 그러면 눈이 대신 겨울이가 어떻겠냐고 했어. 네 아빠가 마음에 든다며 엄청 좋아했지. 겨울아, 겨울아, 하면서 네 이름을 쉼 없이 많이 부르곤 했어. 겨울에 내리는 눈처럼 맑고 깨끗한 아이로 자랐으면 좋겠다. 알겠지, 겨울아?"

엄마는 늘 잠들기 전에 나를 품에 안고 이렇게 말하곤 해요. 난 다정한 엄마의 목소리가 정말 좋답니다. 어? 그런데 어디선가 소란스러운 소리가 들려요.

"겨울아, 겨울아! 아빠 왔다!"

요란한 목소리로 제 잠을 깨우는 아빠를 향해 요란스러운 울음으로 답을 했지요.

"으앙, 으앙!"

제 시끄러운 울음소리에 아빠는 꽤나 당황한 눈치였답니다.

"겨울아, 울지 마. 아빠가 미안해."

나지막한 목소리로 건네는 사과에 저도 눈물을 그쳤어요. 아빠를 보며 생긋 웃어 주자, 더 환한 미소가 아빠의 얼굴에 번졌어요.

"어휴, 우리 겨울이. 누굴 닮아서 이렇게 예쁠까."

"자제하죠? 사람들이 보면 팔불출이라고 놀려요."

그래요, 아빠. 칭찬도 하루 이틀이지. 지겹다고요.

자그마한 옹알이로도 엄마의 말에 맞장구를 치는데, 아빠가 또 다시 예쁜 눈웃음을 쳐요. 처음 엄마가 아빠의 저 눈웃음에 반했다는데, 정말이지 아빠의 눈웃음은 예쁘답니다.

"들었어? 우리 겨울이 옹알이하는 거? 엄마라고 하는 거 같은데?"

"이제 겨우 8개월 넘은 아이가 엄마라고 부르겠어요. 그냥 그렇게 들리는 거지."

아니에요. 엄마라고 부른 거 맞아요.

전 엄마가 들으라는 듯이 더욱 열심히 옹알이를 했답니다.

"이것 봐. 엄마라고 하잖아."

"뭐, 그렇게 들리긴 하지만. 날 부른 건 아닐 거예요. 그렇지,

겨울아?"

아이, 참. 우리 엄마는 날 너무 못 믿는다니까요. 얼마나 힘들게 연마한 말인데. 그걸 못 알아듣고.

"아니야. 우리 겨울이는 분명 천재일 거야."

흔한 부모들의 착각 1, 스킬을 선보이는 아빠를 보며 엄마가 헛웃음을 터트려요. 하지만 엄마 기대해요. 난 정말 천재일지도 모르니까.

"자, 겨울아. 이제 아빠 해 보자. 아빠."

아, 귀찮은데. 뭐, 그렇게 원하시면 한 번 해 드리지요.

"아아."

우렁찬 옹알이를 내뱉고, 전 뿌듯한 눈길로 아빠를 바라보았어요. 어때요? 이 정도면 만족하세요? 제가 정말 천재라 놀라신 건 아니죠?

"뭐라는 거지? 겨울아, 다시 한 번 해 봐. 아빠!"

아, 기껏 열심히 불러 드렸더니, 좀처럼 알아듣지 못하는 아빠예요.

"그만해요, 여보. 애가 뭘 안다고."

아니에요, 엄마! 저는 진짜 천재라고요.

"거봐요. 겨울이도 찡찡거리잖아요."

억울한 마음을 담은 옹알이를 내뱉어 보았지만, 엄마의 귀엔 한낱 찡찡거림으로 들리는 모양입니다.

"아니야. 분명 엄마는 제대로 부른 것 같은데. 아빠가 어렵나.

겨울아, 다시 해 보자."

그래요. 이번엔 엄마에게 제대로 제 실력을 보여 주겠어요.

"아아!"

아까보다 더욱 우렁찬 소리로 아빠를 불러 드렸어요. 그런데 아빠의 표정엔 실망감이 가득 번집니다. 도대체 왜 이런 거죠?

"역시 내가 잘못 들은 걸까? 엄마 소리는 확실하게 한 거 같은데."

"거봐요. 내 말이 맞죠? 그냥 옹알이한 거라니까요."

"그러게. 아, 아쉽네."

아쉬울 거 없어요, 아빠. 전 정말 엄마를 부른 게 맞다고요. 억울한 마음에 다시 한 번 힘차게 엄마를 불렀어요.

"어마!"

봐요, 이제 믿기지요? 제가 이렇게 똑똑하다는 것을. 뿌듯한 얼굴로 엄마, 아빠를 바라보는데 두 분 다 의미를 알 수 없는 미소를 지어요.

"진짜 잘못 들었나 보다. 엄마, 하는 발음이랑 비슷한 옹알이를 하네."

"그러게요. 조금만 기다리자고요. 돌 되면 엄마, 라는 소리는 한대요."

"그래? 아, 우리 겨울이랑 빨리 대화를 하는 날이 왔으면 좋겠네."

안 올 거예요! 저 지금 화났다고요. 제 말도 이해 못 하는 엄마, 아빠완 대화하지 않을 거예요.

"으앙, 앙!"

억울한 마음에 울음이 터져 나왔어요. 엄마는 얼른 아빠 품에 있는 저를 받아 들어 품에 안아요. 따뜻한 엄마 품이 좋지만, 눈물은 멈추지가 않았어요.

"우리가 너무 피곤하게 했나 봐요. 졸린 애한테."

"그러게. 겨울아, 미안해. 잘 자. 사랑해."

어느새 다정한 아빠의 목소리를 들으며 스르르 잠에 빠져들어요. 아빠, 사랑한다니까 한 번만 용서해 주는 거예요. 사랑해요.

❋

잠든 겨울이를 보며 아진과 주호는 따뜻한 미소를 지었다.

"자는 것 좀 봐요. 정말 천사가 따로 없죠."

아진의 물음에 주호는 꿀이 떨어질 것 같은 다정한 눈빛으로 겨울이를 보며 고개를 끄덕였다. 그녀의 말에 적극 동의한다는 듯이.

"천사보다 더 예뻐."

"당신도 참. 그런데 저건 뭐예요?"

아진의 물음에 주호는 그제야 바닥에 놓인 쇼핑백을 바라보았다.

"아, 겨울이 선물 사 왔는데."

"뭔데요?"

"이거."

쇼핑백을 연 주호가 겨울이를 닮은 귀여운 하얀 토끼를 꺼내 보였다.

"와, 귀엽네요."

"그렇지? 겨울이가 진짜 좋아했을 텐데."

"내일 보여 주면 되죠."

"아, 안 돼, 나 출근하고 나서야 일어날 텐데. 인형을 받은 순간, 반짝이는 겨울이의 그 사랑스러운 눈빛을 보고 싶었는데."

주호의 말에 아진은 또다시 헛웃음을 내뱉었다.

"애가 뭘 안다고."

"아니야. 진짜 선물 줄 때 겨울이 눈이 반짝반짝한다니까?"

"어디 가서 그런 소리 하지 말아요. 사람들이 뒤에서 욕해."

"아, 내 말 안 믿는 거야? 그럼 내일 보라고."

"네, 네. 알겠습니다."

주호로부터 인형을 받아 든 아진은 잠이 든 겨울이 옆에 인형을 놓아주었다. 인형이 그곳에 놓인 걸 어떻게 알았는지, 몸을 빙그르르 돌린 겨울이 어느새 저를 닮은 토끼 인형을 품에 꼬옥 끌어안았다.

"봐. 인형 안았어."

"와, 진짜 귀여워요."

"사진 찍을까?"

"네. 얼른요."

서둘러 카메라를 들고 와 주호가 조용히 사진을 찍는 그 순간, 겨울이가 입가에 미소를 지었다. 마치 그가 사진을 찍을 걸 알고 있다는 듯이.

— The end

외전

OFFICE LOVE

마트에 들러 겨울이가 좋아할 장난감을 산 미영은 곧장 택시를 타고 아진의 집을 찾아갔다.

두 사람의 딸 겨울이가 태어나면서 전원주택 단지로 이사를 한 아진과 주호는 자그마한 정원이 있는 이층집에서 생활을 하고 있었다. 가끔 미영은 월차를 쓰고 할 일이 없을 때, 아진의 집에 놀러 오곤 했다.

그런데 이상하게 아진의 집 앞에만 서면 멈칫하게 되었다. 이곳에서 우연이라도 정욱을 만날 리 없다는 걸 알면서도 여전히 그 집 앞에 서면 자신도 모르게 멈칫하게 되고 만다.

제 스스로 택한 이별이면서 무슨 미련이 이리도 많이 남아 있는 건지, 미영은 알 수가 없었다. 벌써 정욱이 미국으로 떠난 지 3년, 이제는 잊을 때도 되었건만 여전히 제 마음 한구석에 아픈 가시처럼 남아 있었다.

"휴."

묵직한 한숨을 내쉰 미영은 초인종 앞에 멈춰 섰다.

[이모, 이모.]

이제 3살이 된 겨울이 이젠 제법 정확한 발음으로 자신을 부르는 게 들려왔다. 매번 올 때마다 겨울이의 선물을 잊지 않는 미영을 아이는 제법 잘 따랐다. 겨울이의 귀여운 목소리에 미영은 생긋 미소를 지었다.

잠시 후, 띠릭 하는 소리와 함께 대문이 열리는 소리가 들렸다. 미영이 열린 문을 열고 정원으로 들어서자, 현관문이 열리며 아장아장 걸어 나오는 겨울이의 모습이 그녀의 눈에 들어왔다.

무려 한 달 만에 본 겨울이는 그새 많이 자라 있었다. 엄마, 아빠의 예쁜 곳만 쏙 빼닮은 겨울이는 인형 같은 사랑스러운 외모를 가졌다. 대부분 사람들이 겨울이를 보면 인형이 걸어 다닌다며 신기해할 정도였다.

"겨울아!"

미영이 양팔을 활짝 벌리자, 겨울이가 수줍은 얼굴로 걸어와 그녀의 품에 쏙 안겼다.

"보고 싶었어. 이모가 우리 겨울이 보고 싶어서 일이 손에 안 잡히더라."

하지만 겨울이의 귀엔 미영의 이야기가 잘 안 들어오는 듯했다. 미영이 손에 들린 쇼핑백에만 흑요석 같은 까만 눈을 반짝이며 집중하는 모습에 미영도, 뒤따라 나오던 아진도 웃음을 터트렸다.

"선물 좀 그만 사 와. 겨울이 버릇 나빠지겠어."

미영의 손에 들린 쇼핑백을 고사리같이 작은 손으로 꽉 붙잡는 겨울이의 모습에 아진이 한마디 했다.

"그건 안 돼. 내 삶의 유일한 낙이라고. 우리 겨울이 선물 사 주는 재미로 내가 돈 번다."

미영의 너스레에 아진이 가볍게 고개를 내저으며 미소를 지었다. 정욱과 그렇게 헤어지고 사이가 안 좋아질 법도 하건만, 다행히 아진은 여전히 제 곁에 친구로 남아 주었다. 그게 고맙기도 하고, 미안하기도 해 더욱 겨울이에게 잘하게 되는 것도 있었다.

"그러니까 얼른 너도 연애를 해. 결혼 안 할 거야?"

쇼핑백을 질질 끌고 집 안으로 들어서는 겨울이를 따라 걸음을 옮기며 아진이 미영을 향해 물었다.

"너도 우리 엄마 같은 소리를 하는구나. 내가 그 잔소리 듣기 싫어서 집에를 안 가는데."

한숨 섞인 미영의 한탄에 아진이 머쓱한 표정을 지었다.

"그냥. 너도 벌써 서른다섯이니까. 진짜 결혼 생각 없어?"

결혼 생각이라. 정욱과 이별을 한 이후, 연애에 대한 열망도 사라졌다. 그냥 이대로가 좋았다. 혼자라는 게, 연애를 안 한다는 게 그다지 불편하지 않았다.

"없어. 왜? 나 나름 잘 지내잖아. 열심히 번 돈으로 여행도 다니고."

정욱과 헤어지고 난 후, 미영이 몰두하고 있는 또 다른 취미 생활은 여행이었다. 국내, 해외 따지지 않고, 스케줄이 맞으면 혼자 무작정 여행을 떠나는 그녀였다. 예전엔 혼자 다니는 여행 상상도 못 했는데, 이젠 그런 여행이 제게 맞는 옷처럼 편안해졌다.

"그래. 너만 좋다면 어쩔 수 없지만."

가끔 이렇게 사람 냄새 물씬 풍기는 집에 오면 사무치게 외로워지기도 했지만, 그래도 지금은 혼자인 게 편했다.

"물론 네 남편의 팔불출 끼 보면 배가 아프기도 하지만."

주호의 아내 사랑, 딸 사랑은 회사에서 아주 유명했다. 일주일에 한 번씩 액자에 사진을 바꾸며, 기획팀 온 직원들에게 자랑을 하곤 한단다.

또한 본부장인 주호가 회식에 참여하지 않는 건, 이제 기획팀 직원들에겐 당연한 일이었다. 대신 점심 식사를 종종 사 주며 직원들의 사기를 북돋아 주기에, 직원들도 딱히 불만은 없는 듯했다.

"회사에선 좀 자제하라고 해도. 여전하지?"

입가에 따뜻한 미소를 지으며 묻는 아진의 말에 미영은 가볍게 고개를 끄덕였다.

"가끔 사람들이 네 사진 닳아 없어질까 무섭대. 얼마나 애틋한 눈으로 보고 있는지. 일하는 동안 몇 시간 못 보는 걸 못 참고."

"그러게 말이야. 물론 나도 보고 싶긴 하지만."

부부는 닮는다더니, 아진의 애정 표현도 날로 일취월장했다. 노처녀 앞에서 제대로 주름 잡는 아진을 보며 미영은 몸을 숙여 겨울이를 꼭 끌어안았다.

"이모는 우리 겨울이만 있으면 돼. 하나도 안 외로워."

자그마한 손길이 저를 토닥이는 게 느껴졌다.

"이모, 쪼아."

귀여운 말투로 저를 좋다 말하는 겨울이의 통통한 뺨에 미영은 입을 맞추었다. 그때 아진의 핸드폰이 요란하게 울어 댔다.

"어? 아빠다."

아진의 입에서 떨어진 아빠란 단어에 겨울이가 재빨리 미영의 품에서 빠져나갔다. 쪼르르 엄마 곁으로 달려가 다정하게 영상통화를 하는 가족들을 보며 미영은 나지막하게 한숨을 내쉬었다. 이 집만 오면 유난히 외로워졌다.

그때 딩동, 하는 초인종 소리가 들렸다.

"누구지?"

"내가 가 볼게. 넌 신랑이랑 통화나 마저 하세요."

택배거나, 혹은 이웃일 거라 생각하며 미영은 대수롭지 않은 걸음으로 인터폰 앞에 섰다. 하지만 화면에 비춰지는 남자의 얼굴에 미영의 얼굴은 딱딱하게 굳었다. 왜 여기에 정욱이 있는 걸까? 미국에서 유학 중인 사람이.

3년 만에 처음 보는 정욱의 얼굴에 미영은 넋이 나가, 아무 생각도 할 수가 없었다. 그런 미영의 곁으로 어느새 통화를 끝낸 아진이 다가왔다.

"누구래?"

"어? 아, 아니. 그게……."

이미 정욱의 모습이 사라진 까만 화면을 보며 마른침을 넘기고 있는데, 그때 또다시 초인종이 울렸다. 미영을 대신해 화면을 확인하던 아진 역시 눈을 동그랗게 떴다.

"정욱이잖아? 재 언제 한국 들어온 거야? 온다는 말 없었는데. 무슨 일이지?"

"열어 줘. 추운데 괜히 밖에서 떨게 하지 말고."

애써 쿨한 척, 아무렇지 않은 척 말을 하고 미영은 겨울이 곁으로 걸어왔다. 하지만 덤덤한 그녀의 얼굴과 다르게 머릿속은 복잡했다. 이대로 도망칠까, 이 층에 있는 손님방으로 숨어 버릴까.

상처를 준 것도, 이별을 말한 것도 자신이었다. 그러기에 덤덤하게 정욱의 얼굴을 마주할 자신이 없었다. 이미 3년이나 지난 일이었지만.

"이모."

저를 부르는 겨울이를 향해 애써 미소를 지어 주고 있는데, 현관문을 열고 나갔던 아진이 정욱과 함께 집으로 들어서는 게 보였다. 커다란 캐리어를 끌고.

3년 전보다 훨씬 더 멋스러운 분위기를 풍기며 집 안으로 들어서는 정욱을 미영은 덤덤한 눈으로 마주하려고 노력했다.

아니, 사실 지금 제 표정이 어떤지 하나도 모르겠다. 죽을힘을 다해 덤덤한 척 연기하고 있었지만, 미소를 짓고 있는 입가가 딱딱하게 굳어 가는 건 어쩔 수가 없었다.

"미영이 와 있었어."

둘의 과거를 누구보다 잘 아는 아진이었기에 미영 못지않게 어색한 얼굴로 정욱을 향해 말했다. 하지만 정욱은 너무나 자연스러운 미소를 지으며 미영을 바라보았다. 정말 오랜만에 반가운 지인을 만나는 양, 환한 얼굴로 제게 악수까지 청하는 그였다.

"이야, 누나. 오랜만이다? 근데 누나도 얼굴 보니까 나이 먹었네. 올해 나이가 서른다섯?"

제 나이를 누구보다 잘 알고 있으면서 싱긋 웃는 얼굴로 재확인을 하는 정욱의 물음에 미영은 이마에 힘줄이 빠직 하고 서는 느낌이 들었다.

"그렇지, 뭐. 세월 비껴가는 사람이 어디 있니."

세월 비껴가려고 온갖 노릇을 다 하고 있는 것은 비밀이었다. 집에 쌓인 엄청나게 비싼 팩들, 주름 제거 화장품들을 떠올리며 미영은 조용히 주먹을 꽉 쥐었다.

"그래도, 뭐……."

잠시 말을 멈춘 정욱이 따뜻한 눈으로 미영을 내려다보았다.

"여전히 예쁘네."

심장이 덜컹거리는 말을 던지면서.

그래 놓고 이내 탄탄한 본인의 복근으로 손을 뻗으며, 배를 쓰다듬는 그였다.

“아, 누나, 밥 좀. 나 누나가 해 주는 음식 먹고 싶어서 혼났다.”

아진을 향해 말하며 정욱이 배를 쓰다듬을 때마다 셔츠가 딱 달라붙으며 단단한 복근의 흔적을 그대로 드러났다. 기억 속에 선명한 정욱의 매혹적인 복근을 떠올리며 미영은 자신도 모르게 침을 삼켰다.

저를 쓰다듬던 뜨거운 손길, 제 손에 와 닿던 그의 탄탄한 육체가 이렇게 선명하게 기억이 날 줄은 몰랐다. 3년이란 시간이 흘렀음에도 불구하고 마치 어제 있었던 일처럼 생생하게 떠올라 미영을 괴롭히고 있었다.

“그래, 알겠어. 그럼 잠깐만 겨울이랑 놀아 주면서 기다려. 금방 점심 차려 줄게.”

“그러지, 뭐. 겨울아, 삼촌 왔어, 삼촌.”

정욱이 환하게 웃으며 손을 뻗었지만, 겨울이는 얼굴을 거의 본 적이 없는 삼촌이 낯선 모양이었다. 상대적으로 익숙한 미영의 등 뒤에 숨은 채, 슬그머니 고개만 내밀어 정욱을 쳐다보는 겨울이었다.

“겨울아, 삼촌이야. 저번에 너 미국 갔을 때 만났는데. 기억 안 나?”

겨울이가 돌이 됐을 때쯤, 정욱을 볼 겸 주호와 함께 미국 여행을 다녀온 아진을 알기에 미영이 무릎을 숙이며 다정한 말투로 물었다.

"삼촌?"

아직 삼촌 발음을 잘 못하는 겨울이가 까만 눈을 동그랗게 뜨며 되물었다.

"응. 겨울이는 삼촌이 낯설어서 조금 부끄러운 거지?"

"응."

제 맘을 알아주는 미영이 좋은지 겨울이가 환하게 웃으며 대답했다.

"자, 일단 그럼 악수부터 시작해 볼까?"

미영이 정욱을 쳐다보자 그가 먼저 겨울이를 향해 손을 내밀었다. 잠시 쭈뼛거리며 망설이던 겨울이도 이내 수줍은 미소를 지으며 그 손을 붙잡았다.

"와, 우리 겨울이 정말 예쁘네. 삼촌이 겨울이 얼마나 보고 싶었는지 몰라. 누구 다음으로 가장 보고 싶은 사람이 겨울이었어."

누구, 라는 단어를 내뱉으며 정욱의 시선이 잠시 미영을 향해 머물렀다. 3년 전과 달라진 게 없는 그 다정한 시선에 미영의 심장은 또다시 울렁거렸다.

"그럼 둘이 좀 놀고 있어. 난 아진이 좀 도와야겠다."

"됐어. 요리도 못하면서 뭘 도와."

피식 웃으며 하는 정욱의 말에 미영은 슬그머니 그를 흘겨보았다.

"이제 잘하거든."

“별로 믿기지가 않네.”

“믿기 싫으면 믿지 마.”

“뭐, 나중에 나한테 요리 한 번 해 줘 보든가. 먹어 보고 정확하게 판단해 줄게.”

길게 대화를 나누다간 그대로 휘말릴 것 같은 느낌이 들었다. 3년 전, 저를 처절하게 찼던 사람이 누군지 잊은 건지, 정욱은 정말 아무렇지 않은 얼굴로 미영을 대하고 있었다.

“겨울아, 삼촌이랑 재미있게 놀아.”

미영은 다정하게 겨울이의 머리를 쓰다듬어 주고 아진이 있는 주방으로 걸음을 옮겼다.

“어색해서 왔구나?”

제 속을 단번에 읽어 내는 아진의 물음에 미영은 어색한 미소를 지었다.

“어색하긴. 그냥 도와주러 왔어. 뭐 좀 도와줄까?”

“아, 그럼 양파 좀 썰어 줄래?”

순순히 제게 도움을 요청하는 아진을 향해 미영은 세차게 고개를 끄덕였다. 양파가 아닌 그보다 더한 것도 썰어 줄 수 있었다. 정욱이 기다리고 있는 숨막히는 거실로 나가는 것보단 주방에 있는 게 백배는 더 마음 편한 일이었으니까.

“아예 한국 들어왔다더라.”

양파와 도마를 가지고 식탁에 앉는 미영을 향해 아진이 조심스레 말했다. 마치 미영이 제일 궁금해하는 질문의 답이 무엇인지 아는 사람처럼.

"아, 그래?"

"응. 집 구할 때까지 한동안 여기서 지낸다더라고."

주말에 심심할 때마다 종종 찾아오던 안식처도 굿바이였다. 제 친조카는 아니었지만, 겨울이 커 가는 모습을 보는 재미가 쏠쏠했는데.

"그래도 올 거지?"

침묵을 지키고 있는 미영을 향해 아진이 또다시 조심스레 물었다.

"응?"

"그래도 와야 해. 겨울이가 얼마나 너 좋아하는지 알지? 이번에 너 일 바빠서 한 달 못 봤을 때도 너 보고 싶다고 매일매일 말했었어."

겨울이가 저를 보고 싶어 했다는 말에 가슴이 뭉클해졌다. 하지만 아무렇지 않은 얼굴로 이 집에서 정욱과 마주할 자신이 솔직히 없었다.

"오도록 노력할게."

계속 온다는 말을 끝내 하지 못하고, 어설픈 대답만을 끄집어냈다.

"사실은 알고 있어."

조용히 양파 써는 일에 집중하고 있는 미영의 앞으로 아진이 다가왔다.

"네가 그토록 매정하게 정욱이 찬 거, 다 재를 위해서 그런 거였다는 거."

한 번도 그 복잡한 속내를 말한 적이 없었다. 저보다 여섯 살이나 어린 미래가 불투명한 정욱이 싫어졌다는 말로 이별을 고하긴 했지만, 사실은 그 속은 그보다 훨씬 더 복잡했다. 그런데 다른 누구보다 이해하기 힘들었을 아진이 제 속을 알고 있다 말해주니 가슴이 자꾸만 울렁거렸다.

"나 그렇게 좋은 사람 아니야. 진짜 내가 자신이 없어서 헤어지자고 한 거 맞아. 여섯 살 어린 녀석이랑 미래를 꿈꾼다는 게 생각보다 엄청 힘든 일이더라고."

"미영아."

"그래도 후회는 없어. 나 봐, 잘 지내고 있잖아."

미영은 생긋 웃으며 아진을 안심시켰다. 그리고 조심스레 시선을 거실로 돌렸다. 겨울이와 함께 해맑고 웃으며 놀고 있는 정욱의 모습을 보며 미영은 제 선택이 옳았다며 안도했다. 3년 전보다 훨씬 여유 있고, 성숙해 보이는 정욱의 모습에 마음이 놓였다.

그래, 이거면 됐다.

❈

토요일임에도 일이 바빠 회사에 나갔던 주호의 합류로 점심 식탁은 어느새 꽉 차 있었다. 아진이 만든 카레라이스를 다 함께 먹으며, 네 사람, 아니 겨울이를 포함한 다섯 사람은 이런저런 일상 이야기를 나누기 시작했다.

"미국 생활은 힘들었지?"

물론 그 관심의 중심은 정욱이었다. 그에게 묻고 싶은 건 많았지만, 자격이 없어 막상 아무것도 물을 수 없는 미영은 조용히 정욱의 답에 귀를 기울일 뿐이었다.

"네. 한국 빨리 오고 싶어서 미치는 줄 알았어요. 그래서 더 악착같이 공부했습니다."

"그래. 덕분에 좋은 성과 있었잖아. 취직도 했고."

취직을 했다는 주호의 말에 아진과 미영은 눈을 동그랗게 떴다. 순간 그의 말에 너무 빨리 반응했다 싶어, 미영은 재빨리 시선을 피하긴 했지만.

"너 취직했어?"

아진의 물음에 정욱은 머쓱한 얼굴로 고개를 끄덕였다.

"왜 말 안 했어?"

"천천히 하려고 했어."

"어느 회사인데?"

제가 궁금한 것을 대신해서 묻는 아진을 조용히 마음속으로 응원하며 미영은 귀를 쫑긋 세웠다.

"비밀."

"왜? 설마 이상한 데 한 건 아니지?"

"그건 아니야, 여보. 내가 보장해."

속사정을 다 알고 있는 듯한 주호가 씩 웃으며 아진을 향해 말했다.

"당신은 다 알고 있었어요?"

"원래 남자끼린 비밀이 없거든."

주호가 주먹을 내밀자, 정욱이 자연스레 주먹을 부딪쳤다. 사이 좋아 보이는 두 남자의 모습에 아진은 어처구니가 없다는 듯이 헛웃음을 터트렸다.

"누가 보면 두 사람이 형제인 줄 알겠네. 그렇지, 미영아?"

고개를 숙인 채, 귀만 쫑긋 세우고 있던 미영은 제게 향해지는 사람들의 시선에 어색한 미소를 지었다.

"그러게. 뭐, 보기는 좋다."

"그래도 난 서운한데. 좋아요, 나도 겨울이랑 둘만의 비밀 만들어야겠어요. 당신 모르는."

아진의 농담에 주호의 예쁘장하게 잘생긴 얼굴이 하얗게 질렸다.

"여, 여보. 그것만은."

"아, 생각해 보니 이미 있다."

"뭐, 뭔데? 그 비밀이 뭔데?"

"비밀입니다. 자, 겨울아. 식사 다 했으면 손 씻자."

겨울이를 식탁 의자에서 내려, 욕실로 데리고 가는 아진의 뒤를 주호가 졸졸 뒤쫓았다.

"비밀이 뭔데? 응? 말해 줘."

라고, 가는 길 내내 계속 조르면서.

그런 세 식구의 모습을 보며 미영은 조용히 고개를 내저었다. 이미 저런 세 사람의 모습은 지독하게 자주 봐 왔기에 아무렇지 않았다. 저들만의 세계에 있게 두는 게 상책이었으니까.

"여전하네, 저 사람들은."

고개를 숙인 채 잘 넘어가지 않는 밥을 넘기고 있는데 귓가에 정욱의 목소리가 들려왔다. 아까도 그렇지만 아무렇지 않은 얼굴로 제게 말을 거는 정욱이 미영은 조금은 신기했다.

이 녀석은 제가 밉지도 않은 걸까. 저라면 얼굴도 보기 싫을 텐데.

예전과 하나 변한 게 없는 자신을 보는 다정한 눈빛 또한 적응하기 힘들었다.

"그렇지, 뭐. 사람 쉽게 변하는 거 아니니까."

"나는 어때?"

의미를 알 수 없는 질문을 던지는 정욱을 미영은 애써 덤덤한 시선으로 바라보았다.

"뭐가? 주어는 어디다가 빼먹었는데?"

"나도 안 변했지?"

퉁명스러운 미영의 말투에도 정욱은 씩 웃으며 되물었다.

"글쎄. 잘 모르겠네. 예전 네 모습이 잘 생각이 안 나서."

다시 정욱과 엮일 생각이 없었다. 우연이라도 이렇게 마주하고 앉아 있는 것은 오늘이 마지막이었다. 그렇게 처절하게 이별을 고하고, 또다시 녀석의 발목을 잡는 그런 멍청한 짓은 두 번 다시 하고 싶지 않았다.

"그런 사람이……."

잠시 말을 멈추던 정욱의 시선이 제 오른팔에 차고 있는 팔찌를 향했다. 맙소사! 팔찌에 대해 떠올린 미영은 재빨리 옷의 소매를 잡아끌어 팔찌를 가렸다.

"그건 왜 아직까지 차고 있을까? 그거 내가 처음으로 누나한테 해 준 선물이잖아. 한 달 내내 힘들게 아르바이트해서 번 돈으로 해 준 선물. 그때 누나 그 팔찌 받고 펑펑 울었었는데. 그것도 기억 안 나?"

제 속을 다 꿰뚫어 보고 있는 듯한 검은 눈을 똑바로 마주할 자신이 없어, 미영은 고개를 숙여 시선을 피했다. 기억이 났다. 하나도 빠짐없이, 다. 이 팔찌를 받았던 그 순간의 복잡한 감정들 또한 생생하게 떠올랐다.

공부하는 시간도 부족한 녀석이 제게 그럴싸한 선물 하나 하겠다고 막노동까지 서슴지 않은 것을 알고 눈물을 펑펑 쏟았었다. 그래서 이 팔찌만큼은 빼 버릴 수가 없었다. 그 기억들이 너무나 선명해서.

"그랬었나? 역시 잘 기억이 안 나네. 근데 이 팔찌는 마음에 들어. 비싼 거잖아."

미영은 생긋 웃으며 속물적 발언을 과감하게 내뱉었다. 제게 혹시라도 남아 있는 미련이 있다면, 그 미련까지 깨끗하게 정리

되길 바라면서.

"거짓말 못하는 건 여전하네."

"거짓말 아니거든. 내가 왜 이 귀중한 주말에 너랑 이런 설전을 벌이고 있어야 하는지 모르겠다. 밥도 다 먹었으니, 이제 그만 가야겠다."

미영은 식탁에서 제가 먹은 그릇들을 챙기고 일어나 개수대로 향했다. 평상시 같으면 설거지는 해 주고 갔을 텐데, 지금은 도저히 그럴 정신이 없었다. 물에 그릇을 담근 미영은 여전히 비밀을 놓고 실랑이를 벌이고 있는 세 가족을 향해 다가갔다.

"이만 가려고. 집에 가서 할 일도 있고."

평상시엔 늦게까지 겨울이와 놀아 주다 손님방에서 잠도 자고 갔던 미영이었기에 아진과 주호는 어색한 얼굴로 그녀를 볼 수밖에 없었다.

"이모. 시러, 시러."

미영과 헤어지는 게 싫은지 겨울이는 그녀에게 다가와 안기며 울음을 터트렸다.

"겨울아, 미안. 이모가 또 놀러 올게."

그게 언제가 될진 잘 모르겠지만.

정욱이 이 집에 있는 한 예전처럼 드나들진 못할 것 같았다.

"그래. 일이 있다면 어쩔 수 없지."

"아쉽네. 미영 씨, 다음에 봐요."

두 사람에게 작별을 고하고, 미영은 외투와 가방을 챙겨 들고 집을 빠져나왔다. 매섭게 추운 날이 드문 초겨울답지 않게 손이 꽁꽁 얼 정도의 차가운 한기가 미영의 몸을 감쌌다.

"아, 춥다."

전원주택 단지라 택시 잡는 것도 쉬운 일이 아니었다. 큰길까진 걸어 나가 택시를 잡기로 마음먹고 미영은 바삐 걸음을 옮겨 정원을 빠져나갔다.

그런데 그때 뒤따라 나온 누군가가 그녀의 어깨를 붙잡았다.

"누나."

저를 부르는 따뜻한 목소리에 미영의 마음은 또다시 복잡해졌다. 기껏 피해서 도망쳐 나왔더니, 왜 또 따라 나온 걸까?

"나 진짜 급한 일 때문에 가 봐야 해."

"데려다줄게. 매형 차 키 받아 나왔어. 여전히 운전 못 하지?"

자신의 운전 공포증을 잘 아는 정욱이었기에 미영은 거짓말을 할 수가 없었다.

"그래. 그런데 괜찮아. 큰길 나가서 택시 타면 돼."

"이십 분은 걸어가야 하잖아."

"나 원래 걷는 거 좋아해."

"거짓말. 걷는 거 싫어해서 쇼핑도 인터넷 쇼핑만 이용하면서."

그래, 분명 예전에 자신은 그랬다. 혼자 여행 다니는 취미가 생기면서 걷는 걸 좋아하는 사람으로 변하긴 했지만.

"지금은 아니야."

이번엔 거짓말이 아니었기에 당당하게 말할 수 있었다.

"그래도 춥잖아. 감기 걸려."

"김정욱."

"큰길까지만 태워 줄게. 차로 가면 5분이면 나가. 그것도 못 견딜 정도로 불편해? 그렇게 내가 신경 쓰여? 왜? 나한테 감정이라도 남아 있어?"

정욱의 날카로운 공격에 정신을 차릴 수가 없었다.

"남아 있긴 뭐가 남아 있어!"

끝내 제 다혈질 성격답게 울컥해 버리고 말았다. 그런 저를 보며 싱긋 웃는 정욱을 보는 순간, 울컥한 걸 후회하고 있었지만.

"그러면 차 타고 큰길까지만 가."

어쩔 수가 없었다. 안 그랬다간 미련이 남은 사람이 되어 버리니까.

"그럼 빨리 가. 추워."

주호의 하얀 승합차 쪽으로 미영이 먼저 걸음을 옮겼다.

정말 머릿속이 복잡해서 미쳐 버릴 것만 같았다. 왜 하필 아무런 예고도 없이 오늘 이 집에서 마주쳐 버린 걸까? 한 달 내내 바빴다가, 이제야 조금 한가해져서 겨울이 보려고 들렀건만, 이런 복병을 만날 거라 전혀 예상하지 못했다.

주호의 차에 나란히 올라타서 미영은 어색한 얼굴로 앞만 보고 있었다. 큰길까지 나가는 5분의 시간이 왜 이리 길게 느껴지는 걸까? 그나마 다행인 것은 정욱이 제게 특별히 말을 걸지 않는다는 거였다.

"고마워. 바래다줘서."

큰길에 도착해서 차에서 내리며 미영이 정욱을 향해 말했다.

"기다려. 택시 잡아 줄게."

"괜찮아."

미영의 만류에도 정욱은 이미 차에서 내려 택시를 향해 손을 뻗었다. 이내 택시가 자신의 앞에 멈춰 서자, 정욱이 손수 뒷문까지 열며 미영을 바라보았다.

"갈게."

사실은 정욱도 저만큼이나 이 자리가 어색했는지도 모른다. 서둘러 저를 보내려는 그의 행동에 미영은 어색한 미소를 지으며 택시에 올라탔다.

"또 보자."

싱긋 웃으며 제게 말을 건네는 정욱을 향해 미영은 쓴웃음을 지었다. 이렇게 우연히 마주치는 일도 오늘이 마지막이었다. 이런 자리가 생기지 않게, 자신이 먼저 피할 생각이었으니까.

✻

하지만 운명은 늘 뜻하는 대로 흘러가지 않았다.

"자, 인사해. 그토록 노래를 부르던 신입이 드디어 입사했으니까. 알지? 주 과장? 내가 힘 좀 썼다."

제 어깨를 툭툭 치며 호탕하게 웃는 최 부장의 입을 쭉 찢어 놓고 싶은 기분이 들었다. 아니, 인력 충원해 달라고 최 부장을 쫓아다니며 조르던 제 자신의 입부터 먼저 찢고 싶었다. 최 부장 옆에서 서서 상큼한 미소를 지으며 저를 보고 있는 인물은 다름 아닌 정욱이었기에.

"우와, 우리 사무실 분위기가 상큼해지겠는데요? 이게 웬일이래요. 저런 꽃미남이 다 입사를 하고."

딱딱하게 굳은 미영을 눈치 못 챘는지, 같은 팀 윤정아 대리는 잔뜩 신이 나 하며 박수를 쳤다. 이건 비단 재무 2팀의 일만은 아니었다. 1팀, 3팀 사람들도, 그리고 같은 층을 쓰는 회계팀 사람들도 정욱의 외모에 집중했다. 유난히 여직원들이 많아서 그런지 꽃미남에 대한 관심도가 높을 수밖에 없었다.

"잘 부탁드립니다. 열심히 하겠습니다."

제게 고개 숙여 인사를 건네는 정욱을 보며 미영은 무거운 한숨을 내쉬었다. 도대체 무슨 생각인지 알 수가 없었다. 취직을 했다는 말에 안심을 했더니, 그게 이 회사일 거라곤 꿈에도 몰랐다.

"왜? 마음에 안 들어? 이 친구 스펙도 아주 괜찮아."

썩 반가워하지 않는 미영의 눈치를 살피며 최 부장이 말했다.

"아, 아닙니다. 근데 조용히 신입이랑 이야기 좀 하고 싶은데."

"그래. 어차피 뭐, 이제 재무 2팀 식구니까. 능력 있는 상사니까 열심히 따라가라고."

최 부장이 정욱의 어깨를 가볍게 토닥이며 말했다.

"네, 알겠습니다."

힘차게 대답하는 정욱을 보며 미영은 또다시 한숨을 삼켰다. 자신은 몰랐다 치고, 이 녀석은 저와 함께 일하게 되는 걸 알았을 텐데. 도대체 왜 이런 선택을 한 걸까?

"따라와요."

정욱을 향해 말하고, 미영은 먼저 사무실을 빠져나왔다. 사람들의 이목이 정욱에게 하도 집중이 되어 있어서, 도저히 그곳에선 조용히 이야기를 나눌 수가 없었다. 사람들이 자주 드나드는 휴게실 또한 적합한 장소가 아니었다. 또한 딱딱한 회의실에서 나눌 이야기도 아니었고. 그래서 미영이 선택한 장소는 아진과 주호가 주로 데이트하던 옥상이었다.

역시 차가운 바람이 부는 겨울이 되니 옥상을 찾는 사람들이 없었다. 사람들이 없는 것을 확인한 미영은 그제야 몸을 돌려 저를 뒤따라오는 정욱을 바라보았다.

"도대체 무슨 생각이야?"

"공적인 질문입니까, 사적인 질문입니까?"

제 날카로운 물음에도 여전히 정욱의 얼굴엔 여유가 흘렀다.

"사적인 질문이야."

진심으로 그의 생각이 궁금해졌다. 자신 같으면, 제 얼굴 보기 싫어서라도 이 회사를 안 택했을 것 같다. 처참했던 이별의 순간을 이 녀석은 벌써 다 잊어버린 걸까?

"그럼 나도 편하게 답할게."

어느새 정욱의 말투도 반말로 변해 있었다.

"그래. 말해 봐. 도대체 왜 이래? 이게 설마 나에 대한 복수야? 회사에서 매일 내 얼굴 보면서 나 괴롭히는 게?"

미영의 물음에 정욱은 나지막한 웃음을 터트렸다.

"와, 주미영. 상상력 풍부한 건 알았지만, 기대 이상이다."

사귈 때처럼 제 이름을 부르는 정욱을 미영은 날카로운 눈으로 바라보았다.

"내 이름 함부로 부르지 마. 여섯 살이나 어린 게."

"아직도 그 나이 차이가 그렇게 마음에 걸려?"

정욱의 물음에 미영은 순간 할 말을 잃었다. 도대체 무슨 말을 하는 걸까?

"걸릴 일이 뭐 있어. 너랑 나랑 아무 사이도 아닌데."

"그래. 내 질문이 잘못되었네."

무언가 상황이 이상하게 돌아가고 있다. 먼저 질문을 한 사람은 자신인데 왜 제가 답을 하고 있는 처지가 된 걸까.

"됐고. 내 질문에나 대답해. 도대체 무슨 생각으로 이 회사에 입사한 거야?"

"내 질문에 답해 주면, 나도 대답해 줄게."

자꾸 정욱에게 휘말리는 기분이 들었다. 언제 이렇게 언변이 늘은 걸까? 능글거리는 주호랑 친하게 지내더니, 그런 것만 쏙 빼닮은 듯했다. 예전에 순박한 모습이 많이 사라진 듯한 정욱을 보며 미영은 초조한 얼굴로 입술을 깨물었다.

"좋아. 물어봐."

뭘 묻든 당황하지 않아야 한다, 마인드 컨트롤을 하며 미영은 정욱을 바라보았다.

"헤어질 때 내가 싫어졌다고 했지? 그 생각 여전히 변함없어?"

절대 헤어질 수 없다 매달리던 정욱이 싫어졌다는 한마디에 무너졌었다. 네가 싫어 미치겠다. 제가 던졌던 그 잔인한 이별의 말을 미영은 씁쓸한 눈빛으로 떠올렸다.

"……그래."

진흙탕 같은 연애에 다시 정욱을 끌어들이지 않으려면, 여전히 잔인해야만 했다. 그래야지만 더는 정욱이 제게 미련을 보이지 않을 테니.

"그렇구나."

정욱의 입가에 번지는 쓴웃음에 미영은 고개를 푹 숙였다. 지금은 그의 상처 입은 검은 눈을 마주할 자신이 없기에.

"그래서 넌 왜 이 회사에 들어왔는데?"

질문은 다시 원점으로 돌아왔다. 그 계기를 알아야지 정욱을 설득을 하든 말든 할 수가 있었다.

"다시……."

잠시 말을 멈춘 정욱이 상큼한 미소를 지었다. 여직원들이 꽃미남이라고 난리를 칠 만큼 정욱은 예전보다 훨씬 더 멋있게 변해서 나타났다. 예전에도 물론 귀엽긴 했지만, 지금은 남자의 느낌을 물씬 풍기고 있었다.

"날 좋아하게 만들려고."

"뭐?"

"분명 다시 날 좋아하게 될 거야. 그게 내가 이 회사를, 그 부서를 택한 이유."

자신만만한 정욱의 미소를 보는 순간, 눈앞이 깜깜해졌다. 이제 평온했던 일상은 끝이 난 것 같았다. 서른한 살 때, 끝내 저를 집어삼켰던 소용돌이가 더욱 거대해져서 나타났다.

안녕하세요? 서은호입니다.

그동안 쓰던 글이 다소 무거웠기에, 이번엔 정말 가볍고 달달한 글을 쓰고 싶었습니다. 그 목적으로 시작한 글이긴 하나, 생각보다 마냥 달달한 글도 쉬운 게 아니었습니다. 특별한 갈등도 없고, 사건도 없는 글이라 심심하지 않을까, 하는 우려도 됩니다. 그래도 이 글을 즐겁고, 행복하게 읽어 주시는 분이 한 분이라도 계시다면 작가인 저도 행복할 것 같아요.

로망에서 연재하는 동안 열심히 따라와 주신 독자님들이 제일 먼저 생각납니다. 독자님들 덕분에 제가 이 글을 끝까지 마무리할 수가 있었습니다. 다음 글로는 정욱이와 미영이 이야기를 써 볼까 하는데, 언제쯤 쓰게 될지 아직 정확한 계획은 없답니다. 이 둘의 이야기도 기대해 주시는 분들이 있다면 감사하겠습니다.

음, 이 글을 쓰는 동안 한 가지 아주 슬펐던 일이 있었습니다. 친했던 사촌 오빠의 갑작스러운 죽음을 접했거든요. 마감을 하던 중에 들린 비보라 실감도 안 나고, 마음이 착잡했어요. 이제 겨우 서른 중반 넘은 사람이 하루아침에 세상을 떠났다는 게 참 믿기지 않는 일이더라고요. 이 자리를 빌려서, 한없이 착하기만 했던 오빠가 좋은 곳으로 가길 빌어 봅니다. 정말 하루하루를 소중히 여기며 살아가야 할 것 같아요.

오빠, 그곳에선 더는 아프지도 말고, 행복했으면 좋겠다.

이 글이 나오기까지 제일 고생 많았던 정시연 팀장님께 감사의 말을 전합니다. 매번 마감 어기는 저 때문에 고생이 많으셨어요. 그리고 응원 많이 해 주셨던 작가 언니, 동생, 친구, 모두 고맙습니다. 늘 슬럼프다, 힘들다, 찡찡거리는 저 토닥여 주셔서 많은 힘을 내고 있습니다. 마감 기간 동안 저 대신 아이 봐주신다고 고생 많으셨던 친정 엄마, 엄마 아니었으면 마감 못 했을 거예요. 감사드려요! 글 쓴다고 잘 놀아주지 못했던 제 아이에게 미안한 마음과 고마운 마음을 전합니다. 우리 남편도 제가 연이어 글 쓴다고 신경을 제대로 못 써 주었네요. 왜 이리 미안한 마음을 전할 사람은 많은지. 올해 결혼한 아가씨도 이 자리를 빌려 다시 한 번 축하드려요. 예쁜 아이 낳으시길 바랄게요.

끝으로 이 글 읽어 주시는 모든 분들에게 진심으로 감사하다는 말을 전하면서, 저는 이만 물러나겠습니다. 아직 작가라 불리기엔 부족한 점이 많은 사람이지만, 더욱 노력해서 좋은 글, 따뜻한 글 쓰도록 하겠습니다.

늘 행복하세요.

-늦은 새벽, 서은호 올림-

오피스연애

초판 1쇄 찍음 2015년 3월 4일
초판 1쇄 펴냄 2015년 3월 10일

지은이 | 서은호
펴낸이 | 정 필
펴낸곳 | 도서출판 **뿔미디어**

편집장 | 이재권
기획 · 편집 | 주종숙, 정시연

출판등록 | 2002년 9월 11일 (제1081-1-132호)
주소 | 경기도 부천시 원미구 소향로 17, 303(두성프라자)
전화 | 032)651-6513 / 팩스 | 032)651-6094
E-mail | dahyangs@naver.com
블로그 | http://blog.naver.com/dahyangs
홈페이지 | http://bbulmedia.com

값 9,000원

ISBN 979-11-315-6311-3 03810

www.bbulmedia.com

www.bbulmedia.com